와카바소
셰어하우스입니다

WAKABASO NO KURASHI
by Tomomi HATANO
© 2022 Tomomi HATANO
All rights reserved.

Original Japanese edition published by SHOGAKUKAN.
Korean translation rights in Korea arranged with SHOGAKUKAN
through THE SAKAI AGENCY and ENTERS KOREA CO., LTD.

와카바소 셰어하우스입니다

지은이 하타노 토모미
옮긴이 임희선
펴낸이 임상진
펴낸곳 (주)넥서스

초판 1쇄 발행 2023년 7월 10일
초판 3쇄 발행 2023년 8월 25일

출판신고 1992년 4월 3일 제311-2002-2호
10880 경기도 파주시 지목로 5 (신촌동)
Tel (02)330-5500 Fax (02)330-5555

ISBN 979-11-6683-571-1 03830

가격은 뒤표지에 있습니다.
잘못 만들어진 책은 구입처에서 바꾸어 드립니다.

www.nexusbook.com
&(앤드)는 (주)넥서스의 문학 브랜드입니다.

와카바소 셰어하우스입니다

하타노 토모미 지음 | 임희선 옮김

&

차례

일러두기

모든 각주는 옮긴이의 것입니다.

이 건물 앞을 지나친 적이 있다.

환한 햇살을 가득 받아 눈부시게 빛나는 하얀 벽의 신축 아파트, 아이들 자전거와 미니밴이 현관 앞에 주차되어 있는 똑같은 모양의 분양 주택들, 그네와 미끄럼틀이 있는 작은 공원, 아이들이 골목길을 뛰어다니고 저녁거리를 사 오다가 만나 수다를 떨며 웃는 엄마들의 웃음소리가 들리는 주택가. 그런 전형적인 요즘 주택가 한가운데 '옛날 집이 타임머신을 타고 왔나?' 싶을 만큼 낡아 보이는 건물이 서 있었다. 2층짜리 목조 건물인데 방범의 개념이라고는 조금도 느껴지지 않는 허술한 유리 미닫이문의 공용 현관이 있고, 그 안쪽으로 보이는 좁은 마당에는 하얀 이불보가 바람에 날려 펄럭이고 있었다. 누가 봐도 레이와(令和)나 헤이세이(平成) 시대*에 세워졌으리라는 생각이 들지 않는 건물이었다. 쇼와(昭和) 시대*, 그것도 2차 세계대전이 끝나고 얼마 되지 않은 무렵에 이미 여기 있었을 것만 같았다. 자전거를 타고 이 건물 앞을 지나치면서 '이런 데에서 누가 살

---

* 일본 천왕 연호. 레이와는 2019년 5월 1일부터 현재이며 헤이세이는 1989년 1월 8일부터 2019년 4월 30일까지.
* 일본 천왕 연호, 쇼와는 1926년 12월 25일부터 1989년 1월 7일까지.

지? 아니, 그보다 아직 사람이 살 수나 있는 건가?' 하며 궁금해하곤 했다. 그러던 내가 지금 이곳에 살겠다고 와 있다.

현관 앞에 서서 건물 전체를 올려다보았다. 현관 명패에는 '와카바소(若葉荘)'라는 이름이 새겨져 있었고 그 밑으로 여기 사는 사람들의 이름이 적혀 있었다. 인터폰이나 벨 같은 것은 보이지 않았다. 빗물이 스며들었는지 외부에 그대로 노출된 나무 외벽 여기저기가 얼룩져 있었다. 지붕 기와는 얼마 전에 새로 갈았는지 거기만 이상할 정도로 선명하니 눈에 띄었다. 각 방에 베란다 같은 것은 없고 2층에 빨래걸이만 나와 있었다. 가까이서 보면 볼수록 낡은 건물이었다. 몇십 년이나 잘 버티고 있는 것을 보면 보기보다 훨씬 더 튼튼한 건물일 테지만 겉모습만 봐서는 태풍이라도 오면 당장 날아가 버릴 것 같은 느낌이었다.

'오늘은 그냥 보기만 하러 온 거야. 꼭 여기서 살겠다고 정한 건 아니니까.'

정말로 들어와 살지 말지는 집주인이나 세입자 대표를 만나 이야기해 본 다음에 정하면 된다고 했다.

'안쪽이 어떤 느낌인지도 보고 싶으니까 가벼운 마음으로 한번 들어가 보자.'

머리로는 그렇게 생각하면서도 그냥 이대로 돌아가 버리고 싶은 마음이 자꾸 들었다.

하지만 지금 나에게는 돌아갈 곳이 없다.

어디에서부터 어떻게 시작된 것인지 몰라도 어느새 전 세계로 퍼져 버린 심각한 전염병은 걷잡을 수 없는 지경에 이르고 말았다. 긴급사태 선언과 영업시간 단축 권고가 잇달아 쏟아지면서 내가 일하는 음식점도 점점 경영이 힘들어져 궁지에 몰리게 되었다. 시급 얼마씩 받고 일하는 아르바이트생 처지라 월수입은 급격하게 줄어 갔다. 언젠가는 끝나겠거니 하면서 그동안 모아 두었던 저금을 야금야금 빼먹으며 간신히 버텨 왔는데 그마저도 이제는 한계에 다다랐다. 지금 사는 아파트 월세도 더 이상 감당이 안 되고, 일시적으로라도 부모님 집에 몸을 의지할 여건도 안 된다.

'살아남으려면 이 방법밖에는 없어.'

마음을 굳게 먹으며 미닫이문을 열고 현관으로 들어섰다. 문이 생각보다 매끄럽게 드르륵 열려서 닫을 때는 천천히 조심스레 닫았다. 그때까지 들려오던 바깥의 소리가 갑자기 멀어진 느낌이었다.

현관에 큼지막한 신발장이 있었다. 편하게 신을 수 있는 운동화와 샌들, 따뜻해 보이는 털 부츠, 검은색과 베이지색 하이힐, 특별한 날이 아니면 신지 못할 듯한 핑크색 수정이 반짝이는 화려한 뮬까지, 다양한 신발들이 나란히 놓여 있는데 모두 여성용이었다. 가지런히 정리되어 있어서 깔끔해 보였다. 그동안 여러 번 리모델링을 했는지 바깥에서 본 모양새에 비해 안쪽은 낡은 느낌이 덜했다. 바닥이나 기둥에 흠도 나 있고, 오래되어 보이기는 했지만 낡았다기보다 '앤티크하다'는 느낌을 주었다. 현관 정면에 있는 계단에는 천장에 닿을 정도로 커다랗게 창문이 나 있었는데 그곳을 통해 햇빛이 환하게 비쳐 들었다.

"저기요."

아무도 나오는 사람이 없어서 복도 안쪽을 향해 불렀다.

건물 가운데 현관과 계단이 있었고 양쪽으로 방이 두 칸씩 나란히 있었다. 바깥에서 본 느낌으로는 2층도 같은 구조로 되어 있는 것 같았다.

"누구 안 계세요?"

다시 한번 소리 내어 불렀다.

왼편 제일 안쪽의 방문이 조용히 열리더니 솜사탕처럼 몽실몽실 새하얀 머리카락의 나이 든 여자가 나왔다.

"모치즈키 씨?"

여자가 물었다.

"네, 맞아요."

"어서 와요."

여자는 현관 쪽으로 천천히 걸어오며 말했다. 거동에는 문제가 없어 보였지만 상당히 나이가 있어 보이는 할머니였다. 이곳을 소개해준 메구미 씨는 '집주인이면서 관리인이기도 한 도키코 씨는 나이를 알 수 없는 할머니인데 백 살이 다 된 분이라는 얘기도 있다'고 말해주었다. 백 살까지는 아니더라도 구십 대거나 못해도 팔십 대 후반쯤 되는 것 같았다.

"안녕하세요. 여길 관리하는 도키코라고 해요."

바로 앞까지 다가온 도키코 씨가 고개를 살짝 숙이며 인사했다.

"처음 뵙겠습니다. 모치즈키 미치루예요."

나도 머리를 숙이며 인사했다.

"자, 어서 들어와요."

"실례합니다."

운동화를 벗어서 가지런히 놓은 다음 현관으로 올라섰다. 도키코 씨한테서 풍겨 오는 것인지, 아니면 집 안에서 나는 것인지 달콤한 꽃향기 같은 냄새가 마스크 안을 가득 채웠다.

앞서 걸어가는 도키코 씨를 따라 현관 오른쪽 맞은편에 있는 방으로 들어갔다. 세입자들의 공용 공간인 듯했다. 안쪽 부엌 한가운데에 커다란 식탁이 놓여 있었는데 제각기 다른 모양의 의자들이 그 식탁을 빙 둘러싸고 있었다.

"마음에 드는 의자에 앉아요."

도키코 씨가 빨간 주전자를 들어 올리면서 말했다.

"손부터 먼저 씻을게요."

"그래요. 여기서 씻어도 되고 옆에 화장실도 있어요."

"그럼 그냥 여기서 씻을게요."

부엌 싱크대에서 손을 씻은 다음 마스크를 벗고 입을 헹궜다. 아파트에서 여기까지 걸어왔고 그 사이에 아무하고도 접촉하지 않았으니 별다른 문제는 없겠지만, 그래도 현관에 들어서기 전 손 소독제를 쓸 걸 그랬다는 생각이 들었다. 이곳에서 살게 된다면 지금보다 더 철저하게 방역을 해야 한다. 여기 와카바소에 사는 사람들은 이제 갓 사십 대가 된 나보다 모두 나이가 많았다.

"차를 끓일 테니 잠깐만 기다려요."

주전자로 물을 끓이며 도키코 씨가 말했다.

"감사합니다. 저는 여기 앉을게요."

나무로 된 둥근 의자에 앉으며 말했다.

"밖은 아직 많이 덥던가요?"

"오늘은 그나마 좀 선선하던데요."

"그래요?"

"이러다가 언제 또 더워질지 모르지만요."

이번 여름은 이러다가 사람이 달걀처럼 삶아지는 게 아닐까 싶을 정도로 아침부터 밤까지 푹푹 찌는 날씨가 계속되었다. 5월 초 황금연휴 때 벌써 '봄은 건너뛰고 여름이 온 모양'이라는 소리가 나왔으니 그런 더위가 다섯 달이나 계속된 셈이다.

10월에 접어들어서야 간신히 더위가 한풀 꺾인 느낌이 들기 시작했다.

"차갑게 해 줄 걸 그랬나?"

"아니요. 따뜻한 녹차면 됩니다."

"다행이네."

도키코 씨는 내 앞에 빨간 동백꽃 모양의 찻잔을 놓은 다음 등받이가 있는 나무 의자에 천천히 앉았다. 머리가 완전히 하얗게 센 백발에다 목과 팔다리가 가늘고, 얼굴도 전형적인 '할머니' 같은 느낌이었다. 하지만 거동이 불편하지 않듯 귀도 아직 밝은 모양이었다.

"고맙습니다."

"누구 한 명이 더 오기로 했으니까 잠깐만 기다려 봐요."

"네."

마스크를 벗고 녹차를 한 모금 마신 다음 실내를 찬찬히 둘러보았다. 커다란 냉장고에는 기념품 가게에서 팔 법한 마그넷과 레시피 메모, 세입자들끼리 주고받은 메시지가 붙어 있었다. 그릇장에는 신발장처럼 각자의 취향이 고스란히 보이는 컵과 접시, 밥그릇 등이

가지런히 놓여 있었고, TV가 놓인 거실장 아래쪽에는 트럼프 카드
와 오셀로 게임판 그리고 장기판이 보였다. 정돈되어 있지는 않았지
만 마치 친척이나 부모님 집에 온 듯한 느낌이 들어 오히려 마음이
편안해졌다.

현관 미닫이문을 여는 소리가 들렸다.

"이제 온 모양이네."

도키코 씨가 말했다.

그 말이 떨어지기가 무섭게 문이 열리더니 키가 크고 늘씬한 여자
가 들어왔다.

"늦어서 죄송해요."

베이지색 니트와 회색 바지의 편한 옷차림이었는데 은근히 고급
스러워 보였다. 내가 입고 있는 짧은 셔츠나 청바지하고는 질감부터
달랐다.

윤기 있는 머리카락과 매끄러운 살결 때문에 얼굴에서 빛이 나는
것 같았다. 젊게 꾸민 느낌이 아니라 나이에 걸맞은 아름다움을 유지
하기 위해 돈과 정성을 들인 것이 느껴졌다. 나이는 사십 대 후반이
나 오십 대 초반쯤으로 보였다. 아까 신발장에서 본 구두들도 이 사
람 것이겠구나 싶었다. 이름 있는 브랜드의 구두였는데 관리가 잘 되
어 있었다. 금전적으로 궁해 보이지도 않는데 왜 이런 곳에서 사는지
모르겠다는 생각이 들었다. 물론 나름대로 뭔가 사정이 있겠지만.

"이쪽은 마유미 씨."

도키코 씨가 여자를 손으로 가리키며 소개했다.

"안녕하세요. 마유미라고 합니다. 잠시만 좀 실례할게요."

마유미 씨는 마스크를 벗고 손을 씻은 다음 입을 헹궜다. 기다리는 동안 나는 마스크를 도로 썼다.

"그냥 벗고 있어도 괜찮아요."

마유미 씨가 말했다.

"아니, 그래도."

"앞으로 우리랑 같이 살게 될지도 모르잖아요. 그러니까 서로 얼굴 보고 얘기해요."

마유미 씨가 빨간 천으로 된 의자를 끌어당겨 도키코 씨 옆에 앉으며 말했다.

"신경 쓰이면 그대로 마스크를 쓰고 있어도 괜찮아요."

도키코 씨가 말했다.

"아니에요. 벗을게요."

나는 마스크를 벗어서 가방에 넣으며 말했다.

아무리 시간이 지나도 마스크가 익숙해지지 않았다. 그래서 마스크를 벗고 누군가와 이야기할 수 있다는 사실에 해방감을 느꼈다.

그런데 문득 내가 최소한의 화장조차 하지 않았다는 사실이 떠올랐다. 마스크로 가리니까 괜찮겠다 싶어 요즘 들어서는 외출할 때도 눈썹을 살짝 그리는 정도의 화장만 한다. 평소 같으면 그래도 상관없겠지만 오늘은 누군가를 처음 만나는 자리인데 초면인 상대에 대한 매너가 아니라는 생각이 들었다. 어떡하지 망설이다가 그냥 이대로 있자 하고 마음먹었다.

"여기는 공용 공간이고, 보다시피 거실과 부엌으로 되어 있어요."

마유미 씨가 와카바소에 대해 설명해 주었다.

"옆에는 세면장과 욕실이 있어요. 화장실은 1층하고 2층의 복도 끝에 하나씩 있고요. 청소나 쓰레기 버리기는 그때마다 당번을 정해서 돌아가면서 하고 있어요. 각자 바쁠 때도 있으니까 서로 맞춰 가는 식이죠. 1층 제일 안쪽이 도키코 씨 방이고, 그 옆이 내 방이에요. 2층에 있는 방 네 개 중에 두 개가 비어 있으니까 편한 쪽을 쓰면 돼요. 통금 시간 같은 건 없지만 다른 사람들에게 민폐가 되지 않도록 해 주세요. 식사는 여기서 해도 되고 방에서 해도 돼요. 다른 사람들하고 억지로 교류하려고 무리할 필요는 없어요. 각종 공과금하고 인터넷 요금까지 해서 월세는 5만 엔이에요."

"마유미, 그렇게 한꺼번에 다다다 말해 버리면 어디 제대로 알아듣기나 하겠어요?"

도키코 씨가 말렸다.

"어머, 그러네요. 미안해요."

쑥스러운 표정으로 마유미 씨가 나를 쳐다보았다. 그 표정이 어린아이 같아서 나도 모르게 픽 하고 웃어 버렸다.

"괜찮아요. 얼추 다 알아들었어요."

"아, 그리고 여기 들어올 수 있는 자격 요건은 만 사십 세 이상의 독신 여성이에요. 자녀가 있어도 괜찮고 이혼한 사람이어도 상관없어요. 이 부분에 대해서는 문제가 없는 거죠?"

"네. 전혀 문제없습니다."

이야기를 하다 보니 점점 마음이 편해졌다. '여기 살게 되겠구나' 하는 생각이 들었다.

비가 왔다. 어두컴컴한 방 한가운데 쭈그리고 앉아 바깥을 멍하니 바라보았다. 바람이 점점 세지면서 창문을 덜컹덜컹 흔들어 댔다.

근처에 바다가 있는 것도 아닌데 어디선가 파도가 밀려오는 듯한 소리가 들렸다. 이대로 가다가는 이 아파트도, 근처의 초등학교도, 역 앞에 있는 슈퍼마켓도 모두 물속으로 가라앉아 버리는 게 아닐까? 구름으로 뒤덮인 하늘은 끝도 없이 어둡기만 했다.

큰 태풍이 다가오는 모양이었다. 전철 운행도 줄었고, 정전된 지역도 있다고 했다. 좀 전까지 켜져 있던 TV 뉴스에서는 예전의 어떤 태풍 이후로 몇 년 만의 대규모 태풍이고 시간당 강수량이 어떻고, 풍속이 어떻고 하며 떠들어 대고 있었다.

그렇게 숫자로 표현할 수 있는 단순한 문제가 아니라는 생각이 들었다. 용이나 커다란 날개가 달린 괴수처럼 전설에 나오는 무언가가 온 세계를 휘젓고 다니는 느낌이었다. 태풍이 지나가고 나면 지금까지와는 전혀 다른 세계가 눈앞에 펼쳐져 있을지도 모른다.

나이 마흔에 무슨 어린애 같은 상상인가 싶기도 하다. 하지만 마흔씩이나 되었기에 하룻밤 새에 온 세상이 완전히 바뀌어 버리는 일이 일어날 수도 있다는 것을 안다.

어렸을 땐 태풍이 온다고 하면 왠지 모르게 설레었다. 몸이 날아가 버릴 정도로 거센 바람이 불면 평소와는 다른 일이 일어날 것만 같은 예감이 들었다. 바깥에 놀러 나가려다 엄마한테 들켜 집 안에 붙잡혀 있던 적도 있다. 높은 파도가 이는 거친 바다와 물이 범람하는 강가의 모습이 나오는 TV 화면을 지치지도 않고 계속 쳐다보곤 했다. 잠이 오지 않아 한밤중까지 빗소리와 바람 소리를 마냥 들었다.

어른이 된 뒤로도 그런 점은 여전했다. 가게를 쉴 수 없어 일하러 나가는 중에 내가 좋아하는 우산이 부러진 적이 있다. 정전 때문에 냉장고에 넣어 두었던 아이스크림이 다 녹아 버린 일도 있다. 강가 근처 빌라에서 살던 시절에는 강물이 불어났다는 소식에 덜컥 겁이 나기도 했다. 기압 변화로 인한 두통에 시달린 적도 있다. 이런저런 힘든 일을 꽤 겪었는데도 여전히 '태풍' 하면 어딘지 특별하고 즐거운 일이라는 느낌이 사라지지 않는다.

수재민이 되어 고생하는 사람들이 많다는 사실을 알기에 겉으로는 표정이나 태도에 드러내지 않았다. "다들 정말 힘들겠다." 직장 사람들이나 친구들 혹은 남자 친구에게도 그런 식으로 말하곤 했지만 사실 마음속 깊은 곳에서는 참을 수 없는 설렘을 느꼈다.

그런데 지금은 불안하기만 하다. 내가 일하는 양식당 '아네모네'는 오늘 가게 문을 열지 않는다고 했다. 집 안에 먹을거리도 있고, 비상용 식수도 준비했고, 정전을 대비해서 손전등도 마련해 두었다. 대피 장소도 미리 알아봤고, 비상시에 바로 들고 나갈 수 있게 배낭도 쌌고 핸드폰도 충전해 두었다. 이 근방은 태풍 피해를 크게 입은 적이 없으니까 집 안에서 꼼짝하지 않고 가만히 있기만 하면 된다. 하지만 그렇게 마음속으로 아무리 되뇌어도 불안이 가시지 않았다.

뉴스를 보다 보면 안절부절못하게 될 뿐이다. 채널을 돌려서 다른 프로를 봐도 화면 귀퉁이에 나오는 태풍 정보가 자꾸만 눈에 들어왔다. 영화나 애니메이션을 틀어 봐도 집중이 되지 않았다.

TV를 끄고 혹시라도 유리가 깨질 경우를 대비해서 창문에서 떨어진 곳으로 자리를 옮겨 아무것도 안 하고 그냥 웅크리고 있었다. 뉴스에서도 태풍이 밤사이에 지나갈 거라 했고, 그렇지 않다고 해도 영원히 계속될 리는 없다. 그런데도 마치 끝이 없을 것처럼 느껴졌다.

태풍이 지나갔는데도 하늘은 여전히 어둠침침했다. 태풍이 잊어버리고 간 듯 그 자리에 남아 있는 구름이 하늘을 뒤덮었고 해는 보이지 않았다. 날씨가 흐리다고 선선한 것도 아니었다. 기온도 높고 습도도 높은 후덥지근한 상태에서 걷다 보니 땀이 줄줄 흘러내렸다.

여름이 너무 길다.

어렸을 때나 학생 시절에는 정신없이 노는 사이에 여름이 금방 지나가 버리곤 해서 여름방학이 좀 더 길었으면 싶었다. 하지만 일 년 내내 일해야 하는 어른에게는 이렇게 긴 여름이 필요치 않다. 봄가을이 좀 더 길었으면 좋겠다.

핸드 타월로 땀을 닦으면서 아네모네까지 걸어갔다. 출퇴근할 때 자전거라도 쓸 수 있으면 좋으련만 그건 불가능한 일이었다. 아네모네는 주인 부부 둘이서 꾸리는 작은 식당이라 가게 주변에 종업원이 자전거를 세워 둘 만한 자리가 없다. 눈이 오나 비가 오나 걸어서 출퇴근해야 한다. 집에서 10분 거리라고 해도 요즘 같은 날씨에 걸어 다니려니 여간 힘든 일이 아니었다.

언제까지 이런 생활을 계속해야 할까.

혼자 아무 말 없이 걷다 보면 건물들 사이로 강한 돌풍이 불어 닥치듯이 갑자기 불안감에 사로잡힐 때가 있다. 가슴 저 안쪽에서 순식간에 검은 안개가 피어올라 점점 온몸으로 퍼져 나간다.

마스크를 코 밑으로 내리고 심호흡을 했다. 잠시 발걸음을 멈추고 매미 소리에 귀를 기울였다. 매미 종류가 바뀌었는지 지난주에 울던 매미 소리와 다른 울음소리가 들려왔다.

주택가를 지나 슈퍼마켓 앞을 지나쳐 빵집과 채소 가게가 늘어선 상점가에 들어섰다. 반찬 가게에서 닭튀김과 감자고로케를 튀기는 기름 냄새가 났고, 철물점에서는 라디오 소리가 들렸다.

수예용품점 모퉁이를 돌아 아네모네 뒷문 쪽으로 갔다. 무거운 철문을 열면 바로 주방이 나온다. 주방장인 기바 씨와 주방 견습생인 구라타가 벌써 출근해서 점심 영업을 준비하고 있었다.

"안녕하세요."

"왔어?"

기바 씨가 인사했다.

"안녕하세요."

구라타도 인사했다.

주방을 지나 홀로 향했다. 평소 같으면 사장님과 사모님이 식당 문을 열 준비를 할 시간인데 오늘은 둘 다 보이지 않았다.

"기바 씨, 사장님이나 사모님한테 무슨 연락받은 거 있어요?"

주방으로 돌아가 물었다.

"못 나오신다는데."

"그래요?"

"어제 태풍 때문에 컨디션이 또 안 좋아진 모양이더라고."

"알았어요."

전염병 사태가 심각해지면서 음식점들은 죄다 경영이 힘들어졌다. 줄어든 매출을 메워 주기 위한 지원금이 나왔고 영업시간 단축 요청에 대한 반대급부로 일정 금액의 보상금이 지급되기도 했다. 사실 아네모네는 원래부터 기껏해야 손님이 스무 명 남짓 들어가는 작은 식당이기 때문에 돈이 많이 벌리는 영업장이 아니었다. 근처에서 일하는 사람들과 학생들에게 되도록 저렴한 가격으로 맛있는 점심을 제공하겠다는 사장님의 신념 때문에 음식값도 간신히 손해만 나지 않을 정도로 유지하고 있었다.

처음에는 사장님이나 사모님도 "이러다가 말겠지." 하면서 해맑게 웃곤 했다. 그런데 날이 갈수록 두 사람의 얼굴에서 웃음기가 사라져 갔다. 돈 문제보다도 예전처럼 영업하지 못한다는 점이 더 힘든 모양이었다. 부부 둘이서 이 가게를 시작한 뒤로 30년 이상 한결같이 되풀이해 온 일상이 급격하게 바뀌어 버렸다. 식당 자릿수를 줄이고, 점심 메뉴에 도시락을 새로 추가해서 판매하고, 손님과의 대화도 최소한으로 줄였다.

점심시간이든 저녁 시간이든 가리지 않고 매일 같이 오던 단골손님들이 여럿 있었는데 그 사람들조차 오지 않게 되었다. 상점가 안에 있는 부동산 중개회사나 법률사무소를 비롯한 작은 회사들은 일하는 방식을 재택근무로 바꾸기도 하고, 부득이한 일로 출근한 사원들에게는 외식을 삼가라고 하기도 했다. 전철역 맞은편에 있는 대학에서는 대부분의 강의가 온라인으로 이루어진다고 했다.

음식에 대해 나누는 즐거운 대화, 농담을 주고받으며 오가는 웃음소리. 이 작은 가게 안에서 일상적으로 들리던 사람 소리가 그렇게 모두 끊겨 버렸다. 가게 자체의 문제가 아니기에 어찌할 도리가 없는 일이었다.

그러나 손님과 나누는 대화를 삶의 낙으로 살아왔던 주인 부부에게는 그런 현실이 너무도 가혹했다. 급격하게 변하는 상황에 맞춰 보려고 지나치게 애쓴 바람에 점점 피폐해져 가는 자신들의 마음을 자각하지도 못한 채 둘 다 어느새 완전히 지쳐 버린 것이다. 예순이 넘은 나이에도 기운이 넘치던 그들은 신체적으로도 정신적으로도 약해져 수시로 아프곤 했다.

가게를 남에게 넘긴다는 이야기도 나왔다. 그런데 주인 부부 둘 다 그런 계약을 진행할 만한 힘조차 없어 보였다. 기바 씨와 내가 나서서 "가게는 저희가 어떻게든 꾸려 나갈 테니 두 분은 무리하지 마세요." 하고 말씀드렸다.

최근에서야 예전처럼은 아니더라도 어느 정도 정상적인 영업이 가능해졌다. 사장님도 사모님도 저녁 시간까지 계속 있지는 못하더라도 점심 영업시간에는 반드시 가게에 나와 자리를 지켰다. 그러나 언제 또다시 긴급사태 선언이 나오거나 영업시간 단축 방침이 내려질지 모르는 상황이었다. 이번에도 전염병 때문은 아니었지만, 태풍 때문에 가게 문을 하루 닫은 일이 주인 부부의 정신 건강에 타격을 입혔는지도 모른다.

홀로 나가서 계산대 뒤에 있는 사무실로 들어갔다. 코딱지만 한 방에는 공간의 반 이상을 차지하는 책장이 떡하니 들어서 있었고, 거기에는 사장님이 손 글씨로 적어 놓은 각종 레시피와 사모님이 단골손님들에 대한 정보를 정리해 둔 노트 등이 죽 꽂혀 있었다.

옛날에 엄마 아빠 손을 잡고 같이 오던 단골손님의 자녀들이 어른이 되어 다시 가게를 찾아오면 부모님 칸에 메모를 덧붙이기도 했다. 그래서 단골손님 정보 노트는 낡고 헤졌어도 버리거나 처분하지 않고 고스란히 보관하고 있었다. 선반 가장자리에 가방을 올려놓고 땀에 젖은 티셔츠를 벗은 뒤, 옷깃이 달린 하얀 셔츠로 갈아입은 다음 빨간 앞치마를 둘렀다. 검은 바지와 운동화는 집에서 나온 차림새 그대로였다. 걸어오는 사이에 헝클어진 머리를 다시 묶었다.

구석에 놓여 있는 전신 거울 앞에서 복장을 점검한 다음 홀로 나갔다. 계산대 옆에 놓인 컴퓨터에 출근 시간을 입력했다.

가게 내부는 그저께 퇴근하면서 가볍게 청소하고 정리해 두었기 때문에 메뉴를 적는 칠판에 오늘의 점심 메뉴를 다시 쓰고, 테이블과 의자에 알코올 소독제만 뿌리면 가게를 열 준비가 끝난다. 어제 비가 오고 바람이 분 것을 생각하면 가게 내부보다 바깥을 확인할 필요가 있겠다는 생각이 들었다.

빗자루와 쓰레받기를 들고 바깥으로 나갔다. 가게 주변을 쓸면서 어디 문제가 없는지 꼼꼼히 살폈다. 붉은 벽돌로 된 2층 건물의 1층이 아네모네였고, 2층은 카페였다. 빨간 꽃이 그려진 간판도, 가게 문이나 짙은 갈색의 나무 창틀도 망가지거나 지저분해지지는 않은 것 같았다.

2층 창문이 열리며 카페 주인이 고개를 내밀었다. "안녕하세요." 하고 서로 인사를 주고받았다.

가게 뒤편까지 살핀 다음 안으로 다시 들어왔다. 화장실 앞 세면대에서 손을 씻고 입 안을 헹군 다음 알코올 소독제로 손을 다시 문질렀다.

"뭐 도와드릴까요?"

구라타가 주방에서 나오며 물었다.

오늘은 홀 담당 아르바이트생인 유키가 쉬는 날이었다. 나 혼자서 모든 일을 할 수는 없기에 구라타가 주방 일을 하면서 홀도 도와주기로 했다.

육십 대인 사장님과 사모님, 사십 대인 기바 씨와 나. 그 옆에 힘 좋고 성실하게 일하는 이십 대인 구라타와 유키가 있어 줘서 얼마나 다행인지 모른다. 손이 모자란 감은 있지만 그렇다고 사람을 더 쓸만한 여유는 없었다. 이 젊은 두 사람이 없었다면 사장님과 사모님에게 "무리하지 마세요."라는 말조차 꺼내지 못했을 것이다.

"음, 뭘 부탁해야 하나?"

"우선 메뉴판부터 소독해 둘까요?"

"아, 그렇지. 하는 김에 테이블이랑 의자도 부탁해."

"알겠습니다."

구라타가 알코올 소독을 하는 동안 나는 칠판을 지운 다음 오늘의 점심 메뉴를 새로 적었다. 횡 하고 바람 부는 소리가 들리더니 커다란 무언가가 창밖을 획 지나쳤다. 검은 그림자 같았는데 정확하게 무엇인지 보이지는 않았다.

과속 차량인가 싶었지만 생각해 보니 가게 앞은 일방통행에 좁은 길이라 애초에 그런 속도를 낼 수가 없었다. 그보다는 좀 더 부드러운 소재의 무언가가 바람에 날려서 횡 하니 지나친 것처럼 보였다.

구라타도 바깥쪽을 바라보고 있었다.

"뭘까요?"

구라타가 말했다.

"글쎄, 도대체 뭘까?"

"보고 올게요."

구라타는 소독용 알코올 스프레이를 한 손에 든 채 바깥으로 나가더니 금세 돌아왔다.

"뭐였어?"

"아무것도 없던데요."

고개를 갸웃거리며 말했다.

"그래도 뭔가 휙 지나쳤잖아?"

"새인가?"

"그런 것치고는 너무 큰 것 같았는데."

"날씨도 우중충한 게 태풍이 또 오려는 건지도 모르겠네요."

"그런가?"

칠판에 메뉴를 다 적은 내가 계산대를 열면서 대꾸했다.

"뭔가 폭풍이 치는 한가운데 계속 있는 것 같아."

"그게 무슨 뜻이에요?"

"햇빛이 나도, 구름이 껴도, 비가 쏟아져도 기분은 한결같이 축 처지기만 하고, 뭔가 붕 뜬 채 안절부절못하는 느낌이야."

머릿속에 바람이 윙윙거리며 불어 젖히는 소리가 쉴 새 없이 들렸다. 착각일 뿐이라는 걸 알고 있는데도 소리는 멈추지 않았다.

"뭔가 알 것 같기도 해요."

구라타가 맞장구를 쳤다.

"정말로?"

"음."

구라타는 난처한 표정으로 고개를 살짝 갸웃거렸다.

"괜찮아. 그냥 그러려니 해."

"아라시*도 활동을 쉰다는데 미치루 씨의 폭풍도 그쳤으면 좋겠네요."

"딴에는 센스 있는 말을 던졌다고 생각할지 모르지만, 아니거든."

"왜요!"

구라타는 불만스러운 표정을 지어 보이면서도 아라시의 노래를 흥얼거렸다. 나도 계산대 주변을 정리하면서 따라 불렀다.

물잔을 내고, 주문을 받고, 메뉴판을 회수한 다음 아이스커피나 아이스티를 서빙한다. 계산대에서 음식값을 계산하고, 빈 테이블을 치우고, 소독제로 테이블과 의자를 소독하고, 다음 손님을 안내한다. 음식 서빙은 주방과 홀을 왔다 갔다 하는 구라타에게 맡겼다. 12시가 되기 조금 전부터 손님들이 들어오기 시작하더니 금방 자리가 꽉 찼다. 2시까지는 정신없이 주문을 외치고 몸을 움직였다. 5년 전 아네모네에서 일하기 시작했을 때는 홀 전체가 한눈에 들어오지 않아 실수하는 일이 잦았다. 하지만 이제는 이 일에 익숙해졌다. 전염병이 창궐하면서 식당의 자릿수를 줄였기에 구라타가 도와주면 점심 영업 정도는 충분히 돌릴 수 있었다.

그렇지만 식당이라는 곳은 그것만으로는 부족한 모양이었다. 오

---

* 일본의 남자 아이돌 그룹. 폭풍이라는 뜻.

래된 단골 중에는 사장님이나 사모님과 이런저런 이야기를 하려고 오는 손님들도 많다. 이리 뛰고 저리 뛰면서 특정한 손님과 대화할 정도의 여유도 없을뿐더러 나는 상대가 기대하는 만큼 이야기를 잘 하지도 못한다. 음식 맛도 마찬가지였다. 주방장인 기바 씨가 사장님이 직접 건네준 레시피대로 만들고 있기에 똑같은 맛이 날 법도 한데 어딘지 모르게 미묘하게 맛이 달랐다. 이래저래 단골손님들에게 실망을 안겨 주는 것 같아 왠지 미안했다.

"감사합니다. 또 오세요."

양복 차림의 손님 둘에게 인사했다. 일 때문에 이 근처에 왔다가 '햄버그스테이크가 맛있다'는 맛집 사이트 리뷰를 보고 찾아온 모양이었다. 아네모네는 햄버그스테이크, 비프스튜, 나폴리탄 스파게티, 믹스 프라이 정식 같은 고전적인 양식 메뉴를 먹을 수 있는 식당이다. 팬케이크나 타피오카처럼 유행을 타는 음식이 많은 요즘 같은 때에도 여전히 꾸준한 인기를 자랑하는 음식들이었다. 단골도 많지만 새로 오는 손님들도 있으니 앞으로도 문제없다고 생각하면서도 한편으론 가게의 토대가 무너져 내리고 있는 듯한 느낌이 자꾸 들었다.

사장님과 사모님도 앞으로 몇십 년 더 일할 수 있는 상황은 아니었다. 언젠가 이런 날이 오리라는 것은 어렴풋이 짐작하고 있었다. 코로나 사태 때문에 그날이 생각보다 일찍 왔을 뿐이다.

"미치루 씨, 우리 언제 쉬어요?"

구라타가 주방에서 나오며 물었다. 가게 안에는 식사를 마친 다음에도 수다를 떠느라 자리를 차지하고 앉은 여자 손님 셋만 남아 있었다. 저녁 시간까지 드문드문 손님들이 들어오기는 해도 이제 가게 안이 북적거릴 일은 없었다. 이 시간대에는 각자 돌아가면서 휴식 시간도 갖고 점심 설거지와 저녁 영업 준비를 한다.

"구라타 먼저 쉬어."

"알겠습니다. 그럼 먼저 쉴게요."

"그래. 마음껏 즐기도록 해."

"네, 고맙습니다."

구라타는 신이 나서 입이 마스크에서 삐져나올 정도로 함박웃음을 지으며 주방으로 들어갔다.

"미치루 씨가 드실 점심도 만들어 놓을게요."

"고마워."

주방 견습생인 구라타가 자기 마음대로 가게의 주방을 이용해서 요리할 수 있는 시간은 휴식 시간뿐이었다. 우리 가게에서 아르바이트를 시작한 지 반년이 지났으니 설거지와 음식 재료 손질 말고도 할 수 있는 일이 많아지기는 했지만, 손님에게 내는 요리를 하려면 기바 씨의 엄격한 심사를 통과해야 한다.

오늘은 어떤 요리를 해 줄지 기대하면서 점심 영업으로 어지러워진 가게 안을 치우기 시작했다. 식당 정문으로 들어오면 오른편에 계산대가 있고, 그 옆으로 드링크 카운터가 있다. 사모님은 항상 카운터 안에 자리 잡고 있고, 사장님은 주방과 홀을 왔다 갔다 한다.

카운터 앞에는 나무 의자가 6개 놓여 있는데 지금은 5개로 줄였다. 왼쪽은 테이블 자리이고 2인용 테이블과 의자가 놓여 있다. 손님들 인원수에 맞춰 의자와 테이블을 움직여 세팅할 수 있게 되어 있다. 이쪽에도 전에는 2인용 테이블이 7세트 있었는데 6세트로 줄였다. 자리를 줄였기 때문에 손님이 꽉 차도 매상은 예전만큼 나오지 않는다. 드링크 카운터 안쪽에 주방으로 통하는 문이 있고, 테이블이 놓인 쪽의 안쪽으로 화장실이 있다. 옅은 핑크색 벽에는 이 식당을 처음 열었을 때 가게 앞에서 찍은 주인 부부의 사진이 걸려 있다.

테이블과 의자를 다시 정돈하고 알코올 스프레이로 소독을 했다. 칠판에 썼던 점심 메뉴를 지우고 저녁 추천 메뉴를 적어 놓았다. 얼마 안 남은 아이스커피와 아이스티를 버리고 새로 만들어 두었다. 커피에 들어가는 시럽과 크림 등의 재고를 살펴서 새로 주문하거나 사 와야 하는 물품이 없는지 확인했다.

"안녕하세요."

문이 열리며 메구미 씨가 가게 안으로 들어왔다. 메구미 씨는 상점가에 있는 주류 상점 주인의 딸이다. 나이는 나랑 엇비슷해 보였다. 그쪽 상점에서 우리 식당에 주류를 들여오는 일도 있기에 메구미 씨는 우리 식당 단골이면서 거래처이기도 했다.

"어서 오세요."

"우리 쪽 주문 있어?"

메구미 씨가 물으면서 손 소독을 한 다음 카운터 자리에 앉았다.

"오늘은 없어요."

일단 그렇게 대답한 뒤 드링크 카운터 안을 둘러보면서 와인과 맥주 재고를 다시 한번 확인했다.

"오케이."

"식사 주문할래요?"

"점심 아직 돼?"

"원래는 2시까지지만 괜찮아요."

"그럼 믹스 프라이 정식으로."

"네. 잠시만 기다려 주세요."

주방과 홀 사이의 벽에 나 있는 작은 창문을 통해 주방에 주문을 넣었다. 구라타가 뭔가 이상한 걸 만들고 있는지 기바 씨 웃음소리가 들려왔다.

"믹스 프라이 하나요."

"네."

웃던 목소리 그대로 기바 씨가 대답했다.

"뭐 하는 거예요?"

"여자한테는 말 못 하는 거."

"성차별이네."

"됐으니까 그냥 나가."

"네, 네."

드링크 카운터로 돌아왔다.

"무슨 일인데?"

메구미 씨가 물었다.

"남자들끼리 시시덕거리고 있어서요. 보나마나 시답잖은 일이겠지요."

"아무튼 남자들은 나이가 들어도 철딱서니가 없다니까."

"말에 진심이 담겼네요."

"티 나?"

한 번도 결혼한 적이 없고 내내 싱글이었던 나와는 달리 메구미 씨는 돌싱이다. 이십 대 초반에 결혼해서 10년 넘게 결혼 생활을 하다가 이혼하고 이 동네로 돌아왔다. 내가 아네모네에서 일하기 시작했던 5년 전에도 이미 주류 상점에 있었으니 이혼한 지 최소한 5년 이상은 된 셈이다. 무슨 이유로 이혼했는지는 소문과 메구미 본인의 이야기를 통해 대충 알고 있었다. 아이가 생기지 않아서 시댁 쪽과 틀어졌던 모양이다. 하지만 말로 할 수 있는 단순한 요인들만이 원인은 아니었을 것이다.

"음료는 아이스커피, 괜찮아요?"

"응, 그걸로."

"잠시만요."

갓 만들어 놓은 아이스커피를 잔에 따라 메구미 씨에게 내주었다.

"사장님이랑 사모님은 또 못 나온대?"

"어제 태풍 때문에 좀 안 좋은가 봐요."

"그렇군."

"이런 식으로는 앞으로 얼마 못 버틸 것 같아요."

"왜?"

"음, 아무래도 그렇죠. 여긴 사장님과 사모님이 하는 식당이니까."

주인 부부에게는 자녀가 없다. 친척들과도 거의 왕래가 없는 것 같다. 이 식당을 물려받을 사람이 아무도 없다는 뜻이다. 기바 씨가 이어받는다는 이야기가 나온 적도 있지만 그렇게 간단하게 해결될 사안이 아닌 모양이다.

"하긴 여기 상점가에 있는 가게들도 하나같이 비슷한 고민이 있는 모양이더라고."

"그렇겠죠."

"우리 가게도 내가 이혼하고 돌아오지 않았으면 이어받을 사람이 없었을 테니까."

"그렇군요."

"내가 이혼해서 돌아온 게 다행이라고 봐야겠지?"

"뭐라고 대답하기가 참 난처하네요."

"여기가 없어지면 미치루는 어떡할 거야?"

"글쎄요, 어떡하면 좋을지 모르겠네요."

이야기를 계속하면서 물건들을 정리했다.

내가 대학을 졸업할 무렵 일본 사회는 취업 빙하기였다. 취업하고 싶어도 사람을 뽑지 않았다. 그래도 어디든 직장을 구해야 한다는 생각에 죽을힘을 다해 구직 활동을 했다. 간신히 채용 통지를 받은 곳은 의료계통 전문학교용 문제집을 만드는 작은 출판사였다. 사원이라고는 여덟 명밖에 없는 영세기업으로 사무를 보는 여직원 한 명과 나 말고는 모두 나이 지긋한 남자들뿐이었다. 좋은 일도 없었고, 나쁜 일도 없었다. 정규직 사원이고, 월급도 꼬박꼬박 나오니 충분하다고 생각했는데 그마저도 내가 들어간 지 3년이 채 되기 전에 회사가 망해 버렸다. 한정된 수요를 보고 하는 일이라 원래부터 경영이 힘들었던 모양이다.

그 후로는 정규직으로 취업하지 못한 채 파견사원이나 계약직으로 2년이나 3년마다 일자리가 바뀌었다. 정규직을 옆에서 보좌하며 사무를 보는 일들이 대부분이었다. 서른다섯을 바라볼 즈음이 되자 이대로 파견사원이나 계약직으로만 일을 계속하기는 힘들겠다는 생각이 들었다. 회사에 따라서는 갑질을 당하는 일도 있었고, 아무리 해도 사무 일이 재미없었다. 나이에 따른 한계도 느끼기 시작했다. 앞으로 어떻게 살아갈지 진지하게 고민해 봐야겠다는 생각이 들었고, 그동안 생활비라도 벌자는 가벼운 마음으로 아네모네에서 아르바이트를 시작했다.

홀 서빙은 예상보다 훨씬 더 내 적성에 맞는 일이었다. 식당에서 주는 밥도 맛있고 사장님과 사모님, 기바 씨 모두 친절했다. 손님들과 대화하며 즐겁게 일할 수 있었다. 아르바이트이긴 해도 매일 일하면 생활을 꾸려 갈 만큼의 돈은 벌 수 있었다. 이런 식으로 계속 살아갈 수는 없다는 사실을 알면서도 나중 일을 걱정하지 않게 되었다.

"전처럼 파견사원이 되거나 계약직을 다시 해야 하나 싶네요."

메구미 씨에게 말했다.

"뭐든 즐겁게 일할 수 있는 걸 해야지."

"그렇기는 하지만요."

신이 나서 요리 공부를 하는 구라타가 참 부러웠다. 좋아하는 일이 있고, 그 일을 직업으로 삼을 수 있다면 얼마나 좋을까. 사장님도 그렇고 기바 씨도 그렇고 요리사 이외의 일을 해 본 적이 없다고 했다. 나는 수많은 회사에서 다양한 일을 해 왔는데 '이거다!' 싶은 일을 찾지 못했다. 나에게 일이란 생활비를 벌기 위한 수단일 뿐 '좋다 싫다'로 고를 수 있는 문제가 아니었다.

"나이 때문에 일자리 찾기가 어렵다고 생각할지도 모르지만 잘 찾아보면 의외로 할 수 있는 일이 많아."

"정말 일자리가 있을까요?"

"있을걸."

"막막하네요."

물잔을 정리하던 손이 멈췄다.

"요즘 들어서 이런저런 생각이 자꾸 들어서요."

"무슨 생각?"

"앞으로 세상이 어떻게 되려나, 난 어떻게 살아야 하나, 뭐 그런."

"예를 들면?"

"5월 말에 마흔이 되었거든요. 가게에서 하루 휴가를 얻기는 했는데 어디 갈 데도 없고 해서 그냥 방 안에 틀어박혀 잠만 잤어요. 생일 축하한다는 메시지도 고등학교 때부터 알던 친구 몇 명한테서만 받았고요. 나는 이대로 결혼 한번 못 해 보고 죽을 때까지 혼자 살겠구나 하는 생각이 들더라고요. 지금 하는 일을 좋아하지만 앞으로 계속할 수 있는 것도 아니고. 긴급사태 선언이나 영업시간 단축 요청 때문에 식당에서 받는 급여도 줄어서 모아 두었던 돈을 반이나 써 버렸어요. 이 식당이 망하지 않는다고 해도 앞으로 살아갈 일을 생각하면 정말 빠듯해요. 물론 결혼한다고 해서 당장 안락한 생활이 기다리는 건 아니라는 것도 알아요. 그래도 서로 힘이 되어 주면서 함께 살아갈 수 있는 사람이 옆에 있으면 좋겠다는 생각이 들더라고요. 사실은 굳이 남자가 아니라도 상관이 없어요. 그렇다고 친구랑 같이 사는 건 어딘지 좀 번거로울 것 같다는 느낌이 들고요. 이 가게를 그만두면 좋아하지도 않는 일을 하면서 홀로 살아가야 하는구나 싶어요. 평균 수명을 따져 보면 아직 절반도 안 살았는데. 도대체 무얼 위해 태어나서 무얼 위해 살아가는 건가 싶기도 해요. 그렇다고 목숨을 걸고 꼭 해 보고 싶은 무언가가 있는 것도 아니고."

"요즘 많이 힘든가 보네?"

메구미 씨가 다독이듯이 부드럽게 미소 지으며 물었다.

"좀 그런가 봐요."

나도 빙긋이 웃으며 솔직한 속내를 한꺼번에 쏟아내 버린 창피함을 얼버무렸다. 진지한 삶의 고민인 것은 맞지만 메구미 씨를 상대로 털어놓을 일은 아니었다.

하지만 그렇다고 의논할 친구나 애인이 있는 것도 아니다. 친구라고 부를 만한 사람들이 없지는 않지만 대부분 결혼했다. 혹은 보람을 느끼는 일에 매진하면서 산다. 번듯한 어른이라는 소리를 새삼스레 듣기에는 늦은 나이가 되었으면서도 여전히 학생 때처럼 어영부영 사는 사람은 나밖에 없었다.

주방에서 음식이 완성되었음을 알리는 벨 소리가 울렸다. 메구미 씨가 주문한 믹스 프라이 정식을 가지러 갔다.

밤이 되자 바람이 강해졌다. 구라타가 아까 말한 대로 태풍이 다시 가까워진 모양이었다. 집으로 돌아가 후덥지근한 집 안 공기를 환기하려고 창문을 열었더니 커튼이 펄럭였고 테이블 위에 있던 네일숍 광고지가 날아갔다.

창문을 닫고 에어컨을 켠 뒤 쓸모없는 광고지를 쓰레기통에 버렸다. 전 세계에 창궐한 전염병, 미치도록 덥고 끝도 없이 계속되는 여름, 쉴 새 없이 닥쳐오는 태풍. 세기말을 다룬 SF 영화에서나 나올 법한 일들이 일상이 되어 버렸다.

'이 물건도 공상과학이었지' 하는 생각을 하면서 가방에서 핸드폰을 꺼냈다. 매달 적지 않은 금액의 통신 요금을 내면서도 도무지 활용을 제대로 못 하고 있었다. 음악을 듣고, 동영상을 보고, SNS를 확인하고 친구에게 톡을 보내는 정도였다.

예전에는 한 달에 몇 번씩 지인과 만나는 약속이 있어서 장소나 시간을 정하기 위해 연락을 주고받기도 했고, 만났을 때 다하지 못한 수다를 더 떨기 위해 핸드폰으로 메시지를 주고받는 일도 많았다. 코로나가 퍼진 이후에도 약속이 없지는 않았지만 예전에 비해 현저히 줄어들었다. 그에 따라 메시지 알림 소리가 울리는 횟수도 자연스레 줄었다.

데이팅 어플을 통해 결혼할 사람을 찾아볼까 생각한 적도 있었지만, 등록만 했는데도 기가 빨리고 진이 빠져 버렸다. 결혼 상대자에게 어떤 점을 바라는지 알기 위해서는 내가 인생에서 무엇을 추구하는지 고민해야 했다. 돈이 다가 아니라고 생각은 한다. 하지만 돈이 없으면 살 수 없다. 그렇다고 돈만 있다고 다 되는 건 또 아니다. 건강해야 하고 즐겁게 살 수 있어야 한다. 즐겁게 살기 위한 조건이나 과거의 상처 혹은 질병을 어느 정도까지 받아들일 수 있는지 등등 상대방의 조건을 따지다 보면 그에 상응하는 내 조건은 어느 정도인가 하는 문제에 맞닥뜨린다. 머리가 지끈거리면서 현기증이 났다. 너무 어렵게 따지지 말고 그냥 속 편하게 등록하면 되었을 테지만 그럴 수가 없었다.

최소한의 기능밖에 쓰지 못하고 있는 핸드폰으로 날씨 정보를 알아봤다. 태풍이 모레 밤에 간토 지방을 강타한다고 나와 있었다.

아네모네는 또 가게 문을 닫아야 할지도 모른다. 그러면 이번 달 급여에서 이틀 치가 줄어든다. 프랜차이즈 가맹점처럼 본사가 큰 곳이라면 가게 문을 못 열어서 일하지 못했을 때도 보상금 같은 것을 청구할 수 있을지도 모른다. 하지만 개인사업자가 경영하는 아네모네에서는 불가능한 일이다. 긴급사태 선언이 나왔을 때나 영업시간 단축 요청이 있었을 때도 기바 씨가 알아봐 주지 않았다면 아무런 보상금도 받지 못할 뻔했다. 몸도 마음도 피폐해지고 약해진 사장님이나 사모님한테 돈 얘기를 꺼내는 건 힘든 일이지만 그렇다고 마냥 좋게 넘어가다가는 내가 못 살 판이다.

포털 사이트의 뉴스를 보면 나랑 비슷한 나이의 여자가 노숙자가 되었다는 기사가 심심치 않게 눈에 띈다. 하나같이 나처럼 대학을 졸업하고도 제대로 된 회사에 들어가지 못한 채 파견사원이나 계약직을 전전하던 사람들이었다. 코로나 사태가 심각해지면서 파견 나갈 회사가 없어지거나 계약이 끊겨 나앉게 되었다고 한다. 나도 이십 대와 삼십 대 때처럼 파견사원이나 계약직으로 계속 있었으면 그런 꼴을 당했을지도 모른다.

도저히 안 될 것 같으면 시즈오카에 있는 부모님께 갈 수도 있지만 금전적으로 도움을 줄 만큼 여유가 있지는 않았다. 게다가 부모님은 지금 오빠네 가족들과 함께 살고 있다. 그 집에는 고등학생 아들과 중학생 딸까지 있어 몇 달씩 신세를 질 수도 없는 상황이었다.

음식점 아르바이트 중에서도 바나 이자카야 같은 곳에서 일했으면 위험할 뻔했다. 아네모네는 점심 영업이 메인이고 저녁 영업도 이른 시간에 손님들이 오기 때문에 시간제한에 덜 걸렸다. 그나마

운이 좋았다는 생각에 가슴을 쓸어내리기도 했다. 하지만 나도 언제 일자리를 잃고 수중에 돈 한 푼 없게 될지 모르는 일이었다.

무슨 일이든 주어지는 대로 해야겠다는 생각은 하고 있다. 그런데 마흔을 지난 내가 무슨 일을 할 수 있을까?

파견사원이나 계약직으로는 아무래도 젊은 여성들에 대한 선호도가 높다. 업무 보조가 주된 일이니 그게 당연한지도 모른다. 자기보다 나이 많은 사람에게 일을 시키기는 힘드니까. '사십 대 이상은 사절'이라고 대놓고 말할 리 없겠지만 나만 하더라도 서른 살을 지난 시점부터 파견 나가는 회사의 질이 달라졌다는 느낌을 받았다. 이십 대 때는 모두가 이름을 아는 대기업이나 쾌적하고 깔끔한 사무실에서 일하는 벤처 기업, 혹은 유명한 사립대학의 연구실 등 선택할 수 있는 곳이 다양하고 많았다.

내세울 만한 자격증 하나 없고, 변변한 기술도 갖추지 못한 내 잘못이 크겠지. 10인분의 음식 주문을 메모 없이 외울 수 있는 재주를 가졌다고 한들 그런 점을 알아줄 회사가 어디 있을까?

아네모네에서 바쁘게 일하는 동안에는 손님들과 기바 씨, 혹은 구라타와 이야기하느라 잊을 수 있었던 불안감이 다시금 마음을 좀먹어 갔다. 혼자 있는 건 정신 건강에 좋지 않다. 신세 한탄과 막연한 불안감에 매몰되어 칠흑 같은 어둠 속으로 가라앉아 버린다.

9월도 다 지났으니, 연달아 들이닥치던 태풍만 지나가면 좀 선선해지겠지 싶었는데 여전히 더웠다. 창밖의 풍경이 열기로 인한 아지랑이 속에 가물거려 마치 모두가 환상인 것처럼 보였다.

식당에 들어오는 손님들은 대부분 자리에 앉자마자 물부터 찾아서 꿀꺽꿀꺽 들이켰다. 물잔이 비면 바로 채워 주러 가야 하기 때문에 손님들을 잘 지켜보고 있어야 한다. 그 탓에 신경이 좀 쓰이기도 하지만 오늘은 사장님과 사모님, 그리고 유키까지 나와 있어 마음에 여유가 있었다.

아무리 더워도 날씨가 맑으면 컨디션까지 덩달아 괜찮아지는지 오늘은 사장님과 사모님 둘 다 안색이 좋아 보였다. 사장님은 주방에 들어가 있었고 사모님은 카운터 자리에 앉은 단골손님들을 상대하고 있었다. 나와 유키는 테이블 자리에 앉은 손님들만 챙기면 됐다.

"오늘 점심은 햄버그스테이크래요."

잠시 짬이 난 틈에 유키가 다가와서 속삭였다.

"그래?"

"구라타가 아주 특별한 햄버그스테이크를 만들어 준다고 했어요."

"뭐가 특별하다는 건데?"

"잘은 모르겠지만 너무 기대돼요."

유키가 신이 난 표정으로 말하더니 주문을 받으러 손님 쪽으로 갔다.

유키는 올봄에 대학을 졸업했다. 여행업계 쪽 일을 하고 싶다면서 아주 열심이었다. 졸업하고 영어 공부를 위해 반년 동안 유학 갔다가 돌아와서 취업 준비를 할 예정이었다. 그런데 상황이 도와주지 않았다. 다른 업종의 회사라도 그냥 들어갈까, 아니면 아르바이트를 계속하며 유학이 가능해지는 시기를 기다렸다가 유학을 다녀와 원하던 회사에 취직할까 심각하게 고민했다. 결국 기다려 보는 쪽으로 마음을 정했다. 풀 죽어 지내던 시기도 있었지만 요즘 들어서는 구라타와 이런저런 이야기를 하며 밝게 웃는 얼굴이 자주 보였다.

"유키랑 구라타는 요즘 어떤 것 같아?"

이번에는 사모님이 다가와서 속삭였다.

"글쎄요. 어떤지 모르겠네요."

"유키가 좋아하는 것 같지?"

"음."

"구라타는 어떤지 잘 모르겠단 말이야."

"그러니까요."

"식사를 만들 수 있게 되어서 신이 난 건지, 아니면 유키와 말을 섞을 수 있어서 신이 난 건지."

"저도 분간이 잘 안 되네요."

젊은 두 사람의 연애사에 감 놔라 배 놔라 참견했다가 공연히 사이가 틀어지기라도 하면 안 되지 싶어서 사장님과 사모님, 기바 씨 그리고 나까지 당사자들에게는 아무 말도 하지 않고 티를 내지 않으려고 애쓰는 중이었다.

내가 이곳에서 일하기 시작한 뒤로 아네모네 종업원들 사이에 연애 감정이 생기는 일은 한 번도 없었다. 기바 씨는 자녀들까지 있는 유부남이었고, 주방 보조로 일하는 이십 대 어린 친구가 내 눈에 연애 상대로 보일 리는 만무했다. 구라타가 오기 전에 일하던 남자 아르바이트생에게는 여자 친구가 있었고, 그 무렵에는 유키도 같은 대학에 다니는 남자 친구와 사귀는 중이었다. 종업원이라고 해 봐야 한 손에 꼽히는 작은 가게에서 사랑싸움이 나거나 하면 골치가 아프겠지만 유키와 구라타의 풋풋한 젊음은 보기 좋았고, 어두운 화제가 많은 요즘 같은 때에 그나마 기분을 좀 밝게 만들어 주기도 했다.

차임벨 소리가 들려서 나폴리탄 스파게티와 비프스튜를 가지러 갔다. 주방을 들여다보니 사장님과 기바 씨의 지시를 받으며 구라타가 부지런히 움직이고 있었다. 구라타는 밝고 싹싹한 성격에 외모도 괜찮은 편이었다. 쉬는 날이면 낚시도 가고 캠핑도 즐기는지 햇볕에 타서 까무잡잡하니 생동감이 넘쳐 보였다.

내가 이십 대였으면 마음이 갔을지도 모른다. 그러나 지금 이 나이에는 그런 생각을 하는 것 자체가 반갑지 않은 일이 될 수도 있었다.

준비된 음식을 손님에게 내드렸다.

5년 전에 남자 친구와 헤어진 이후로 연애하고는 점점 멀어지는 느낌이다. '괜찮다' 싶은 사람이 보여도 이십 대나 삼십 대 때처럼 관계가 원활하게 진전되지 않았다. 결혼이나 출산이 너무도 현실적으로 다가오기 때문에 마냥 좋고 즐겁기만 할 수가 없었다. 상대방도 어딘지 모르게 경계하는 것처럼 느껴졌다. 사귀는 사람이 없는 기간이 길어질수록 점점 연애 세포가 죽어 가는 느낌이 들었다.

이대로 가면 결혼은 고사하고 사귀는 사람도 없이 혼자 살아가게 되는 게 아닐까?

꼭 결혼하고 싶다거나 남자 친구가 있어야 한다는 것은 아니다. 혼자 있는 것이 편하고 좋다고 느낄 때도 많다. 그래도 외로움은 어쩔 수가 없었다. 혼자 살아가야 하는 현실에 대한 불안감이 날이 갈수록 점점 심해지고 있었다.

태풍으로 가게 문을 열지 않았기 때문에 내가 받을 이번 달 급여는 예정보다 이틀 치 줄어든다. 최소한의 돈으로 생활하면 어떻게든 버틸 수는 있다. 그런데 만에 하나 감기에 걸린다거나 치과에 가야 한다거나 예상 밖의 지출이 생기면 통장에서 빼야 한다. 그렇게 빼다 쓸 수 있는 예비금도 이제 얼마 남지 않았다. 다음다음 달에는 아파트 계약도 갱신해야 하니 그때를 대비해서 돈을 남겨 두어야 했다.

아네모네에서는 일하는 시간을 더 이상 늘릴 수 없다. 쉬는 날에 다른 아르바이트를 뛰어도 되겠지만 그러면 일만 하는 인생이 되고 만다.

사실 휴일에 어디 놀러 가거나 하는 것도 아니라서 아주 불가능한 일은 아니다. 그래도 사는 게 너무 팍팍하고 힘들어진다.

이십 대 때 취업 준비를 좀 더 열심히 해서 정규직으로 취직했어야 했나?

취업 빙하기라고 불리던 그 당시에도 친구들은 대부분 제대로 된 회사에 채용되었다. 그 회사에서 지금까지 일하는 친구들도 있고 다른 회사로 옮긴 친구들도 있다. 나처럼 아르바이트만 하는 친구들도 있기는 하지만 대개는 이미 결혼했거나 혹은 집안에 여유가 있어서 불안할 일은 없어 보였다. 그 사람들은 금전적으로 여유가 있는 상태에서 그냥 취미 삼아 일하는 모양이었다.

코로나라는 전염병이 창궐하기 전에는 아르바이트만 해도 충분히 생활할 수 있으니 즐겁게 사는 편이 낫다고 여기며 지냈다. 그러나 팬데믹을 겪으면서 앞으로는 그런 어쭙잖은 태도로는 살아갈 수 없다는 것을 절실히 깨달았다. 내일 세상이 어떻게 되어도 우선은 먹고살 수 있을 정도의 돈이나 보장이 반드시 필요했다.

아네모네가 당장 몇 달 사이에 문을 닫거나 하지는 않을 것이다.

미래가 어떻게 될지는 아무도 모르는 일이고 어쩌면 더 좋은 쪽으로 바뀔 수도 있다. 지금은 세상이 어떻게 바뀔지 분명하지 않으니 어설프게 움직이지 않는 것이 좋다. 정말로 길거리에 나앉을 정도로 생활에 쪼들린다고 해도 아는 사람 하나 없는 회사의 파견사원으로 있는 것보다는 여기 있는 편이 그나마 나았다. 적어도 의지할 사람들이 있으니까. 하지만 머리로는 아무리 그렇게 생각해도 마음은 여전히 무겁기만 했다.

사장님에게는 사모님이 있고, 유키에게는 구라타가 있고, 기바 씨에게는 부인과 자녀들이 있다. 나만 혼자 외톨이라는 생각이 들었다. 어쩌면 내가 해결해야 할 문제는 돈이나 애인의 유무가 아닐지도 모른다. 어디에 있든 무엇을 하든 이 불안감은 계속 따라다닐 테니까.

사모님이나 유키와 이야기를 하고, 손님들이 부르면 응대하고, 음식이 나오면 서빙하고, 손님이 나가면 빈 테이블 치우는 일을 계속했다. 분주하게 몸을 움직여서 가슴 속에 퍼져 나가는 짙은 어둠을 애써 외면하려 했다. 그런데 마치 등 뒤에서 검은 연기가 피어올라 내 뒤를 쫓아오는 것만 같았다. 온 힘을 다해 달아나 봐야 그 연기를 퍼뜨리기만 할 뿐이었다.

"이거 여기 둘게요."

설거지를 마친 물컵들이 들어 있는 케이스를 들고 구라타가 주방에서 나왔다.

"땡큐."

카운터로 들어가서 케이스를 받아 들었다.

"미치루 씨, 점심으로 햄버그스테이크 괜찮아요?"

"응, 좋지."

"아주 특별한 걸 만들 작정이니 기대하셔도 좋아요."

"알았어."

구라타가 콧노래를 흥얼거리면서 주방으로 돌아갔다. 유키에게도 똑같은 식으로 말했겠구나 싶었다. 역시 구라타는 유키에게 마음이 있는 게 아닐지도 모른다. 젊은 두 사람의 관계가 연애로 이어지지 않으리라는 점에 이상하게 안도감이 들었다. 그러면서 난 왜 이럴까 싶었다.

구라타가 만든 햄버그스테이크는 화이트소스에 버무리고 치즈를 얹어 오븐으로 구워 낸 것이었다. 그라탱처럼 보이기도 했다. 처음에는 이 더운 날에 굳이 뜨거운 음식을 만들고 싶었을까 하는 의문도 들었지만, 짱짱하게 틀어 놓은 냉방 때문에 한기가 들었던 참이라 마침 딱 맞는 음식이었다.

언제 어디서든 따뜻한 음식을 먹으면 속이 좀 풀리는 것 같다. 화이트소스의 부드러운 달콤함이 가슴 속에 퍼져 있던 검은 불안감을 씻어 주는 느낌이 들었다.

"어때요?"

구라타가 주방 안쪽에 있는 직원용 휴게실에 얼굴을 들이밀며 물었다.

"맛있네. 잘 먹었어."

"그래요? 다행이네요."

구라타는 기뻐하는 얼굴로 돌아갔다.

이제 나에게는 구라타처럼 앞으로의 생활에 대해 걱정하지 않고 그저 즐거운 마음만 가지고 살아가는 일은 없겠지.

햄버그스테이크의 맛에 속이 풀렸다고 현실을 외면하지 말고 다음 달 이후에는 어떻게 살아가야 할지 진지하게 생각해 봐야 한다. 일자리를 바꾸든지, 투잡을 뛰든지, 지금보다 더 절약하며 살든지, 월세가 덜 드는 곳으로 이사하든지.

이사를 하는 데도 돈이 들지만 장기적으로 봤을 때 그렇게 하는 편이 나을지도 모른다. 그렇지만 지금 내가 사는 아파트의 월세도 이 근방에서는 제일 저렴한 축에 속했다. 겉에서 볼 때는 그럴듯해 보이는 아파트이지만, 내가 사는 곳은 원룸에다 욕실과 화장실이 일체형으로 되어 있는 작은 집이라 학생 때 살던 원룸과 거의 차이가 없었다. 도쿄 시내를 벗어나면 월세가 낮은 집을 찾을 수 있었다. 그러나 그렇게 하면 일자리도 새로 알아봐야 하고 시간당 최저 임금도 내려간다. 아무리 고민해도 어떻게 해야 좋을지 답이 나오지 않았다.

뒷문이 열리는 소리가 들리더니 메구미 씨가 들어왔다. 메구미 씨는 주류를 배달할 때 식당 입구가 아닌 뒷문으로 들어온다.

"수고하십니다."

햄버그스테이크를 다 먹은 내가 술을 받으러 나갔다.

"수고, 수고. 쉬는 시간 아니었어?"

"괜찮아요."

납품서와 상품을 보면서 주문한 품목이 다 있는지 확인했다.

"요즘은 좀 어때?"

"뭐가요?"

"전에 고민 중이라고 했잖아."

"음, 아직도 생각 중이에요."

"뭐가 문젠데?"

"잠깐 나가서 얘기해요."

주방에서 떠들면 사장님과 기바 씨, 구라타에게 들킬 수도 있었다. 뒷문으로 나가자 후끈한 바깥 열기가 순식간에 온몸을 덮쳤다.

"차 안으로 들어갈까?"

메구미 씨가 물었다.

"그럼 저야 좋죠."

뒷문 바로 앞에 주차된 주류 상점 배달용 밴에 올라탔다. 냉방이 거의 안 되는 느낌이었지만 그래도 바깥 온도보다는 한결 나았다. 메구미 씨가 운전석에 타고 나는 조수석에 앉았다.

"그래서 어떻게 한다는 건데?"

"집도 이사하고 일자리도 새로 알아볼까 생각하고 있어요."

"아네모네 일을 그만두고 싶은 거야?"

"아니요. 계속 여기서 일하고 싶죠. 하지만 가게 경영도 어려워지고 있어서 앞으로 몇 년 못 버틸 것 같아요. 사장님이랑 사모님도 무리하지 않았으면 좋겠고요. 공연히 빚만 더 늘기 전에 접는 편이 낫지 않을까 하는 생각도 들어요."

코로나 사태가 막 시작되었을 무렵 오래된 양식당 몇 군데가 문을 닫았다. 모두 하나같이 나이 많은 주인이 꾸려 가던 식당들이었다.

너무 힘들어지기 전에 가게를 접고 평온하고 안락한 노후를 맞이하는 것도 괜찮은 선택일 것이다.

"그 말도 맞지. 그래서?"

"나도 어차피 일자리를 옮길 거면 빠른 편이 낫고요. 나이의 벽이라는 게 삼십 대까지만 해도 우스갯소리처럼 할 수 있었던 말이었죠. '나이를 먹었네, 이제 아줌마 다 됐네' 하면서도 별로 심각하지 않았고 그냥 던지는 농담 같은 거였어요. 그런데 사십 대가 되니까 갑자기 눈앞에 닥친 현실이 되더라고요. 취업을 하려고 해도, 결혼을 하려고 해도 찾아 주는 곳이 없어졌어요. 앞으로는 점점 더 설 자리가 없어지겠죠."

"꼭 그렇지만은 않다고 말해 주고 싶은데 현실을 보니 도저히 아니라고 할 수가 없네. 사실 나도 우리 가게를 계속 꾸려 갈 수 없게 되면 어떡하지 고민한 적이 있으니까."

"월세가 좀 더 싼 지역으로 이사해서 일자리도 알아보고 앞으로 살아갈 방도를 찾아야겠다는 생각이 자꾸 들어요."

혼자 속으로만 끙끙거리던 고민을 말로 털어놓자 마음이 가벼워지기는커녕 정말 하기 싫다는 생각만 더욱 강해졌다.

차창 밖으로 아네모네의 뒷문이 보였다. 5년 동안 매일같이 일해 온 곳. 그래서 일상이 되어 버린 곳이었다. 이곳을 떠난다는 것은 상상조차 하기 싫었다.

"고향으로 돌아가는 건 어때?"

"그건 좀 힘들어요. 부모님 집에 얹혀사는 게 아니더라도 근처에 살 수 있으면 안심이 되겠지만 우리 고향은 너무 어중간한 시골이어서요. 찾으려고 마음만 먹으면 일자리도 있고, 어릴 적 친구들도 있어요. 그런데 그 좁은 지역 안에서 모든 것이 해결되니까 바깥으로는 안 나가게 되죠. 안정적인 인생을 원하는 마음도 있지만, 그렇다고 너무 뻔한 건 또 싫어서요."

"무슨 생각을 하는지 이해하지만 지금 당장 이사나 이직처럼 큰 결정은 안 하는 편이 낫지 않을까? 세상 돌아가는 상황도 그렇고, 사장님이나 사모님까지 걱정하니 미치루가 너무 힘들 것 같아."

"그럴지도 모르죠. 하지만 지금 당장 돈이 너무 빠듯해서요."

"상황이 좀 더 안정될 때까지 버틸 정도의 생활비도 없는 거야?"

"아슬아슬하죠."

"그렇구나."

"게다가 언제 상황이 안정될지도 모르는 거잖아요."

코로나 사태가 처음 시작되었을 때만 해도 정부에서는 2주 정도 바깥출입을 삼가고 버티면 된다고 했다. 그런데 2주가 지나 보니 사태는 더욱 심각해져 있었다. 마스크를 껴야 하고, 손을 철저히 씻어야 하고 수시로 소독해야 한다고 했다. 그러면서 마치 음식점들이 코로나를 확산시키는 주범인 듯 모두가 매도하고 손가락질했다. 사장님의 지인이 하던 가게는 감염자가 나왔다는 거짓 소문이 퍼지는 바람에 한순간에 손님들의 발길이 뚝 끊겨 버렸다고 했다. 긴급사태 선언이 나오자 가게 문을 열어도 손님들이 오지 않아 도시락을 파는 수밖에 없었다. 긴급사태 선언 이후 엄격한 단속이 시행되는 동안에는 감염자 수도 일시적으로 줄어드는 듯하더니 긴급사태가 해제되자 금세 다시 증가했다. 끝이 보이지 않는 상황 속에서 시간만 흘러

갔다.

"셰어하우스는 어때?"

메구미 씨가 나를 보며 물었다.

"네? 그건 젊은 사람들이나 하는 거 아니에요?"

"역 맞은편에 사십 세 이상의 독신 여성만 들어갈 수 있는 셰어하우스가 있는데. 거기 들어가 볼 생각은 없어?"

"음……."

"말이 셰어하우스지 자취방 여러 개가 한 집에 모여 있는 거나 마찬가지라던데. 욕실이랑 화장실이랑 부엌은 공용으로 쓰지만 각자 자기 방은 따로 있는 식으로 되어 있대. 예전에는 학생용 하숙집이었던 모양이더라고."

"음……."

"월세는 공과금이랑 인터넷 사용료까지 포함해서 5만 엔 정도인 걸로 알고 있어. 우리 가게 손님이 거기 집주인인 도키코 씨를 아니까 내가 소개해 줄 수 있는데."

메구미 씨는 기가 막힌 아이디어가 떠올랐다는 생각에 흥분했는지 신이 나서 떠들었다. 그런데 사실 나로서는 뭐라고 대답하기가 힘든 이야기였다.

"우선은 한번 보고 오지 그래?"

"그래야겠네요."

좋은 대안 같지는 않았지만 거절할 이유를 찾지 못해 일단은 알았다고 고개를 끄덕였다.

2층 계단 바로 옆에 있는 5호실에 들어가기로 했다. 부엌 바로 위에 있는 방이었다.

처음 보러 왔을 때는 안쪽에 있는 6호실도 비어 있었다. 끝에 있는 방이 낫지 않나 싶었지만 5호실에 들어가 본 뒤 마음이 바뀌었다. 5호실은 벚꽃 모양이 새겨진 반투명 유리 창문이 있고 바로 전에 살던 사람이 새로 발랐다는 연두색 벽지가 돋보이는 방이었다. 방 안의 모습을 보자마자 '여기다!' 싶었다. 새로 깐 바닥에서 은은한 풀 향기가 났다. 새싹의 집이라는 뜻이기도 한 와카바소(若葉莊)라는 이름처럼 봄날 초원에 있는 것 같은 기분이 들었다.

내가 쓰는 방은 다다미 여섯 장이 깔린 일반적인 크기인데, 세수와 양치 정도는 할 수 있는 작은 세면대가 있고 커다란 서랍장이 놓여 있었다. 해가 아주 잘 들어서 방 안이 따뜻하고 밝았다. 방 안에 다른 비품이 없어도 1층 부엌에 가면 냉장고와 전자레인지, 전기밥솥을 비롯해 칠면조도 구울 수 있을 만큼 커다란 오븐도 있었다. 욕실에는 세탁기와 건조기까지 있으니 생활에 필요한 가전제품이 다 갖춰져 있는 셈이었다. 온수가 나오는 비데가 설치되어 있는 공용 화장실도 깨끗했다.

노크 소리가 방 안에 울렸다.

"네."

문을 열어 보니 도키코 씨가 서 있었다.

"방은 좀 어때요? 지낼 만할 것 같아요? 어디 문제점이나 그런 건 없고?"

"네. 좋아 보이네요."

"아래층에 있을 테니까 필요한 게 있으면 언제든 말해요."

"네, 감사합니다."

도키코 씨는 가벼운 발소리를 내면서 계단을 내려갔다.

방 안에서 계단을 오르내리는 작은 소리까지 들리는 점이 마음에 좀 걸렸지만, 이 집에는 중년 이상의 여성들만 사니까 발소리를 쿵 쾅거리는 사람은 없을 것이다.

평일 낮이라 그런지 도키코 씨 말고는 모두 일하러 나가고 없는 모양이었다. 핸드폰으로 음악을 틀어 놓고 작은 책장에 책과 CD를 꽂아 넣기 시작했다.

이사를 위해 아네모네에 이틀간 휴가를 냈다. 어쩌면 하루만 쉬어 도 충분했을지 모르겠다.

이삿짐은 최소한으로 줄였다. 가전제품 중에 팔 만한 것들은 모 두 팔고, 친구나 지인들에게 줄 만한 것들은 다 주고, 버릴 수밖에 없 는 것들은 버렸다. 트위터에 '무료로 드립니다' 하고 올렸더니 처분 하기 애매하고 귀찮은 냉장고와 세탁기를 가져가겠다는 사람들이 나서서 한시름 놓을 수 있었다. 책과 CD는 3단으로 조립한 작은 책 장 안에 꽂을 수 있는 것들만 남겨 두고 나머지는 전부 팔았다. 음악 스트리밍 어플에 가입되어 있으니 CD는 전부 없애도 되겠다고 생각했는데 정리하면서 보니 몇몇 소장하고 싶은 것들이 있었다. 옷가지도 딱 필요한 것만 남겨 둬야겠다 싶어 정리하다 보니 의류 정리함 3개 분량과 결혼식용 원피스, 장례식용 정장밖에 남지 않았다. 그밖에는 노트북 PC와 작은 테이블, 침구 한 세트와 개인용 수건 그리고 자잘한 화장품과 잡화가 다였다.

역 맞은편으로 옮기는 간단한 이사에 이삿짐 트럭을 부르기도 애매해서 어떡해야 하나 고민하자 메구미 씨가 주류 상점 배달용 밴으로 옮겨 주겠다는 고마운 제안을 해 왔다. 메구미 씨는 밴으로 옮겨 온 짐을 방 안으로 나르는 작업까지 도와주고 나서야 돌아갔다.

침구는 한쪽 구석에 쌓아 두고 붙박이장에 옷가지와 수건들을 넣었다. 코트나 셔츠를 걸어 두는 옷걸이가 필요하기는 한데 일단은 한편에 쌓아 두었다.

와카바소에서는 입주 사례금이나 보증금을 받지 않아서 우선 오늘부터 이번 달 말까지 날짜 수로 계산한 금액과 다음 달 월세만 내면 된다. 가전제품과 책 그리고 CD가 생각보다 비싼 금액에 팔렸다. 방을 보러 온 날 마음을 정하고 그 자리에서 계약하고는 바로 이사했기 때문에 예전 아파트의 계약 갱신요금을 내지 않아도 됐다. 월세 안에 전부 포함되는 조건이라 앞으로는 공과금이나 인터넷 요금까지 신경 쓰면서 살지 않아도 된다. 이제 아네모네에서 받는 급여만으로도 어느 정도 여유롭게 살 수 있었다.

하지만 모아 놓은 돈이 충분치 않은 데다 앞으로 세상이 어떻게 돌아갈지 알 수 없는 상황이었다. 앞으로도 절약은 계속해야 한다. 필요한 물건들은 핸드폰에 메모해 두었다가 싸게 파는 곳을 알아보고 한꺼번에 사러 갈 작정이었다.

그렇게 물건들을 사러 다니는 시간과 주소 변경에 따른 각종 수속에 드는 시간을 따져 보니 이틀 휴가 내기를 잘했다는 생각이 들었다. 오늘 중으로 주민 센터에 가서 주소 변경까지 마칠 계획이었는데 짐 정리를 하다 보니 어느새 날이 저물었다.

활짝 열어 둔 창밖 풍경이 오렌지색으로 물들어 갔다. 눈 깜짝할 사이에 가을이 왔다 가 버렸고, 어느새 쌀쌀해지기 시작했다.

창문을 닫고 두툼한 카디건을 걸쳤다. 시장기가 느껴졌다. 자잘한 물건들은 나중에 정리하고 근처 편의점이나 슈퍼마켓에 다녀오기로 했다. 같은 동네라도 역 이쪽 편으로 와 본 적은 거의 없었다. 와카바소 주변에 어떤 가게들이 있는지 알아보는 것이 좋을 것 같았다.

현관에서 나가 왼쪽으로 쭉 가면 큰 길이 나오는데 그곳에 편의점이 있었다. 그 길을 따라 중고차 판매점들이 몇 군데 보였고 그 외에는 가게가 없는 것 같았다. 슈퍼마켓이나 잡화점은 역 근처에나 있는 모양이었다. 역까지는 도보로 15분 정도 걸렸다.

'이삿날이니까 국수를 먹어야지' 하는 생각에 저녁으로 토로로소바*를 샀다. 내일 아침에 먹을 음식도 사고 싶었는데 다른 사람들이 냉장고나 부엌을 어떤 식으로 쓰는지 알아본 다음 사는 편이 좋을 것 같아 참았다. 집을 보러 왔을 때 세입자들이 지켜야 할 규칙에 대

---

* 국물이 있는 메밀국수에 강판에 간 참마와 달걀흰자를 얹은 음식.

해 대강 들었다. 그래도 생판 남들끼리 한 지붕 아래 생활하는 것이니 세부적으로 지켜야 할 점들도 많을 것이다.

메밀국수만 가지고는 저녁이 모자랄 것 같아 간단한 후식과 계산대 옆에 놓여 있던 닭튀김까지 산 뒤 와카바소로 돌아왔다.

신발장의 비어 있는 곳에 일단 평소에 신는 운동화 한 켤레만 올려 두었다. 첫날이고 짐도 적어서인지 이사를 왔다는 느낌보다는 어디 여행 온 기분이 들었다.

방으로 바로 올라가지 않고 부엌으로 갔다. 냉장고를 열어 후식으로 산 안닌도후*를 넣어 두었다. 커다란 용기에 든 조림과 유리그릇에 담긴 채소절임 같은 음식들을 보니 고향 집의 냉장고 속 같았다. 하지만 고향 집과는 달리, 각자의 취향이 다를 법한 미소 된장은 제일 위 칸에 네 종류나 놓여 있었다. 마요네즈와 케첩, 각종 소스류 및 조미료 들도 서로 다른 회사 제품들로 두세 개씩 들어 있었다. 푸딩이나 요구르트, 젤리 같은 간식도 몇 개 보였는데 이름이 적혀 있거나 하지는 않았다. 십 대나 이십 대의 젊은 애들이 모여 있는 곳이 아니니까 다른 사람이 넣어 둔 음식을 마음대로 꺼내 먹거나 하지는 않는 모양이다. 달콤한 간식들이 늘어선 칸에 안닌도후를 나란히 놓았다.

다른 사람들이 돌아오기 전에 부엌을 좀 찬찬히 둘러봐야겠다고 생각하는데 갑자기 식탁 밑에서 뭔가 꿈틀하면서 의자가 흔들렸다.

---

*   중국 딤섬의 한 종류. 중국식 우유 한천 젤리.

'고양이나 개를 키운다는 얘기는 없었는데' 하면서 식탁 밑을 들여다보았다. 하얀 바탕에 파란색 꽃무늬 원피스를 입은 여자가 웅크리고 있었다.

"어!"

깜짝 놀라 큰소리를 내고 말았다.

"누구?"

웅크리고 있던 여자가 나를 쳐다보며 물었다.

"저는 모치즈키 미치루라고 하는데요. 2층 5호실에 이사 왔어요."

"그랬구나."

여자는 어딘지 삐친 사람 같은 반응이었다. 허리까지 내려오는 찰랑찰랑한 긴 머리에 팔다리도 길쭉길쭉했다. 식탁 밑에서 잔뜩 웅크리고 있는 모습까지 묘하게 잘 어울려 패션 잡지를 보는 것 같았다. 나보다 연상으로 보이지는 않는데 이 사람도 여기에 사는 세입자라면 마흔이 넘었을 것이다. 그런데 그보다도 자꾸만 어딘가에서 본 적 있는 얼굴 같다는 느낌이 들어 마음에 걸렸다.

"무슨 일인데 그래?"

내가 큰소리를 냈던 탓인지 도키코 씨가 부엌으로 들어왔다.

"아, 그게……."

식탁 아래를 가리켰다.

"어머, 치나미. 여기 있었네."

도키코 씨가 식탁 아래를 들여다보면서 말했다.

"안녕하세요. 4호실에 사는 나나세 치나미라고 해요."

여자는 그렇게 인사하면서 의자를 옆으로 밀어내고 테이블 아래에서 나와 천천히 몸을 일으켰다. 키가 큰 줄 알았는데 나란히 서 보니 내 키랑 별반 다르지 않았다. 아마 얼굴이 작아서 키가 커 보였던 모양이다. 그리고 이름을 듣는 순간 이 여자가 누구인지 생각이 났다. 소설가 나나세 치나미였다.

대학에 다니면서 십 대의 나이에 화려하게 데뷔한 소설가. 남다른 외모를 겸비한 탓에 큰 화제가 되었다. 이십 대 시절에는 '영어덜트'라고, 지금은 아예 새로운 장르가 되어 버린 젊은 세대용 엔터테인먼트 소설을 썼는데 그중 많은 작품이 시리즈가 되거나 애니메이션으로 제작되기도 했다. 그 뒤로 서서히 문학적인 작품에 도전하게 되어 문학상 후보로 이름이 오른 적도 몇 번 있었던 것으로 알고 있다. 나보다 2, 3살 정도 연상인데 비슷한 나이에 이렇게 대단한 사람도 있구나 싶어 데뷔 초기에는 소설도 몇 권 읽은 적이 있고 애니메이션도 보았다. 아까 내 방 책장에 꽂아 둔 책 중에도 이 사람 소설이 두 권이나 들어 있었다.

"배는 안 고파?"

도키코 씨가 치나미 씨에게 물었다.

"음, 그냥 방에 들어갈래요."

치나미 씨는 졸음을 참고 있는 어린아이 같은 목소리로 대답하더니 부엌에서 나가 버렸다. 계단을 올라가는 발소리가 너무 가벼워서 어딘가 허약한 사람 같았다. 방문이 열리고 닫히는 소리가 희미하게 들렸다.

"저 사람, 제가 아는 그 나나세 치나미 맞죠?"

도키코 씨에게 물었다.

"그 나나세 치나미라니?"

"소설가요."

"알고 있었네."

왠지 좀 난처한 표정으로 도키코 씨가 말했다.

"당연히 알죠! 저랑 비슷한 나이 때 사람이면 책을 안 읽는 사람들도 다 알고 있을걸요."

데뷔 초기의 나나세 치나미는 떠오르는 세기의 스타 같은 느낌이었다. 뉴스 프로그램에서 특집을 편성하기도 했고, 카메라가 며칠씩 함께 다니면서 찍는 다큐멘터리가 방영되기도 했다. 패션 잡지에 인터뷰 기사가 실린 적도 있었다. 경쾌하고 읽기 쉬우면서도 천박하거나 가볍지 않은 시적인 글이라며 '새로운 시대를 여는 작가'라고 모두가 칭송했다. 화목한 가족과 친한 친구들의 사랑을 듬뿍 받는 밝은 성격의 소유자라고 했고, 그런 그녀가 해맑게 웃는 모습은 세상 사람들이 가지고 있던 작가에 대한 이미지를 완전히 바꿔 놓기에 충분했다.

"식탁 밑에서 뭘 하고 있었던 걸까요?"

다 큰 어른이 그런 곳에 웅크리고 있다니, 아무리 생각해도 이상했다. 얼굴은 틀림없이 나나세 치나미인데 방송이나 잡지에서 보던 모습이나 분위기와는 완전히 딴판이었다. 몇 년 전부터 소설도 잡지도 보지 않아 잘 기억이 나지는 않았지만, 훨씬 더 밝은 느낌이었던 것 같았는데. 아까 내 앞에 있던 여자는 너무 어두워 보였다.

"지쳐서 그런 거지."

도키코 씨는 살짝 미소를 지으며 그렇게 말했다.

"미치루는 배 안 고파?"

"저녁거리 사 왔어요."

"냉장고 안에 들어 있는 반찬들은 알아서 꺼내 먹어요. 나랑 3호실의 미사코가 만든 건데 넉넉하게 만들어서 다 같이 먹을 수 있게 넣어 둔 거니까."

"아, 그럼, 저도 잘 먹겠습니다."

"그리고 이름 말인데, 미치루라고 불러도 괜찮지?"

"네. 뭐라고 부르셔도 저는 상관없어요."

냉장고를 열어 오징어가 들어 있는 토란 조림을 작은 접시에 조금 덜어서 전자레인지로 데웠다. 아네모네에서 먹는 점심은 대부분 양식이고 혼자서는 이런 조림을 만들 엄두가 나지 않기 때문에 오랜만에 먹는 가정식 반찬이 반갑게 느껴졌다.

"여기서는 서로 성이 아닌 이름으로 부르는 게 기본이라서."

"네."

"이름으로 불리는 게 문제가 될 것 같으면 성으로 불러도 되고."

"……문제가 돼요?"

"사람마다 각자 사정이 있을 수 있으니까."

도키코 씨가 냉장고에서 유자가 들어간 무절임을 꺼내 식탁에 놓으며 말했다.

"이것도 먹어 봐요."

"감사합니다."

에코백에서 토로로소바와 닭튀김을 꺼내서 반찬들과 함께 식탁에 놓았다.

"젓가락이랑 밥그릇은 가지고 왔고?"

"네, 일단은 챙겨 왔어요."

그릇장에는 지금 있는 세입자들의 물건으로는 보이지 않는 수많은 접시와 그릇이 빼곡하게 들어 있었다. 크기도 색깔도 제각각이어서 되는 대로 겹쳐 있었다. 과거에 살던 사람들이 놓고 간 물건들로 보였다. 있는 그릇들을 그냥 알아서 꺼내 쓰면 된다고 해서 내가 그동안 쓰던 그릇도 마음에 드는 몇 개만 남기고 모조리 처분해 버렸다. 하지만 아무리 그래도 젓가락과 밥그릇, 머그컵 정도는 들고 와야 할 것 같아 챙겨 왔다.

"빈자리 찾아서 적당히 넣고 쓰면 돼."

"알았어요."

"혹시 더 궁금한 게 있니?"

도키코 씨는 그렇게 물으면서 물을 끓여 녹차를 우려냈다. 그런 다음 반찬을 집어 먹으며 뜨거운 녹차를 홀짝홀짝 마셨다.

"아직 뭐가 뭔지 몰라서요."

어떻게 하면 좋을지 모를 일들이 앞으로 많이 생길 것이다.

"그렇겠네."

"참, 열쇠 주세요."

"아이고, 내 정신 좀 봐. 열쇠를 깜빡했네."

도키코 씨는 부엌에서 나가 자기 방으로 들어갔다.

혼자가 된 나는 저녁으로 사 온 토로로소바를 계속 먹었다. 누군가와 이야기를 하면서 밥을 먹는 건 오랜만이었다. 아네모네에서는 번갈아 가면서 휴식 시간을 갖기 때문에 밥도 혼자 먹어야 하고, 전에 살던 아파트에서도 항상 혼자였다. 코로나 사태가 발생한 이후로는 친구들과 만나는 일도 거의 없었다.

월세와 공과금이 줄었다 해도 근본적인 문제가 해결된 것은 아니었다. 여기는 어디까지나 일시적인 장소다. 돈 문제도 그렇고, 일 문제도 그렇고, 앞으로 어떻게 살아가야 할지를 잘 고민해서 정해야 한다. 그렇지만 누군가와 함께 밥을 먹을 수 있다는 점만으로도 마음이 많이 놓이는 것 같았다.

"자, 여기, 여기."

도키코 씨가 돌아왔다.

"이게 현관 열쇠야."

"고맙습니다."

열쇠 하나를 넘겨받았다.

"그리고 제 방 열쇠도 주세요."

"그게…… 방 열쇠는 없어."

"네?"

"워낙 낡은 건물이라 방 열쇠가 하나같이 녹이 슬어 못 쓰게 되었거든. 아예 문짝 자체를 갈아 버릴까 생각도 해 봤는데 그러면 돈도 많이 들고, 다들 그럴 필요까지는 없다고 해서."

"그래요……."

그런 건 여기를 계약한다고 했을 때 진작 말해 줬어야지.

저녁을 다 먹고 방으로 돌아가 나중에 사야 하는 품목들의 쇼핑 리스트를 만들고 주민 센터에서 전입 신고할 때 어떻게 해야 하는지 핸드폰으로 알아봤다. 도키코 씨도, 치나미 씨도 모두 자기 방 안에 있는지 집 안이 고요했다.

창밖에 펼쳐진 밤하늘을 올려다보았다. 이 근방은 높은 건물이 없어서 하늘이 유난히 넓어 보였다. 반달보다 약간 더 살찐 달이 떠 있었고, 작은 별 몇 개가 반짝였다. 전에 살던 아파트에서 이곳은 걸어서 30분도 채 걸리지 않는 거리였다. 그런데도 분위기가 전혀 다른 것처럼 느껴졌다.

근처에 대학도 있고 어린아이들도 많은 지역이기 때문에 좀 더 시끌시끌하겠거니 했다. 낮에는 거리를 오가는 학생들과 뛰어다니는 아이들 목소리가 자주 들렸다. 하지만 해가 저물자 순식간에 인적이 줄어 주변이 조용해지면서 차 지나가는 소리만 가끔 들려왔다. 생각해 보면 전에 살던 아파트도 그런 점에서는 별반 차이가 없었다. 뭐가 어떻게 다른지 따져 봐도 도무지 알 수가 없었다.

현관문 열리는 소리가 희미하게 들려서 방에서 나가 1층으로 내려갔다.

"안녕하세요."

현관에 있는 사람에게 인사했다. 하얀 셔츠에 얇은 회색 코트를 걸친 여자였다. 아담한 키에 둥글고 부드러워 보이는 체형이었다. 나이는 오십 대 후반 정도로 보였다. 실례되는 말이겠지만 그림책에 나올 법한 전형적인 '아줌마' 같다고 생각했다.

"안녕하세요."

상대방도 인사했다.

"저, 5호실에 새로 이사 온 모치즈키라고 해요."

"아, 들었어요. 미치루 씨 맞죠?"

"네."

"3호실에 사는 미사코예요. 미사코든 미사코 씨든 편한 대로 불러주세요."

"그럼 미사코 씨라고 할게요."

"잘 부탁해요."

미사코 씨는 웃는 얼굴로 가볍게 고개를 숙인 다음 부엌으로 들어갔다.

"저도 잘 부탁드립니다."

나도 고개를 숙인 다음 내 방으로 돌아갔다.

1호실이 도키코 씨, 2호실에 사는 마유미 씨와는 이 집을 보러 왔을 때 만났고, 3호실이 미사코 씨, 4호실이 치나미 씨, 5호실이 나. 6호실은 아직 비어 있으니까 이제 이 집에 사는 사람들 모두를 만난 셈이었다.

메구미 씨한테 이야기를 들었을 때는 뭔가 사연이 깊은 사람들이 모여 사는 분위기인 줄 알았다. 여기 사는 이유야 각자 다르겠지만 오늘 만나서 받은 느낌만으로 보자면 그렇게 심각한 사연일 것 같지는 않았다. 치나미 씨가 식탁 밑에서 뭘 하고 있었는지 여전히 궁금하기는 해도 개인적인 부분은 캐묻지 않는 것이 나을지도 모른다. 새로 들어왔다고 과하게 환영하지도 않는 것 같으니 이쪽에서도 적절한 거리를 두면서 생활하면 되겠지. 우선은 내 생활 패턴부터 만들어야겠다.

날씨가 쌀쌀해지면서 비프스튜를 주문하는 손님들이 늘었다. 아네모네의 비프스튜는 고기와 함께 큼직큼직하게 썬 양파와 감자, 당근이 들어 있어 한 그릇만 먹어도 속이 든든해질 정도로 알차다. 방송국이나 잡지에서도 몇 차례 취재하러 온 적이 있는 우리 가게의 간판 메뉴다. 처음에는 고기만 들어 있는 심플한 스타일이었는데 근처 대학에 다니는 학생들에게 균형 잡힌 식단을 제공하고 싶다는 사장님과 사모님의 뜻에 따라 안에 들어가는 내용물이 점차 늘어났다고 한다.

비프스튜에는 다른 스튜에서 볼 수 없는 반짝임이 있다. 고기에서 나오는 기름기 때문에 윤기가 나는 것이겠지만 그 반짝임이 참 예쁜 것 같다. 위에 가볍게 끼얹은 흰 생크림과 스튜가 대조되는 것도 보기 좋다. 주방에서 음식을 받아 나를 때마다 나도 모르게 눈길이 가고 만다.

경양식은 프렌치나 이탈리안 레스토랑의 요리들처럼 예술적인 한 접시가 아니더라도 하나하나의 메뉴가 저마다 '사랑스러운' 느낌이 든다. 오므라이스도, 그라탱도, 나폴리탄 스파게티도 모두 색감부터 밝고 예뻐서 보기만 해도 마음이 포근해진다.

"왜 그러세요?"

유키가 주방으로 들어와 내 옆에 서서 물었다.

"응? 뭐가?"

"싱글싱글 웃고 계셨잖아요."

"내가?"

"네. 마스크를 하고 있는데도 티가 날 정도로요."

"아니, 비프스튜가 참 예쁜 것 같다는 생각이 들어서."

"……어디가요?"

"반짝반짝하고 색깔도 예쁘잖아."

"알겠으니까 빨리 손님한테 내주세요."

"그래야지."

주방에서 나와 손님에게 음식을 서빙했다. 어딘지 모르게 가게 분위기가 바뀐 느낌이 들었다. 손님들의 옷차림이 바뀌었다. 며칠 전까지만 해도 얇은 셔츠를 입은 사람들이 많았다. 점심 시간대에는 티셔츠 차림의 사람들도 있었다. 그러다가 서서히 색이 짙은 옷과 두꺼운 옷이 늘더니 이제는 벌써 모두들 겨울 옷차림이었다. 우리 식당에서 만드는 경양식은 사계절 언제 먹어도 좋다. 하지만 굳이 꼽자면 겨울에 제일 맞는 음식인 것 같다.

코로나와 더불어 사는 생활에 많은 사람이 익숙해지며 바뀐 점도 있었다. 이야기할 때도 나직한 목소리로 속삭이듯이 하고, 음식을 먹을 때에만 마스크를 벗고, 다 먹은 다음에는 곧바로 자리에서 일어난다. 손님들의 행동 패턴의 변화에 따라 우리 종업원들이 내는 소리도 좀 작아졌다. 전에는 손님들이 떠드는 소리 때문에 안 들릴까 싶어서 큰 소리로 주문을 되묻기도 했다. 마스크 때문에 숨 막히고 답답하다는 느낌도 이제는 익숙해져서 일상이 되었다. 예전과 똑같은 생활로 돌아갈 수는 없으니 새로운 일상을 만들어 가는 수밖에 없다. 대화가 줄어서 너무 적적하다고 느끼던 식당 안 풍경에 나 자신도 어느새 익숙해져 갔다.

그렇다고 답답함이 완전히 사라진 것은 아니었다. 따뜻한 음식이 조금이라도 손님들의 마음을 어루만져 주었으면 좋겠다.

"짐 정리는 다 되었어?"

점심 손님이 끊긴 다음에 사모님이 나에게 물었다.

"워낙 많이 처분하고 조금만 가져가서 이제 거의 다 되었어요."

"그 집에 사는 사람들하고는 잘 지낼 수 있을 것 같아?"

"생각보다 마주치는 일이 별로 없어 보여요."

"그래?"

"각자 생활하는 시간대가 제각각이어서요."

"좀 허전하겠네."

"속 편해서 오히려 좋아요."

와카바소로 이사한 지 일주일이 되었다. 도키코 씨는 밖으로 나오는 일 없이 항상 방 안에 있는 것 같았다. 아네모네 일을 마치고 내가 집에 들어갈 무렵이면 벌써 잠들어 있었다. 그래서 아침을 먹을 때 부엌에서 잠깐 만나는 것이 전부였다. 마유미 씨는 일이 바빠서 아침 일찍 나갔다가 밤늦은 시간에 돌아왔다. 저녁에 씻고 나서 부엌에서 차가운 보리차 한 잔을 들이켤 무렵, 현관문 열리는 소리가 들렸지만 곧바로 자기 방으로 들어가 버렸는지 얼굴은 보지 못했다. 미사코 씨는 약국에서 일하는데 평일 아침 10시부터 저녁 무렵까지 근무한다. 점심 전에 출근해서 밤까지 일하는 나하고는 생활 시간대가 미묘하게 엇갈렸다. 화장실에서 나왔을 때 잠깐 스친 적이 있을 뿐 이야기를 나눈 적은 없었다. 치나미 씨는 소설을 쓰고 있는지 방 안에 콕 틀어박혀서 도통 나오지 않았다.

공용 공간이 있어도 각자가 자기 페이스대로 살고 있다. 편해서 좋기는 하지만 그래도 뭔가 좀 더 교류할 기회가 있을 줄 알았다. 기회를 봐서 내가 먼저 말을 걸면 되기는 하겠지만 자칫 성가신 사람이라는 인상을 주지 않을까 걱정되기도 했다. 분위기를 좀 더 봐 가면서 움직여야겠다.

"셰어하우스는 어떤 느낌이에요?"

유키도 옆에서 끼어들었다.

"집 안도 세련되게 리모델링되어 있어요?"

"리모델링된 집이기는 한데 세련되었다고 하기에는 좀 그래."

"언제 한번 놀러 가도 돼요?"

"글쎄, 누가 놀러 와도 되는지 아직은 나도 잘 모르겠네."

아직까지는 세입자 이외의 방문객이 와카바소에 들어온 모습을 본 적이 없다. 그런 말을 들은 적은 없어도 '남성 출입 금지겠구나' 하고 짐작은 했다. 여자가 방문하는 것은 큰 문제가 없겠지만 젊은 여자가 드나드는 것을 별로 달가워하지 않을 것 같았다.

"내가 집주인한테 한번 물어볼게."

"네, 꼭이요."

휴식 시간이라 유키는 계산대 옆의 사무실에서 자기 가방을 들고 주방 안으로 들어갔다.

자신이 원했던 대로 유학을 가지 못하고 취업도 하지 못한 것, 아르바이트로 돈을 벌어 생활해야 한다는 것, 앞으로 어떻게 될지 모른다는 것 등을 보면 유키도 여러 가지 면에서 불안해하고 있을 것이다. 일본이라는 나라가 앞으로 어떤 모습으로 변해 갈지 알 수 없기에 어쩌면 불확실한 미래에 대한 고민은 젊은 사람들이 더 클 수도 있다. 하지만 유키에게는 아직 그런 불안이나 고민을 실감할 수 있을 정도의 경험이 없었다. 나도 이십 대 때는 다니던 회사가 망하든, 사귀던 사람과 헤어지든, 내 앞날을 비관한 적은 없었다.

"난 잠깐 물건 사러 다녀올 테니까 가게 부탁해."

사모님이 말했다.

"가게 물건 사러 가시는 거면 제가 갈게요."

"아니, 됐어. 겸사겸사 바깥 공기 좀 쐬다 오려고."

"알겠습니다."

"한 30분 정도면 될 거야."

"네, 다녀오세요."

사모님은 지갑이 든 장바구니를 들고 식당 문을 나섰다.

사장님과 사모님은 둘 다 환갑이 지났으니 나보다 나이가 스무 살 이상 많았다. 그만큼 인생 경험이 더 풍부하기에 가볍게 넘길 수 있는 일이 있는가 하면 오히려 더 불안해지는 경우도 있을 것이다.

"안녕하세요."

사모님이 식당을 나가자마자 곧이어 남자 손님이 한 명 들어왔다.

"어서 오세요. 오랜만에 오셨네요."

"오랜만입니다."

마루야마 씨였다. 마루야마 씨는 전철로 두 정거장 떨어진 곳에 사는 손님인데 예전에는 점심 저녁마다 우리 식당으로 식사하러 오던 단골손님이었다. 그는 잡지와 웹 기사의 삽화를 그리는 일러스트 레이터였기 때문에 보통 집에서 일하는데, 가끔 한숨 돌리기 위해 산책을 하다가 들렀다며 혼자 올 때도 있었고 업무 관계자와 미팅을 하기 위해 식당에 온 적도 있었다.

나랑 나이가 비슷하고 취미도 잘 맞는 손님이어서 혼자 왔을 때는 이런저런 수다를 떨기도 했다. 둘 다 같은 연극을 보고 싶어 한다는 사실을 알게 되고는 함께 가자는 약속도 했다. 화제가 된 드라마와 영화 각본을 쓴 인기 작가의 신작이라 표를 구하는 게 하늘의 별 따기였다. 그런데 어렵게 구한 표를 쓰지도 못한 채 공연 직전에 연극이 취소되고 말았다.

그 이후로는 서로 연락이 없었다. 벚꽃이 핀 계절이었으니 그 뒤로 반년도 더 지난 셈이었다. 아네모네도 한동안 점심시간 영업과 도시락 판매만 하는 것으로 운영 방침이 정해진 날이었다. 집에 돌아가는 길에 '연극을 못 보게 되었네요.'라고 메시지를 보낸 다음 바람을 타고 춤추는 꽃잎 너머로 펼쳐진 밤하늘을 올려다본 기억이 난다.

"이쪽으로 앉으세요."

카운터 자리로 안내했다.

"지난번에도 왔는데 그때는 모치즈키 씨가 안 보이더라고요."

"언제 오셨는데요?"

"지난주 화요일쯤이었나?"

"아, 그날은 휴가를 냈었어요. 이사를 했거든요."

"이사요? 어디로요?"

"그냥 역 이쪽 편에서 반대편으로 옮긴 거예요."

"가까운 곳이면 왜 굳이?"

"금전적인 사정 때문에요……."

"좀 더 싼 데로 옮긴 거예요?"

"더 비싼 데로는 못 가죠."

그렇게 말하자 마루야마 씨가 "하긴 그렇죠." 하고 맞장구를 치면서 웃었다.

이제 우리 식당에는 오지 않겠구나 싶기도 했고 다시 얼굴을 보면 어색할지도 모른다는 생각도 들었다. 식당 단골손님하고 개인적인 약속을 잡은 게 처음이라 어쩌면 오랜만에 로맨스가 시작될지도 모르겠다는 기대도 살짝 했다. 연극이 취소된 다음에도 연락해 봐야겠다는 생각을 여러 번 했다. 그런데 도대체 뭐라고 메시지를 보내야 할지 고민하는 사이에 시간이 흘러가고 말았다. 타이밍이 맞지 않아 흐지부지되어 버렸구나 싶어 포기했다.

하지만 나만 혼자 나쁜 쪽으로 생각했던 모양이다. 마루야마 씨는 예전과 다름없이 자연스럽게 이야기하고 웃어 주었다.

"셰어하우스로 들어갔어요."

"그래요? 어떤데요?"

"오래된 집이고 마흔 이상의 독신 여성만 들어갈 수 있는 곳이라고 하더라고요. 막상 들어가 보니 상당히 깔끔하게 잘되어 있어요."

"잘 모르는 사람들하고 같이 사는 건데 위험하거나 불편한 일은 없어요?"

"각자 방에 열쇠도 없더라고요."

"네? 그래도 괜찮은 거예요?"

"처음엔 저도 많이 놀랐어요. 그런데 별문제 없을 것 같더라고요."

도키코 씨에게 처음 들었을 때는 각자의 방을 잠글 수 없으면 곤란할 것 같았는데 살다 보니 괜찮겠다는 생각이 들었다. 화장실에 갈 때, 부엌에 마실 것을 가지러 갈 때, 혹은 욕실에 있는 세탁기를 쓰러 갈 때, 그때마다 방문을 열었다 잠갔다 해야 한다면 그게 오히려 영 성가실 것 같았다.

"여자들만 사는 집이라. 뭔가 즐거울 것 같네요."

"하지만 젊은 사람들처럼 서로 교류하거나 그러지는 않아요."

"그래요?"

"그게 더 편하기는 해요."

"요즘에는 그런 곳을 찾는 사람들이 더 많을 수도 있죠."

"그런 곳이요?"

"누군가와 함께 살 수 있는 곳이요."

"하긴 그럴 수도 있겠네요."

반년 동안 어떻게 지냈는지, 왜 오랜만에 여기 올 마음이 들었는지, 물어보고 싶은 말이 많았다. 그런데 우리가 그런 걸 물어볼 정도의 사이였던가? 그날 둘이 밖에서 만났더라면 식당 종업원과 단골 손님이라는 관계에서 친구 사이 정도로는 발전했을지도 모른다. 그렇게 서로에 대해 점점 알아 가다가 언젠가는 '연애'로 이어지기를 바라는 마음도 있었다. 하지만 나는 마루야마 씨의 마음을 몰랐고 내 마음 또한 분명하지는 않았다. '좋아한다'는 확신이 들기도 전에 코로나가 우리 사이를 갈라놓은 것 같았다.

"주문은 어떻게 하시겠어요?"

메뉴를 건네주면서 물었다.

"음, 뭐로 할까?"

마루야마 씨가 메뉴를 펼쳤다.

"여기 못 오는 동안에 햄버그스테이크도 먹고 싶었고 나폴리탄 스파게티도 먹고 싶었고, 이것저것 많이 떠올랐는데. 하지만 오늘은 왠지 비프스튜가 눈에 들어오네."

"하긴 비프스튜가 당기는 계절이죠, 요즘은."

"맞아요. 비프스튜로 할게요."

"음료는 어떻게 드릴까요?"

"뜨거운 커피로. 식후에 주세요."

"그럼 잠시만 기다려 주세요."

"모치즈키 씨 생각도 가끔 했어요."

메뉴를 닫으면서 마루야마 씨가 말했다.

"네?"

"잘 있는 것 같아 마음이 놓이네요."

마루야마 씨가 내 눈을 보면서 말했다.

"감사합니다."

내 대답이 이상했는지 마루야마 씨가 피식 웃었다. 그 웃는 얼굴을 보고 있으니 마음속에서 끊임없이 불어 대던 폭풍우가 잠시나마 잠잠해지는 느낌이 들었다.

아직 9시 반이라 늦은 시간은 아니지만 도키코 씨가 잠들어 있을지도 몰라서 현관문을 살그머니 열었다. 부엌으로 가서 손을 씻고 입을 헹군 다음 냉장고에 넣어 둔 차가운 맥주를 꺼냈다. 퇴근할 때 구라타가 고로케를 싸 주었다. 감자와 다진 고기가 들어간 평범한 고로케였다. 아네모네의 메뉴에는 없는 메뉴였지만 쉬는 시간에 기바 씨의 지도를 받으면서 구라타가 직접 만들어 본 모양이다. 제대로 만들어졌다면 요일별 점심 메뉴나 테이크아웃용 메뉴로 채택될지도 모른다.

맥주를 마시면서 고로케를 전자레인지에 살짝 돌린 다음, 바삭한 식감을 내기 위해 토스터로 한 번 더 데웠다.

"지금 왔어?"

식탁 밑에서 소리가 들려서 들여다보았다. 치나미 씨였다.

"네. 다녀왔습니다."

"뭐 먹어?"

"고로케요. 좀 드릴까요?"

"응, 먹을래."

치나미 씨는 식탁 아래에서 천천히 나와 핑크색 하트 모양 쿠션이 놓인 의자에 앉았다. 오늘은 라벤더색으로 된 심플한 디자인의 헐렁한 원피스 차림이었다.

"마실 것은요?"

"그냥 아무 차나 괜찮아."

"차가운 거 괜찮아요?"

"응."

등에서 쿠션을 빼서 무릎에 얹더니 고개를 작게 끄덕였다.

도키코 씨는 매일 아침 보리차를 끓여 놓았다. 이 집에 사는 사람들은 누구나 그 보리차를 마음대로 마실 수 있었다. 그 외에도 쌀이나 간장, 찻잎 등 모두가 원하는 대로 쓰거나 먹을 수 있는 것들이 여러 가지 있었다. 그렇게 공동으로 사용하는 물품들을 사는 데 드는 돈은 집세에서 충당하는 모양이었다. 세입자 중 누군가가 도키코 씨한테 돈을 받아서 자기 물건을 사러 갈 때 같이 사 오곤 했다.

물컵에 보리차를 따랐다. 냉장고에 넣어 두려던 고로케도 데워 방금 전 내 몫으로 데워 놓은 것까지 큰 접시에 한꺼번에 담고 개인 접시와 소스도 같이 내놓았다. 젓가락은 식탁 한가운데 놓인 젓가락통에 들어 있으니 각자 알아서 꺼내 쓰면 된다.

"고로케 값, 얼마 주면 돼?"

치나미 씨가 물었다.

"괜찮아요. 아르바이트하는 곳에서 그냥 받아 온 거니까."

"아르바이트였어?"

"무슨 소리예요?"

"양식당에서 일한다는 이야기는 들었는데 정직원이 아니라 아르바이트였구나."

"네, 맞아요."

이야기하면서 고로케를 먹었다. 우선 소스를 뿌리지 않고 있는 그대로 맛을 보았다. 살짝 싱거웠다. 후추를 조금 더 뿌리는 것이 낫겠다는 생각이 들었다.

"미안. 내가 좀 불편한 이야기를 한 것 같네."

고로케 하나를 젓가락으로 집으면서 치나미 씨가 내 쪽을 보며 말했다.

"네? 뭐가요?"

"정직원이니 아르바이트니 하는 거."

"불편하지 않았으니 괜찮아요."

아르바이트라는 임시직으로 계속 있는 것에 대해 위기감을 느끼고 있긴 했다. 그래도 다른 사람이 뭐라 한다고 일일이 열등감을 느끼거나 하는 시기는 한참 전에 지났다. 삼십 대 후반이 제일 힘들었고, 그러다가 마흔이 넘으니 그 힘든 것을 견디지 못할 지경이 되어 아예 달관해 버린 느낌이었다.

"고로케 맛있다."

"테스터 같은 거니까 솔직하게 평가해 주세요."

"좀 싱거운 것 같기도 하고."

"좀 그렇죠?"

"여기에다 소스를 뿌리면 간이 딱 맞으려나?"

치나미 씨는 머뭇거리듯 고로케에 소스를 찔끔 뿌렸다.

"어떨지 모르겠네요."

나도 소스를 뿌려서 한입 먹어 보았다. 이렇게 먹으니 나쁘지는 않았지만 소스 맛 때문에 고로케 본연의 맛이 죽는 것 같기도 했다.

"후추가 좀 모자라나?"

"그렇죠?"

"내가 돈 낼 테니까 그 맥주 반만 주면 안 돼?"

"돈 안 내도 돼요."

"그럼 안 돼. 그런 건 처음부터 정확하게 해 둬야지."

"그래요?"

유리컵 하나를 꺼내서 맥주를 따랐다.

"안 그러면 내가 자꾸만 미치루 음식을 뺏어 먹게 된단 말이야."

"음, 맥주를 매번 뺏기는 건 좀 곤란하겠네요. 그럼 정확하게 계산합시다. 오늘은 그냥 드시고 다음번에 치나미 씨 맥주를 저한테 주세요."

"알았어."

맥주를 마신 치나미 씨가 크게 숨을 내쉬었다. 표정이 풀리면서 전에 방송이나 잡지 인터뷰에서 보았던 나나세 치나미의 모습이 나타났다. 내가 그 유명한 나나세 치나미와 같은 집에 살고, 함께 고로케를 나눠 먹으며 맥주를 마시고 있다니. 여전히 믿기지 않고 신기하기만 했다. 하지만 단둘이 있는데도 긴장이 되지는 않았다.

치나미 씨가 방에서 나와 있는 모습은 아주 가끔만 볼 수 있었다. 한 번씩 볼 때마다 치나미 씨는 어김없이 힘들어 보이는 얼굴이었다. 험악한 표정을 지은 채 화장실을 청소하는 모습을 본 적도 있었다. '스타처럼 화려하게만 보이던 사람도 나랑 똑같은 인간이구나' 하고 느꼈다. 아니, 오히려 내가 감싸고 보호해 줘야 하는 어린 길고양이처럼 보였다. 날씬해서 부럽다고 생각했는데 옆에서 보니 거의 먹지 않는 모양이다.

"고로케 같은 음식은 뺏어 먹어도 괜찮아요."

"정말?"

치나미 씨의 표정이 환해졌다.

"일하는 식당에서 얻어 온 것만요."

"원래 이런 거 자주 얻어 와?"

"앞으로 가끔 그럴 수도 있어요."

한동안은 고로케 테스트가 계속될 것이다. 이것 말고도 새로운 메뉴를 고안할지도 모른다. 세상의 변화에 대응해 나갈 수 있도록 기바 씨도 여러 가지로 아이디어를 짜내는 모양이다. 구라타는 그저 신이 나서 요리를 즐기고 있기만 한 것 같았지만 그런 젊은이의 감성이 필요할 때가 있을 테니까.

"나 햄가스* 먹고 싶은데."

"그거 맛있죠."

"그리고 연근 튀김도."

"우리 식당이 반찬 가게는 아니니까 그건 아마 없을 거예요."

"그래?"

치나미 씨는 아쉽다는 듯이 말했다.

문이 열리는 소리가 들려서 현관 쪽을 보았다. 마유미 씨가 부엌으로 들어왔다.

"나 왔어."

"다녀오셨어요?"

치나미 씨와 내가 한목소리로 인사했다.

"뭐해?"

"고로케 드실래요?"

"나도 먹어도 돼?"

"많이 있으니까 괜찮아요."

일하는 식당에서 받아 온 사연을 설명했다. 구라타가 "셰어하우스

---

* 햄으로 만든 커틀릿.

에 있는 다른 분들하고 같이 드셔 보세요." 하면서 넉넉하게 싸 주었다. 냉장고나 냉동고에 넣어 두면 누군가 꺼내 먹겠지 싶었는데 뜻하지 않게 다른 사람들과 교류할 수 있는 계기가 되었다.

"아, 그럼 나도 먹을게. 밥도 제대로 못 먹었거든."

마유미 씨는 손을 씻고 입 안을 헹궜다. 그러더니 냉장고를 열어 위스키와 탄산수와 레몬즙을 꺼낸 다음 냉동고에서 얼음을 꺼내 하이볼을 만들었다. 치나미 씨와 나는 그런 일련의 동작을 넋을 놓고 바라보았다.

"얼마 드리면 그거 마실 수 있어요?"

내가 먼저 물었다.

"음, 한 50엔?"

"그럼 주세요!"

"나도 주세요."

치나미 씨가 말했다.

"치나미는 나한테 고로케를 준 게 아니니까 100엔 내."

"네? 그럼 반 잔만 주세요!"

"옅게 타서 마실 거면 한 잔에 50엔이고."

"음, 그럼 그렇게 해 주세요."

두 사람이 주고받는 말을 들으면서 나는 치나미 씨와 내가 마실 하이볼을 만들었다.

"미사코는 안 먹겠대?"

마유미 씨가 물었다.

"아, 제가 가서 물어볼게요."

부엌에서 나가 2층으로 올라가서 복도 제일 끝에 있는 미사코 씨의 방문을 노크했다.

"네, 무슨 일이야?"

미사코 씨가 대답하며 문을 열었다. 벌써 다 씻은 맨얼굴이었고, 후줄근한 바지에 운동복 상의 차림이었다. 누가 봐도 잠자리에 들 준비가 다 된 모습이었다.

"죄송해요. 주무실 참이었어요?"

"아니, 괜찮아. 책 읽고 있었으니까."

"제가 일하는 식당에서 고로케를 받아 와서 지금 아래층에서 다들 먹고 있는데 같이 드실래요?"

"좋지! 안 그래도 출출하던 참인데."

"그럼 바로 내려오세요."

도키코 씨를 깨울까 봐 발소리를 내지 않게 조심하면서 조용조용 계단을 내려와 부엌으로 돌아왔다.

"미사코는 술 못 마시잖아."

그렇게 말하면서 마유미 씨가 고로케에 마요네즈를 뿌렸다.

"그렇지."

미사코 씨는 냉장고를 열어 보리차를 꺼냈다.

"마유미 씨는 무슨 음식에나 마요네즈를 뿌린다니까."

치나미 씨가 말했다.

"양식당에서 일하는 사람으로서 마음이 좀 착잡하네요."

마요네즈가 나쁘다는 건 아니지만 기바 씨와 구라타가 만든 음식의 맛을 있는 그대로 음미해 주었으면 좋겠다고 생각했다.

"입 안에서 감자샐러드가 되잖아."

마유미 씨가 변명했다.

"초등학생 같은 발상이네요."

치나미 씨가 반격했다. 마유미 씨의 말을 듣고 나도 마요네즈를 조금 뿌려서 한입 먹어 보았다. 튀김옷과 다진 고기가 들어 있어 감자샐러드와는 느낌이 달랐다.

"마유미는 겉보기에는 잘나가는 엘리트 커리어우먼인데 알고 보면 실상은 초등학생 남자애 입맛이잖아."

미사코 씨는 아무것도 뿌리지 않고 고로케를 먹었다.

"성차별적인 발언입니다, 그건."

마유미 씨가 말했다.

"여기서 성차별 얘기가 왜 나와요?"

치나미 씨가 웃으면서 따졌다.

"맛이 좀 싱거운 편이네."

마유미 씨가 말했다.

"마요네즈 뿌려 먹는 사람이 맛을 어떻게 알아요?"

그렇게 핀잔을 주면서도 치나미 씨 또한 마요네즈에 손을 뻗었다.

"좀 진한 맛의 소스를 뿌리면 괜찮지 않을까?"

미사코 씨가 말했다.

"그걸로 새로운 느낌을 주는 거지."

"아아, 그런 방법이 있겠네요."

뭔가 양식당에 있을 법한 소스를 뿌려서 맛을 조절하는 방법도 괜찮겠다는 생각이 들었다. 감자튀김처럼 몇 가지 소스를 곁들여 내놓아도 참신할 것 같다. 상점가에는 반찬 가게도 있으니까 우리 식당만의 고로케로 차별화하는 것도 좋지 않을까?

"그러고 보니 새로 들어오는 사람은 언제 온대요?"

치나미 씨가 느닷없이 화제를 돌리면서 옅게 탄 하이볼을 홀짝였다.

"6호실 사람 말이에요?"

내가 물었다.

"맞아. 이번 일요일에 온대."

마유미 씨가 대답했다.

"어떤 사람이야?"

미사코 씨가 물었다.

"미치루랑 동갑이고 간병인으로 일한대. 좀 까다로울지도."

또다시 마유미 씨가 대답했다.

"흐응."

치나미 씨와 미사코 씨가 고개를 끄덕였다. 두 사람보다 살짝 늦게 나도 끄덕였다. 미사코 씨가 자리에서 일어나 네 명이 마실 따뜻한 차를 끓였다. 싱크대 앞 창문이 살짝 열린 틈을 통해 차가운 바람이 들어왔다.

일요일에 일하러 나갈 채비를 하고 있는데 6호실로 이사하는 사람이 왔다. 현관에서 사람 소리가 들려서 1층으로 내려가려고 나갔더니 미사코 씨도 방에서 나오는 참이었다. 치나미 씨는 웬일로 외출하고 없고, 마유미 씨도 '휴일 출근'이라면서 아침 일찍 나가고 없었다.

"좋은 아침이에요."

"좋은 아침."

미사코 씨와 함께 계단을 내려간다. 아까까지만 해도 날씨가 좋았는데 그새 흐려졌는지 하늘이 어두웠다. 낮에는 불을 켜지 않기 때문에 해가 들지 않으면 계단 주변이 묘하게 어두컴컴해진다. 층계참에서 잠시 멈춰 서서 현관 쪽을 내려다보았다.

도키코 씨가 가늘고 작은 체구의 여자와 이야기하고 있었다. 나랑 동갑이라고 했으니까 마흔 살일 텐데 그보다 젊어 보였다. 마유미 씨나 치나미 씨에게서 느끼는 젊음과 달리 어린아이 같은 느낌이었다. 여자는 수도 없이 빨아서 색이 바랜 검은 파카를 입고 길이가 잘록한 청바지를 입고 있었다. 어깨보다 약간 짧은 머리는 자기가 직접 잘랐나 싶을 정도로 길이가 제각각이었다. 캐리어를 끌고 배낭을 멘 모습이 가출한 중학생이라 해도 믿을 정도였다. 고개를 숙이고 있어서 얼굴은 보이지 않았다.

"아, 일어났네."

도키코 씨가 나와 미사코 씨에게 말했다.

"안녕히 주무셨어요."

인사하면서 계단을 내려가 현관으로 갔다.

"이쪽은 3호실의 미사코랑 5호실의 미치루."

도키코 씨가 우리를 소개했는데도 여자는 고개를 들지 않은 채 자기 발치만 보고 있었다. 캔버스 재질로 된 운동화는 원래 무슨 색이었는지 모를 만큼 흰색과 회색, 베이지색이 뒤섞여 얼룩져 있었다.

하얀 운동화를 몇 년씩 신다 보니 이렇게 되었겠구나 하고 짐작이
갔다.

"이쪽은 사치코."

도키코 씨가 여자 쪽을 손으로 가리키면서 말했다.

"잘 부탁해요."

미사코 씨가 다정한 목소리로 인사했다.

"잘 부탁해요."

나도 덩달아 인사했다.

"나도 이사 온 지 얼마 안 되어서 모르는 점이 많지만 바로 옆방이
고 동갑이니까 필요한 게 있으면 언제든 말해 줘요."

"……잘 부탁드립니다."

사치코 씨는 간신히 들릴락 말락 한 작은 목소리로 말했다. 남들
과 소통하는 게 힘든 사람인 듯했다. 공연히 눈치를 보거나 하면 불
편할 테니 이쪽에서 자꾸 말을 걸지 않는 편이 나을지도 모르겠다.
나도 메구미 씨한테 이야기를 듣고 직접 보러 오기 전까지는 이 집
에 사는 사람들 모두가 이런 느낌일 거라고 상상했었다.

"짐은?"

미사코 씨가 물었다.

"이게 다예요."

여전히 고개를 숙인 채 사치코 씨가 대답했다. 캐리어 가방은 일
주일에서 열흘 정도의 여행을 갈 때 쓸 만한 사이즈였다. 여행 갈 때
쓰기에는 큰 편이지만 이삿짐치고는 작은 편이었다. 침구나 테이블
같은 것들은 따로 보냈나?

"나르는 거 도와줄까요?"

혹시 몰라서 물어보았다.

"괜찮아요."

사치코 씨는 운동화를 벗더니 캐리어 가방을 두 손으로 무 뽑듯이 번쩍 들어서 2층으로 날랐다. 방을 안내해 주기 위해 도키코 씨도 뒤따라갔다.

"진짜 좀 까다로울지도 모르겠네."

미사코 씨가 작은 소리로 속삭였다.

"그러게요."

맞장구를 치면서 사치코 씨가 올라간 계단을 올려다보았다.

"그리고 저 이름도 진짜가 아닐지도."

"네?"

"여러 가지 경우가 있을 수 있으니까."

미사코 씨는 그렇게만 말하더니 2층으로 도로 올라갔다.

창밖으로 비가 내리기 시작했다. 바람이 세게 부는지 정원 나무들이 흔들거렸다. 비어 있던 6호실에 사치코 씨가 들어왔으니 이제 와카바소는 다 찬 셈이다.

일을 마치고 와카바소에 돌아와 보니 치나미 씨가 또 식탁 밑에서 웅크리고 있었다.

"다녀왔어요."

식탁 밑을 들여다보면서 인사했다.

"어서 와."

치나미 씨는 잔뜩 웅크린 채 대답했다. 바로 나오겠거니 싶었지만 꿈쩍도 하지 않았다. 나는 마스크를 벗고 손을 씻은 다음 입 안을 헹궜다. 일회용 마스크는 내 방에 있는 쓰레기통에 버리기 때문에 일단 코트 주머니에 넣었다.

창밖에서 나뭇잎이 바람에 흔들리는 소리가 들려왔다. 겨울이 되자 밤의 어둠이 더욱 짙어진 듯했다. 어두운 밖과 대비되어서인지 집 안이 아주 밝게 느껴졌다.

"저녁은 먹었어?"

치나미 씨가 나에게 물었다.

"먹고 왔죠."

아네모네에서 직원용으로 만들어 준 밥을 먹고 왔다. 오늘 메뉴는 구라타가 만든 오믈렛이었다. 요즘 한창 오믈렛 만드는 연습을 하고 있기 때문에 매일 식사 때마다 빠짐없이 나왔다. 처음에는 모양도 어설프고 군데군데 탄 곳이 있기도 했지만, 이제 익숙해졌는지 매끄러운 럭비공 모양에 예쁜 노란색으로 잘 구워 내곤 했다. 오믈렛 속은 치즈일 때도 있고 시금치와 토마토일 때도 있었다. 매번 조금씩 달랐다.

"저녁 아직 안 먹었어요?"

내가 물었다.

"……응."

"뭐라도 먹는 게 좋을 텐데."

"오늘은 고로케 같은 거 안 가져왔어?"

"오늘은 없어요."

구라타가 고로케 연습을 계속하고는 있지만 손님이 적은 날 시간이 있을 때 하는 식이었다. 요즘 점심 영업은 예전처럼 잘되었고 저녁에도 문 닫는 시간을 한 시간 앞당기기만 했을 뿐 전과 다름없이 손님들이 들어왔다. 확진자 수가 늘고 있다고 하니 앞으로 어떻게 될지는 모르겠지만 당장은 나중 일을 생각할 겨를 없이 눈앞에 보이는 손님들 상대하기에도 바빴다. 그러다 보면 하루가 금방 지나가곤 했다.

"없구나."

한숨을 내쉬면서 치나미 씨는 몸을 더욱 둥글게 말았다.

"뺏어 먹으려고 했어요?"

"먹을 게 하나도 없으니까 그렇지."

"있잖아요."

부엌에는 입주자 아무나 먹을 수 있는 쌀 말고도 전에 살던 사람이 보내 줬다는 채소나 과일들이 있었다. 여기 살다가 농사 도와주는 일을 하게 된 사람이나 시골로 내려간 사람이 있는 모양이다.

"나 요리 못해."

"네?"

"뭐 좀 만들어 줘."

"요리를 만들어 줄 수준은 안 되는데요."

"양식당에서 일한다면서……."

"제 일은 서빙이거든요."

"그냥 참고 자야겠다."

치나미 씨는 그제야 식탁 밑에서 나왔다. 희색 니트에 보라색 롱스커트 차림이었다. 옷이 너무 커 보였다. 키에 비해 몸이 너무 가늘었다. 지난번 고로케를 가지고 왔을 때는 신이 나서 많이 먹었는데 평소에는 도키코 씨나 미사코 씨가 만든 음식을 조금 얻어서 밥 반 공기와 같이 먹는 게 다였다. 냉장고에 남은 음식이 아무것도 없을 때는 아침이든 점심이든 저녁이든 가리지 않고 마른 과일이 든 시리얼을 먹는 것 같았다. 오늘은 그 시리얼조차 다 먹고 없는 모양이다.

"나폴리탄 스파게티 정도는 만들 수 있어요."

식료품이 들어 있는 박스와 냉장고 안의 채소를 확인해 보면서 말했다. 마유미 씨가 연말 선물을 미리 받았다면서 보여 준 비싸 보이는 베이컨도 남아 있었다. 아무나 먹어도 되는 식료품 중에 파스타도 포함되어 있었다.

"정말?"

부엌에서 나가려던 치나미 씨가 눈을 반짝이면서 돌아섰다.

"정말 아무 요리도 못해요?"

"아무것도 못하는 건 아닌데……."

"그럼 만드는 거 거들어 주세요."

"네!"

파스타 삶을 물이 끓는 동안 코트랑 가방을 두러 방으로 올라왔다. 거의 10시가 다 된 시간이었다. 아직 안 들어왔는지, 아니면 벌써 자는 건지 미사코 씨의 방과 사치코 씨의 방은 모두 불이 꺼져 있었다. 모든 방문의 오른쪽 위에는 불투명 유리로 된 작은 창이 나 있다. 그 유리로 불빛이 보이기 때문에 방 안에 불이 켜져 있는지 꺼져 있는지 확인할 수 있다.

핸드폰만 들고 1층 부엌으로 다시 내려갔다. 물이 팔팔 끓고 있어서 파스타를 1인분보다 조금 넉넉하게 집어넣었다. 식당에서 밥을 먹고 오기는 했지만 어쩐지 조금 출출했다.

"칼질이랑 볶는 거랑 어느 쪽 할래요?"

치나미 씨에게 물었다.

"볶는 거."

"그럼 부탁해요."

그렇게 말하며 프라이팬을 건네주었다.

"노력해 볼게."

"노력을 해야 할 정도의 일은 아닌데요."

"나한테는 노력해야 하는 일 맞아."

"알았어요."

양파 껍질을 까서 반으로 자른 다음 얇게 채 썰었다. 식당에서 손님에게 내는 요리가 아니니까 적당히 썰어도 된다. 냉장고에 마가린이 있어서 조금 떼어 내어 달군 프라이팬에 넣었다.

"버터도 있잖아."

치나미 씨가 말했다.

"마가린을 쓰는 편이 더 쉽게 맛을 낼 수 있어요."

버터나 마가린이나 어느 쪽을 써도 상관은 없다. 하지만 마가린이 양식당에서 나오는 나폴리탄 스파게티 맛을 내기 쉽다며 전에 기바 씨가 가르쳐 주었다. 아네모네에서는 버터와 라드*를 섞어서 쓴다.

마가린이 녹으면 채 썬 양파를 넣는다. 나무 주걱으로 치나미 씨가 양파를 볶는 사이에 피망을 얇게 채 썰고, 베이컨도 납작납작하게 썰었다. 양파가 투명해지면 피망을 넣고 함께 볶다가 베이컨도 넣는다. 케첩을 넉넉하게 넣고, 아주 약간의 우스터소스와 콩소메 수프 가루를 더해 준 다음 가볍게 소금 간을 해서 계속 볶아 준다. 케첩에 열을 가하면 맛이 달달해진다. 다 익은 파스타와 면수 한 국자를 프라이팬에 넣었다.

"이제 내가 할게요."

치나미 씨에게서 프라이팬을 넘겨받아 계속 볶았다.

"대충대충 만드는 것 같고 채소도 있는 거 적당히 넣었을 뿐인데 되게 맛있어 보인다."

내 옆에 붙어 선 치나미 씨가 프라이팬에서 눈길을 떼지 못한 채

* 돼지 지방을 가공해서 만든 반고체 기름.

말했다.

"맛있을 거예요."

면수가 다 졸아들 때까지 계속 볶다가 불을 껐다. 치나미 씨가 꺼내 준 접시 두 개에 파스타를 적당히 나눠 덜었다. 술 한잔이 생각났지만 사 놓은 게 없어서 그냥 보리차를 곁들였다. 나란히 앉아 TV를 켰다. 예능 프로를 보면서 나폴리탄 스파게티를 먹었다.

"아아, 진짜네. 마가린으로 하는 게 더 맛있구나."

치나미 씨가 맛을 확인하려는 듯이 천천히 먹으면서 말했다.

"어딘지 모르게 예전에 먹어 본 그리운 맛 같지 않아요?"

"콩소메 수프 가루도 잘 넣었네."

"조금만 넣어도 맛이 완전히 달라지거든요."

"역시 제대로 만들면 맛있다니까."

"그렇죠."

나도 요리를 한 건 정말 오랜만이었다. 아침은 낫토에 밥을 비벼 먹거나 토스트에 버터를 발라 먹는 등 대충 간단히 때웠다. 점심과 저녁은 아네모네에서 주는 직원용 식사를 먹고, 식당 일을 쉬는 날에는 슈퍼나 도시락 가게에서 사 온 음식으로 적당히 해결했다.

치나미 씨도 음식을 볶는 손길이 익숙해 보였고, 음식 맛도 잘 알았다. 요리하는 법 자체를 전혀 모른다기보다는 오랫동안 하지 않다 보니 너무 귀찮고 성가셔서 안 하게 된 듯했다.

계단을 내려오는 발소리가 들렸다. 복도 쪽으로 사치코 씨가 지나가는 게 보였다. 사치코 씨는 우리 쪽으로 눈길도 주지 않은 채 욕실로 들어갔다.

"있었네?"

"응?"

"아까 올라갔을 때는 방에 불이 꺼져 있었거든요."

"그래?"

"얘기해 본 적 있어요?"

"아니."

치나미 씨가 고개를 저었다.

사치코 씨가 이곳으로 이사 온 지도 3주가 다 되어 갔다. 도키코 씨와는 가끔 이야기하는 모양인데 다른 사람들과는 인사조차 하지 않았다. 식사도 방 안에서 하는지 부엌에 들어오는 것을 본 적이 없었다. 화장실에 가거나 욕실에 들어갈 때 말고는 방에서 나오는 일이 없었다. 일하는 시간이 불규칙한지 언제 일하러 나가는지도 알 수 없었다.

"다양한 사람들이 있으니까."

치나미 씨는 보리차를 마시며 TV 채널을 이리저리 돌리다가 아까 그 예능 프로가 나오자 멈췄다.

"하긴 그렇죠."

나폴리탄 스파게티를 다 먹은 나는 핸드폰으로 트위터와 인스타그램을 들여다보면서 맞장구를 쳤다.

휴게실 안쪽에서 크리스마스트리를 꺼낸 구라타와 유키가 열심히 나무에 장식을 달고 있었다. 아네모네의 크리스마스트리 장식은 고전적이다. 트리 제일 꼭대기에 커다란 금색 별을 달고, 빨강과 초

록과 금색으로 된 반짝이 줄을 감고, 선물 상자 모양 혹은 지팡이 모양의 오너먼트를 여기저기에 달았다. 센스가 필요할 정도는 아니지만 두 사람은 어떻게 장식하면 좋을지 이러쿵저러쿵 의견을 나누면서 즐겁게 웃으며 작업하고 있었다.

나는 카운터 제일 끝자리에 앉아 두 사람의 목소리를 배경음악 삼아 메뉴용 칠판에 산타클로스 그림을 열심히 그렸다. 인터넷으로 검색한 그림을 참고삼아 그려 보았는데 생각처럼 그림이 나오지 않았다. 내가 상상하던 그림이 아니었다.

점심 영업시간이 끝난 다음이라 손님은 아무도 없었다. 기바 씨는 요리에 쓸 식료품 손질을 하고 있었고 사장님과 사모님은 '저녁 전에 다시 오겠다'며 집에 돌아갔다. 저녁 영업시간까지는 손님이 들어온다 해도 기껏해야 한두 팀이다.

그림을 다 그렸는데 도무지 마음에 들지 않아 산타클로스를 지워 버렸다. 좀 더 간단한 눈사람이나 빨간 열매 같은 걸로 크리스마스 분위기를 내도 좋겠다는 생각이 들었다. 이벤트가 있을 때마다 내가 그림을 그리지만 실력이 영 늘지 않는다.

코로나가 심해진 이후로 각종 모임을 자숙해 달라는 권고가 내려졌다. 모두가 함께 모여서 크리스마스 파티를 할 수 있는 상황도 아니고, 연말연시에 고향으로 내려가거나 부모님을 찾아뵙는 것도 사회적으로 눈치가 보이는 분위기였다. 그런 가운데 손님들이 조금이나마 즐거운 기분을 느낄 수 있도록 귀여운 그림이라도 그려 놓고 싶은데 내 그림 실력으로는 한계가 있었다.

"제가 그려 볼게요."

크리스마스트리 장식을 마친 구라타가 내 옆으로 와서 말했다.

"그릴 줄 알아?"

유키가 물었다.

"그럼, 그릴 줄 알지."

구라타가 대답했다.

두 사람은 사랑하는 사이가 아니라고 생각했는데 요즘 들어 부쩍 사이가 좋았다. 연인으로 발전하기 직전의 썸 타는 단계인지 둘 다 얼굴에서 환한 빛을 내뿜는 것 같아 보고 있으면 눈이 부실 지경이었다.

"그럼 해 봐."

자리에서 일어나며 구라타에게 펜을 건네주었다. 칠판에는 물로 지울 수 있게 수성 펜으로 그림을 그린다.

"맡겨 주세요."

구라타는 거침없는 손놀림으로 사슴과 산타클로스를 슥슥 그려 나갔다. 그리는 걸 좋아하는 모양이지만 잘 그리는 편은 아니었다. 소년만화 같은 느낌이어서 귀염성이 없었다. 산타클로스가 묘하게 근육질이었다.

"어때요?"

다 그린 구라타가 고개를 들었다.

"안 되겠다."

"왜요?"

"귀엽지 않잖아."

분무기로 물을 뿌린 다음 수건으로 방금 그린 그림을 지워 버렸다.

"유키가 그려 볼래?"

"전 못해요."

유키는 고개를 절레절레 흔들었다.

"제가 한 번만 더 해 볼게요."

"귀엽게 그릴 수 있겠어?"

"물론이죠. 이번엔 틀림없어요."

다시 그리게 해도 될까 망설이는 참에 가게 문이 열리면서 손님이 들어왔다. 마루야마 씨였다.

"어서 오세요."

내가 인사했다.

"안녕하세요. 지금 먹을 수 있나요?"

"네, 괜찮아요. 손님이 없어서 그렇지 영업시간 맞아요."

카운터 자리에서 일어나 마루야마 씨를 테이블 자리로 안내했다. 마루야마 씨가 혼자 왔을 때는 카운터 자리에 앉는 경우가 많은데 오늘은 다른 손님이 없으니까 자리를 넓게 써도 된다.

"트리를 꺼냈네요?"

자리에 앉은 마루야마 씨가 크리스마스트리를 보면서 물었다.

"좀 전에 저 친구들한테 꺼내서 장식해 달라고 했어요."

카운터 자리에 있는 구라타와 유키를 손으로 가리키면서 대답했다. 내가 옆에 없으니 이때다 싶었는지 구라타가 뭔가 열심히 그리고 있었다.

"올해는 크리스마스 장식을 안 하려나 했어요."

"해야 하나 말아야 하나 고민하기는 했는데 장식을 한다고 해서 사람들이 한꺼번에 몰려오거나 하는 일은 없을 테니 그냥 하기로 했어요."

"언제까지 이런 상황이 계속될는지, 참."

"그러게요."

코로나가 처음 퍼지기 시작할 때만 하더라도 "봄이 지나면 괜찮겠지." "이번 여름만 가면 끝나겠지." 하는 희망 섞인 말들을 서로 주고받곤 했다. 사실 뉴스에 나오는 전문가들의 이야기만 들어도 몇 달만에 진정될 사태가 아님을 충분히 알 수 있었다. 그래도 다들 난리난 것처럼 소동을 벌이는 동시에 어쩌면 의외로 금방 괜찮아질지 모른다는 생각도 했다. 요즘에는 모두가 백신을 맞아도 안심하고 생활하려면 앞으로 몇 년이 더 걸릴지도 모른다는 생각이 지배적이다.

"이제는 행사나 공연도 여러 군데서 다시 시작하는 모양이니까 보고 싶은 게 있으면 같이 갑시다."

"아, 네! 좋아요."

반갑기도 하고 좀 놀라기도 하는 바람에 목소리 톤이 높아졌다. 나도 모르게 십 대나 이십 대의 어린애 같은 반응이 나왔다. 그런데 나이가 몇이 되었든 마음이 가는 사람한테서 그런 말을 들으면 기쁜 게 당연하다. 그럴 만한 기회가 줄어든 만큼 젊었을 때 이상으로 설레게 되는 것 같다.

"저 둘은 뭐 하는 거지?"

마루야마 씨가 구라타와 유키 쪽을 보며 중얼거렸다.

"칠판에 그림을 그리고 있는 거예요. 크리스마스 분위기가 나는 그림이 있으면 좋겠다 싶은데 영 서툴러서요."

"한번 그려 볼까요?"

"아니에요. 괜찮아요."

나는 있는 힘껏 고개를 저었다. 손님한테 부탁할 일이 아닐뿐더러 프로 일러스트레이터가 나설 일은 더더욱 아니었다.

"뭐, 어때요."

자리에서 일어난 마루야마 씨가 카운터 쪽으로 갔다. 나도 따라 갔다.

구라타가 귀여운 사슴을 그려 놓긴 했지만 모두가 다 아는 만화 캐릭터를 그대로 베낀 그림이었다. 이건 이것대로 쓸 수가 없다.

"지우자."

"왜요?"

"세상에는 저작권이라는 것이 있거든. 여러 사람이 볼 수 있는 공간에 남이 만든 캐릭터를 허락도 없이 그냥 쓰면 안 된다는 뜻이야."

"미치루 씨도 인터넷에 나온 그림을 그대로 그렸잖아요."

"참고했을 뿐이지 그대로 베끼지는 않았어."

"저도 마찬가지인데요."

"어쨌든 안 돼."

물을 뿌리고 강제로 지웠더니 구라타가 노골적으로 풀이 죽은 표정을 지었다.

"잠깐 이리 줘 봐요."

마루야마 씨가 유키에게서 펜을 건네받더니 칠판의 물기 없는 쪽에다 그림을 그리기 시작했다. 적당히 쓱쓱 선을 긋기만 하는 것 같은데도 구라타나 내가 시간과 공을 들여 열심히 그린 그림과는 비교

할 수 없을 정도로 잘 그린 귀여운 그림이 나왔다. 마음이 따뜻해지는 일러스트라서 우리 식당과도 잘 맞아 보였다.

연령대가 비슷하고 대화가 잘 통해서 은연중에 나랑 비슷한 사람이겠거니 여겨 왔는데 절대 그렇지 않다는 사실을 깨달았다. 이 사람은 자기 손으로 생계를 꾸릴 수 있는 재능을 가지고 있었다.

"어때요?"

그림을 다 그린 마루야마 씨가 나를 쳐다보며 물었다.

"너무 좋은 그림이라 정말 쓰고 싶은데 안 되겠네요."

"어째서요?"

"마루야마 씨는 프로니까요."

"그럼 그림값으로 커피 서비스해 줘요."

"음."

지워 버리기에 너무 아까운 그림이었다. 그리고 사장님이나 사모님도 커피 서비스 정도는 문제 삼지 않았다.

"괜찮지 않을까요?"

유키가 말했다.

"그렇겠지."

너무 이것저것 까다롭게 따지면서 계속 거부하는 것도 옳지 않다는 생각이 들었다.

"그럼 그렇게 해요. 오늘이랑 다음에 오셨을 때도 커피를 서비스로 드릴게요."

"계약 성립이네. 대가를 받고 그리는 거니까 제대로 해야지."

마루야마 씨는 적당히 그렸던 그림에 디테일을 더해서 완성도를 높였다.

"커피만 드리면 되나요?"

"아, 그 전에 뭐 좀 먹을게요. 아직 점심 전이라서."

"뭐로 드릴까요?"

"오므라이스 주세요."

"제가 평소보다 더 맛있게 잘 만들어 드리겠습니다."

구라타가 그렇게 말하면서 주방으로 들어갔다. 유키는 트리 장식품이 들어 있던 상자를 치우고 트리 주변을 청소했다. 나는 그림을 그리는 마루야마 씨의 옆얼굴을 쳐다보았다. 마루야마 씨는 뭔가를 가지고 정신없이 노는 어린아이 같은 표정으로 산타클로스와 사슴을 그리고 있었다.

"셰어하우스는 좀 어때요?"

손을 움직이면서 마루야마 씨가 나에게 물었다.

"생각보다 살기 좋아요."

"다행이네요."

"나나세 치나미라고 혹시 아세요?"

"물론이죠."

마루야마 씨가 고개를 들고 나를 쳐다보며 대답했다.

"그 사람, 제 옆방에 살아요."

"예?"

"놀랍죠?"

치나미 씨와 함께 있는 것에 익숙해져서 별다른 감흥 없이 같이 나폴리탄 스파게티를 먹기도 하고 TV를 보기도 했지만 사실은 누구든 깜짝 놀라는 게 당연할 정도로 대단한 사람인 것이다.

"나나세 치나미는 요즘 글을 쓰나요?"

"글은 쓰고 있는 모양인데 책이 나왔다는 이야기는 못 들었어요."

나나세 치나미가 최근에 작품 활동을 어떻게 하고 있는지는 인터넷만 검색해도 금방 알 수 있었다. 그런데 왠지 건드리면 안 되는 부분 같아서 실제로 검색해 본 적은 없다. 하지만 서점에 가서 찾아봐도 신작 코너에 단행본도 문고판도 보이지 않았다. 어쩌면 한참 동안 신작이 나오지 않았는지도 모른다. 전에는 어느 서점에나 나나세 치나미 코너가 따로 마련되어 있을 정도로 인기가 많은 작가였다.

"왜 셰어하우스에 살아요?"

"글쎄요."

마루야마 씨의 질문에 나는 고개를 갸웃거렸다.

"사회생활 공부하려고?"

"그럴지도 모르죠."

바깥이 어두워지는 것 같아 가게 안의 조명을 밝게 조절했다.

일을 마치고 집에 가려고 준비하는데 기바 씨와 구라타가 치즈가 든 햄가스를 포장해 주었다. 고로케보다 간단하게 만들 수 있는 음식이라 잠깐 짬이 났을 때 준비해 두었다가 영업 마감 후에 주방을 치우면서 튀겨 냈는지 아직 따끈했다.

마루야마 씨랑 이야기할 수 있었고, '같이 공연 보러 가자'는 말도 들었고, 그림까지 그려 줘서 정말 기분 좋은 하루였다. 그런데도 이상하게 마음이 축 가라앉았다.

나에게는 아무것도 없다. 하고 싶은 일도, 할 수 있는 일도 하나 없다. 아르바이트나 파견사원이나 계약직으로 여러 가지 일을 해 봤지만 모두 한결같이 어중간하다.

이십 대 때 마루야마 씨를 만났다면 '이 남자랑 결혼해서 내조 잘하는 부인이 되고 싶다'고 생각했을지도 모른다. 하지만 이제는 그런 생각 자체가 어리석게 느껴진다. 아이를 낳기 힘든 나이가 되었고, 집안일 또한 못하지는 않지만 잘하는 축에 끼지도 못했고, 얼굴도 '젊어 보인다'는 말을 들을 때는 종종 있지만 미인이라고 할 수는 없었다. 남자가 먹여 살릴 만한 가치가 있는 여자라는 생각이 들지 않았다.

하지만 무엇보다 근본적인 문제는 남자와 대등하게 살아갈 생각을 하지 못하는 점이 아닐까?

5년 전까지 사귀던 남자에게는 나 말고 또 다른 여자가 있었다. 그 남자는 내가 파견사원으로 일하던 식품 수입회사의 정규직 사원이었는데 나보다 세 살 연하였다. 또 다른 여자는 그 남자와 같은 부서에 새로 들어온 신입 사원이었고, 그 남자보다도 다섯 살이 어렸다. 나하고는 3년을 사귀었고, 그 여자와는 1년 정도였던 모양이다.

바람이니 양다리니 하고는 좀 다른 문제였다. 3년이나 연애했는데도 그 남자는 나하고 결혼할 생각이 없었다. 주말에 영화를 보고 밥을 먹기도 했고, 서로의 집에 가서 자기도 했고, 여행을 가기도 했다. 별다른 문제 없이 잘 지냈다. 프러포즈를 받은 것도 아니고, 무슨 말이 오간 것도 아니었는데 우리는 결혼할 사이라고 나 혼자서 믿고 있었다. 헤어지자는 말을 들었을 때, 처음에는 무슨 소리인지 이해할 수가 없었다. 이유를 물어도 대답해 주지 않았다. 결국 이별하고 서로의 집에 있던 짐을 빼서 택배로 다 부칠 무렵 파견사원으로 같이 일하던 친구를 통해 그 남자가 결혼했다는 소식을 들었다.

결혼 상대라는 그 여자는 내가 일하던 때에도 그 부서에 있었기 때문에 어렴풋이나마 얼굴이 기억났다. 아담한 체구에 귀염성 있게 생긴 사람이었다. 하지만 말을 섞어 본 적이 없어서 성격까지는 알 수 없었다. 긍정적이고 밝은 성격에 일도 잘한다는 소문만 들었다. 결혼하면서 원래 회사를 그만두고 큰 식품회사로 이직한 모양이었다.

전 남자 친구는 젊고 예쁜 여자라서 그 사람을 선택한 것이 아니었다. 대등하게 살아갈 수 있는 여자를 인생의 파트너로 선택했을 뿐이다.

온기가 남아 있는 햄가스 꾸러미를 가슴에 안았더니 마치 새끼고양이를 품고 있는 듯한 기분이 들었다. 겨울 밤하늘은 맑게 개어서 별이 잘 보였다.

나는 마루야마 씨를 잘 모른다. 식당에 왔을 때 몇 마디 주고받는 정도라서 여자 친구가 있는지조차 물어본 적이 없다. 반지를 끼고 있지 않았고, 어디 같이 가자는 말도 했으니 결혼한 유부남은 아니려니 싶지만 진짜로 어떤지는 알 길이 없었다. 결혼했느냐고 물어볼 정도의 사이도 아니었다.

바람이 불어 앞머리를 흐트러뜨렸다. 여름철에는 마스크를 쓰고 있으면 숨이 막히고 답답했는데 겨울이 되자 오히려 추위를 막아 줘서 좋았다.

치나미 씨는 오늘 밤에도 식탁 밑에서 잔뜩 웅크리고 있을지 모른다. 모처럼 치나미 씨가 전에 먹고 싶다던 햄가스를 받았으니 따뜻할 때 가져다줘야겠다.

부엌에 가 봤지만 치나미 씨는 없었다. 2층으로 올라가 4호실 창문을 봤더니 불이 꺼져 있었다. 외출한 모양이었다. 방으로 들어와 코트와 가방을 두고 다시 1층으로 내려갔다. 꾸러미에서 햄가스 두 장만 꺼내고 나머지는 냉장고에 넣었다. 들고 오는 동안에 약간 식어서 토스터에 가볍게 데우기로 했다. 냉장고에 넣어 두었던 레몬 사워를 마시면서 햄가스가 데워지기를 기다렸다.

미사코 씨 방도, 사치코 씨 방도, 마유미 씨 방도 다 불이 꺼져 있었다. 도키코 씨 방에는 불이 켜져 있었는데 아마 잘 준비를 하는 모양이었다.

밤에 혼자 부엌에 있으니까 와카바소가 무척이나 넓게 느껴졌다. 아무도 없이 조용한데 띵 하고 토스터의 타이머 소리가 크게 울렸다. 햄가스를 꺼내서 하얀 접시에 담았다. 나무 의자에 앉아 정면에 있는 TV를 켰더니 예능 프로가 나왔다. 레몬 사워를 한 모금 마신 다음 햄가스를 키친타월에 싸서 들고 먹었다. 치즈가 녹으면 흘러나오니까 이런 식으로 먹으라고 기바 씨가 알려 줬다. 슈퍼마켓에서 파는 흔한 햄과 치즈로 만들어서 거부감 없이 편하게 먹을 수 있는 맛이었다.

한 달 전까지만 해도 이렇게 혼자 TV를 보면서 밥 먹는 일이 일상이었다. 고등학교를 졸업하고 도쿄로 상경해서 20년 넘게 혼자 살았다. 애인이나 친구가 한동안 같이 산 일이 몇 번 있기는 했지만 기본적으로는 혼자였다. 와카바소에서도 방에 들어가면 혼자이고 매일 누군가와 함께 밥을 먹는 것도 아니다. 그런데도 오늘은 적적한 느낌이 들었다.

어렸을 때 부모님은 외출하시고 오빠도 친구들이랑 놀러 나가서 집 안에 나 혼자 있는 일이 가끔 있었다. 밖에 나가면 길거리에 사람들도 많고 가족들도 몇 시간 있으면 집에 들어온다. 그걸 뻔히 알면서도 드넓은 우주 한 귀퉁이에 홀로 남겨진 기분이 들었다. 그때와 비슷한 기분이었다.

햄가스에서 녹은 치즈가 흘러나와 떨어질 뻔했다. 나는 허겁지겁 햄가스를 입에 넣었다.

"흘릴 뻔했네."

혼잣말이 공기 속으로 빨려 들어가듯이 순식간에 사라져 버렸다. 햄가스가 있다고 치나미 씨에게 메시지라도 보낼까 생각하다가 그만뒀다. 메시지를 보낼 정도로 대단한 일도 아닌데.

일 때문에 누군가와 회의 중일 수도 있고 애인을 만나는 건지도 모른다. 소설에 관한 것뿐만 아니라 사적인 부분도 되도록 물어보지 않고 있다. 그쪽도 나한테 아무것도 묻지 않았다. 같은 집에서 생활하고 가끔 같이 밥을 먹기는 해도 우리는 친구가 아니다.

현관 열리는 소리가 들렸다. 주인님이 돌아오기를 학수고대하던 강아지처럼 당장 뛰쳐나갈 뻔했다. 그렇지만 겉으로는 무심한 척 '누가 왔나 보네' 하는 표정으로 현관을 내다봤다. 미사코 씨였다.

"다녀왔어."

"다녀오셨어요."

"밥 먹고 있었어?"

"가게에서 햄가스를 줘서요. 같이 드실래요?"

"아니, 오늘은 됐어. 빵빵하게 먹고 왔거든."

그렇게 말하면서 미사코 씨는 부엌으로 들어와 손을 씻고 입 안을 헹궜다.

"차나 한잔 마셔야겠다."

코트와 가방을 의자에 얹어 두고 주전자에 물을 끓였다.

"미치루도 마실래?"

"네, 주세요."

햄가스를 다 먹고, 레몬 사워까지 다 마신 다음 차를 기다렸다. 어딘지 모르게 미사코 씨의 분위기가 평소와 다른 것 같았다. 화장도 좀 다르고 눈가에서 반짝반짝 빛이 났다.

"아이새도 바꿨어요?"

"오늘만 좀 다르게 했지."

미사코 씨가 대답하며 끓은 물을 찻주전자에 따랐다.

"약속이 있었나 보네요?"

미사코 씨가 일하는 약국은 6시에 문을 닫는다고 들었다. 요즘 들어 늦게 들어오는 날이 가끔 있었다.

"남자랑 데이트."

그렇게 말하며 미사코 씨가 행복하게 웃었다.

"정말요?"

"싱글인데 남자를 만날 수도 있는 거잖아."

"그야 그렇죠."

치나미 씨나 마유미 씨에게는 애인이 있을지도 모른다고 생각했다. 그런데 미사코 씨나 도키코 씨에게는 그럴 일이 없겠거니 했다. 무슨 이야기를 들어서가 아니라 나이만 가지고 혼자 그렇게 생각했을 뿐이다.

"저녁까지 먹고 온 거예요?"

"물론이지. 영화도 보고 왔는데."

미사코 씨가 찻잔에 녹차를 따랐다. 이제는 아예 내 것처럼 되어 버린 동백꽃 무늬 찻잔을 받아 들었다.

"좋네요."

"바깥 상황이 워낙 그렇다 보니 그럴듯한 곳에 가서 외식하는 일이 드물어졌어. 하지만 그 대신에 영화를 본다든지 미술관에 간다든지 하는 식으로 데이트하는 방식이 달라졌지."

"오래 사귄 분이에요?"

"지금 만나는 사람은 반년이 채 안 되었지, 아마."

"그렇군요."

"약국에 손님으로 온 사람인데 코로나가 퍼진 일을 계기로 잡담처럼 이런저런 이야기를 하게 되었어. 그러다가 서로를 걱정해 주기도 하면서 점점 친해졌지."

"나이대가 비슷한 분이에요?"

"그 사람이 다섯 살 연하야."

미사코 씨가 오십 대 후반이니까 상대 남자도 오십은 넘은 셈이었다.

"설마 유부남은 아니겠죠?"

"그쪽도 나도 돌싱인데 그쪽은 한 번, 나는 두 번 했지."

"네? 그랬어요?"

"이십 대 때 두 번 이혼했으니까."

"젊었을 때 이런저런 일이 많았나 보네요?"

"한창 복잡할 때는 정신이 없어서 그런 생각을 못 했는데 나중에 돌아보니까 내 팔자도 참 기구하다 싶더라고."

미사코 씨는 옛날 일을 떠올리는지 먼 곳을 바라보는 눈길로 말했다.

"이혼한 다음에도 파란만장했으니까. 여기로 이사 온 다음에야 겨우 좀 조용히 살 수 있게 된 것 같아."

"무슨 일이 있었는데요? 아, 이런 건 물으면 안 되는 거죠?"

"아니, 뭐 어때. 다들 알고 있는데. 맞고 산 적도 있었고, 부모나 남편 빚을 대신 짊어지기도 했고, 남편이 바람난 적도 있었고."

"앞의 두 가지가 너무 세서 바람난 게 약하게 들릴 정도네요."

"난 바람이 제일 싫었어."

차를 마시면서 미사코 씨가 웃었다.

"폭력이나 빚이 더 심각한 거 아니에요?"

"그럴지도 모르지만 그런 일이 일상적이던 생활이었거든. 바람도 별일 아닌 것 같은 느낌이었고. 내가 바람피운 적도 있으니까."

"그건 잘못했네요."

"미치루는 바람피운 적 없어?"

"없어요. 바람피우는 게 어떤 건지 정확하게 말하기도 힘들기는 하지만."

5년 전에 헤어진 남자의 일이 다시금 떠올랐다. 그 사람에게 나는 어떤 존재였을까?

나와의 관계와 다른 여자와의 관계는 그냥 서로 별개의 일이었을 뿐, 바람이네 뭐네 하는 남녀 간의 감정적인 문제가 아니었다는 생각이 든다. 헤어지기 직전까지 성관계도 했는데 그 자체도 특별한 일이 아닌 일상적인 행위였다. 아마 상대 여자하고도 나에 대한 죄책감 같은 것도 없이 자연스럽게 잠자리를 가졌을 것이다. 평행우주처럼 두 개의 세계에서 동시에 살다가 내가 있는 쪽을 버리고 또 다른 여자가 있는 세계를 선택한 게 아닐까 싶다.

"남자랑 자면 바람피운 거잖아?"

미사코 씨가 물었다.

"너무 적나라하네요."

그렇게 대꾸하면서 냉장고에서 요구르트를 꺼내 먹었다.

"키스까지는 분위기에 취해서 할 수도 있지만 자는 건 아니잖아."

"그게 그렇게까지 중요하다는 생각이 들지는 않는데요."

"그게 무슨 소리야?"

"그러니까, 예를 들자면 한번 자 보고 싶은 남자 랭킹이니 하는 것도 있잖아요."

"아직도 그런 게 있어?"

"비슷한 건 있어요."

가게 손님이 놓고 간 이십 대 초반 여성용 잡지에 그런 랭킹 기사가 실려 있었다. '남친과 데이트할 때를 위한 화장법' 같은 특집도 있었다. 남자에게 맞춰 주는 게 옳다는 식의 기획이 요즘 같은 시대에도 계속되고 있다는 점에 좀 놀랐다. 그런데 유키가 말하기를 "그런 걸 읽는 사람은 아이돌 인터뷰 기사를 보려고 사는 '아줌마 팬'들이지, 요즘 십 대나 이십 대들은 종이 잡지 같은 건 안 봐요."라고 했다.

"그건 그렇다 치고, 아무튼 애인이 아닌 다른 남자들, 심지어 한 번도 직접 본 적이 없는 연예인을 상대로 한번 자 보고 싶다는 생각이 든다는 말이잖아요. 물론 그럴 가능성이 아예 없으니까 심심풀이 같은 거긴 하지만. 어쨌든 여자도 성욕이 자기 남자한테만 생기는 건 아니라는 뜻이죠. 인간도 동물이니까 강해 보이는 수컷한테 암컷이 그런 감정을 느끼는 건 당연하다고 할 수 있고."

"그렇구나."

"그리고 사실 성행위 자체도 젊었을 때만큼 귀하지가 않다고 해야 하나, 그렇게 소중하게 생각해야 하나 싶어요. 저도 그런 경험을 한 상대가 많은 편은 아니에요. 상대적으로 보면 적은 편에 속하죠. 그래도 한 사람하고만 자 봤다고 할 정도는 아니에요. 더 많은 남자하고 자 볼 걸 그랬다는 생각이 들 때도 있고요. 애인이랑만 잠자리를 가진 건 이성적인 판단과 윤리관의 문제일 뿐 내가 진짜로 원해서 그랬다는 생각은 안 들어요. 이제 저는 아마 아이를 낳지 못할 수도 있겠죠. 그렇다면 섹스라는 행위에 무슨 의미가 있을까 하는 고민이 들기도 해요. 앞으로 사랑하는 사람이 생긴다 해도 무엇을 위해 그 사람이랑 관계를 가져야 할까요? 사랑해서 한다고 자신 있게 말할 만큼 중요한 일이란 생각도 안 드는데 말이에요. 사랑에는 좀 더 다른 무언가가 있을 거라고 생각해요. 그 사람과 나 사이에만 존재하는 무언가가."

"미치루는 지금 뭔가 꽉 막혀 있는 모양이네."

"네? 왜요?"

"말씨름만 하고 있어서."

"하긴 그러네요."

"그럴 때도 필요해. 젊을 때는 세상이나 주변 사람들이 하는 말을 곧이곧대로 믿어 버리기 마련이지. 그런데 일단 그렇지 않다는 사실을 알게 되었을 때는 '그럼 나는 어떻게 생각하지?'를 끝까지 파 보는 게 중요해."

"네."

"그렇다고 아무 남자랑 막 자거나 하지는 말고."

"걱정 마세요. 말은 이렇게 해도 사귀는 남자 말고는 잠자리를 가진 적이 없으니까."

그랬던 남자와 헤어진 뒤로 5년 동안 섹스는커녕 키스 한번 해 본 적이 없었다. 마루야마 씨를 보고 십 대 소녀 같은 반응이 나오는 것도 너무 오랫동안 연애를 하지 않아서이기도 했다. 성욕 자체가 사라진 기분이었다. 내 상황이 그런지라 미사코 씨나 도키코 씨는 연애 같은 것과 거리가 멀겠거니 생각했던 모양이다.

"다음에 시간 될 때 또 이런저런 이야기를 해 보자고."

미사코 씨는 자리에서 일어나 다 마신 찻잔을 싱크대에서 가볍게 씻었다.

"네."

"나 먼저 욕실 써도 될까?"

"그러세요. 전 보던 거 마저 보려고요."

"그래. 그럼 쉬어."

미사코 씨는 부엌에서 나가 2층으로 올라갔다.

방에서 노트북으로 영화를 보다가 이제 잘까 하던 참에 현관문 열리는 소리가 들렸다. 계단을 뛰어오르는 발소리도 들렸는데 2층까지 올라오지 않은 채 중간에서 소리가 멎었다. 잠시 기다려 봤지만 여전히 발소리는 다시 들리지 않았다.

치나미 씨가 돌아왔구나 싶었는데 아니었나? 하지만 미사코 씨는 방 안에 있을 테고, 도키코 씨나 마유미 씨는 이런 시간에 2층에 올라오지 않는다. 사치코 씨는 저런 발소리를 낼 사람이 아니다. 치나미 씨 아니면 도둑이 든 걸 수도 있지만 이렇게 허름한 집에 도둑이 들 것 같지는 않다. 우리 뒤쪽에 있는 아파트나 옆집에 그나마 훔쳐 갈 만한 물건이 훨씬 많아 보인다. 혼자 사는 여성의 집을 노리는 도둑이라 해도 이 집에는 들어오지 않을 것 같다.

그냥 잘못 들었으려니 하고 잠이나 자는 게 상책이겠지만 영 마음에 걸렸다. 살그머니 방문을 열고 복도로 나갔다. 이 집은 자정에 소등하기에 복도와 계단 불이 모두 꺼져 있었다. 일반 손전등 대신 핸드폰 손전등을 켜고 계단을 내려갔다.

층계참에 여자가 쓰러져 있었다.

"꺄악!"

엎드린 자세여서 누군지 알아보지 못해 나도 모르게 비명을 지르고 말았다. 그 비명이 발소리보다 더 크게 났는지 마유미 씨와 미사코 씨가 방에서 나왔고, 조금 있다가 도키코 씨와 사치코 씨까지 나왔다.

"왜 그래?"

마유미 씨가 계단을 내려오며 물었다. 그 사이에 도키코 씨가 불을 켜서 복도와 계단이 환해졌다.

"치나미 씨가……."

쓰러져 있는 사람을 자세히 보니 치나미 씨였다. 정신을 잃었는지, 잠이 든 건지, 나랑 마유미 씨가 치나미 씨를 사이에 두고 이야기를 하는데도 꿈쩍도 하지 않았다.

"그냥 취해서 그런 거야."

계단을 내려온 미사코 씨가 말했다.

"가끔씩 이럴 때가 있어."

한심하다는 듯이 말하면서 마유미 씨가 치나미 씨의 머리카락을 쓸어 올리고 얼굴을 확인했다.

"숨은 잘 쉬고 있으니까 그냥 가만히 두면 돼."

"아침에 보니 죽어 있다거나 하지는 않겠죠?"

"그럴 일은 없을 것 같은데."

마유미 씨와 미사코 씨가 나란히 서서 고개를 갸웃거리며 대답했다. 사치코 씨도 계단을 내려와서 치나미 씨의 얼굴을 들여다보더니 몸을 살짝 건드렸다. 그러고는 아무 말 없이 계단을 내려가 버렸다.

"어때? 별일 없겠어?"

걱정스러운 표정으로 도키코 씨가 1층에서 물었다.

"여기서 좀 더 지켜볼게요."

미사코 씨가 말했다.

"도키코 씨는 먼저 주무세요."

"무슨 일 있으면 바로 깨워 줘."

"네."

"그럼 부탁해."

도키코 씨가 방으로 돌아갔다.

치나미 씨는 이 와중에 몸을 뒤척여 똑바로 눕는 자세가 되었지만 여전히 일어날 기색은 없었다. 토할 낌새는 없어 보였지만 이대로 둬도 괜찮을까?

사치코 씨가 페트병을 들고 부엌에서 나왔다.

"이거…… 물인데."

기어들어 가는 듯한 목소리로 말하며 생수병을 나에게 내밀었다.

"고마워."

"주무세요."

그렇게 인사하더니 사치코 씨는 자기 방으로 들어가 버렸다. 마유미 씨와 미사코 씨를 쳐다보자 둘 다 뭔가 할 말이 있다는 듯 미소를 짓고 있었다.

"제가 보고 있을 테니까 두 분 다 주무세요."

두 사람에게 말했다.

"그럼 부탁해. 들어갈게."

한목소리로 말하더니 마유미 씨는 1층으로 내려가고 미사코 씨는 2층으로 올라갔다. 복도와 계단의 불은 그대로 켜 둔 상태였다. 나도 자고 싶었지만 치나미 씨를 여기 이대로 두고 가려니 마음이 놓이지 않았다. 술에 취해 자는 줄 알았는데 갑자기 죽어 버렸다는 이야기를 몇 번인가 들은 적이 있다. 얼굴에 물을 끼얹어서라도 깨워야 하나 싶다가도 편안한 얼굴로 곤하게 잠들어 있는 모습을 보니 영 마음이 내키지 않았다.

계단에 앉아 한동안 지켜보았다. 창문 밖으로 점점 야위어 가는 달이 보였다. 달을 쳐다보는 사이에 잠이 쏟아지기 시작했다. 핸드폰을 보니 새벽 1시가 넘은 시간이었다.

요즘 음식점들은 단축 영업이 기본이니까 이런 시간까지 열려 있는 가게는 몇 안 될 것이다. 누군가의 집에서 마시고 왔나? 아니면 늦게까지 여는 곳에서 마시고 들어왔나? 어느 쪽이든 이런 상태인 사람을 혼자 집으로 보내다니 너무하다는 생각이 들었다. 물론 나이를 먹을 만큼 먹은 사람이 자기 몸도 주체하지 못할 만큼 마시는 것이 가장 잘못이지만.

"치나미 씨, 좀 일어나 봐요."

어깨를 가볍게 두드렸다.

"방에 들어가서 자요. 예쁜 원피스가 엉망이 되겠네."

치나미 씨는 항상 예쁜 옷을 입고 있는데 오늘은 파란 바탕에 꽃무늬가 있는 원피스로 그중에서도 '특별하다'는 느낌이 들 만큼 화사한 옷차림이었다. 여기까지는 택시를 타고 왔는지 코트는 걸치지 않고 베개처럼 가슴에 꼭 끌어안고 있었다.

"안 일어나면 그냥 들어갑니다."

계속해서 치나미 씨를 깨웠다. 힘든 표정으로 한숨을 푹 쉬더니 치나미 씨가 천천히 눈을 떴다.

"일어났어요?"

"여기 어디야?"

멍한 목소리로 묻고는 몸을 일으켰다.

"와카바소죠."

"아닌데."

"맞아요."

"아, 계단이구나."

확인하듯이 주변을 둘러봤다.

"네, 그래요."

"나 언제 왔어?"

"30분쯤 됐어요."

"음······."

"물 마실래요?"

생수병을 내밀었다.

"응, 고마워."

물을 한 모금 마시더니 그대로 다시 잠들려고 했다.

"여기서 자면 안 돼요. 방으로 들어가요. 자, 물 더 마시고."

"응."

작게 끄덕이더니 생수병의 물을 반 정도 벌컥벌컥 들이켰다. 부엌에 비상용 생수가 몇 병 있었다. 나중에 한 병 더 가져와야겠다.

"계단 올라갈 수 있어요?"

"어? 내 지갑은? 핸드폰은?"

"여기요."

층계참 구석에 나뒹굴고 있던 핸드백을 주워서 내밀었다.

"땡큐."

치나미 씨는 핸드백 안을 뒤지더니 핸드폰을 꺼내서 들여다보았다. 얼굴 인증이 제대로 안 되는지 짜증 나는 표정으로 비밀번호를 입력했다. 불안해하면서 무언가를 확인하더니 갑자기 표정이 환하게 밝아졌다.

"이제 됐다."

그 표정 그대로 나를 쳐다보며 말했다. 되기는 뭐가 됐다는 건지. 이렇게 고주망태가 된 원인도, 그리고 한순간에 됐다고 하는 원인도 딱 하나일 것이다. 그건 남자다.

여자를 이렇게 힘들게 하는 남자는 성숙해지는 일이 없다. 아마 앞으로도 같은 짓을 되풀이할 것이다. 하지만 지금 여기서 따지고 들 일은 아니다.

"방에 들어가서 잡시다."

몸을 잡고서 치나미 씨를 일으켜 세웠다. 가늘고 날씬하다고 생각은 했는데 실제로 만져 보니 뼈가 느껴질 정도였다. 몸이 너무 가벼웠다.

"미안."

"그런 말은 나중에 해도 되니까 우선 물부터 마시고 방에 들어가서 자요."

치나미 씨가 들었다가는 그대로 넘어질 것 같아서 코트와 핸드백은 내가 들었다.

"알았어."

2층으로 올라가서 4호실 문을 열었다. 열리는 순간 도서실 같은 냄새가 났다. 다다미 여섯 장짜리 작은 방이 책에 파묻혀 있었다. 창가에 책상이 있고 한가운데 사람 하나가 간신히 누울 공간이 비어 있었다. 그 외에는 다 책이었다. 단행본, 문고판, 잡지, 외국 페이퍼백, 대형서적. 온갖 종류의 책들이 빈틈없이 쌓여 있었다.

조금만 흔들려도 와르르 무너질 것 같았다. 이러다가 바닥이 푹 꺼져 버리지 않을까 싶었다. 자다가 지진이라도 나면 말 그대로 책에 파묻혀 죽겠다는 생각이 들었다. 바닥에 쌓여 있는 책들 뒤로는 천장까지 닿는 높이의 책장이 있어 벽을 완전히 막고 있었다. 원피스와 치마, 니트는 책들 위에서 둥글게 말려 있었다.

창밖에 떠 있는 달빛이 어두운 방 안을 비추고 있었다. 이상하게도 아까 층계참에서 바라보던 달과는 다른 느낌이 들었다. 묘할 정도로 크게 보였다. 사실 지금 나는 5호실 내 방에서 잠들어 있고 이게 모두 꿈속이라 해도 믿을 수 있을 것 같았다.

창문이 닫혀 있는데도 어디선가 강한 바람이 불어 드는 듯했다. 검고 커다란 무언가가 창밖을 날아갔다.

"방금 그거 봤어요?"

내가 바깥을 가리키며 말하자 치나미 씨는 신기한 생물을 만난 듯한 눈으로 나를 바라보았다.

"뭐가 있었어?"

"아니요."

나는 고개를 저었다. 전에 아네모네에서 문을 열 준비를 하다가 그 검은 무언가를 구라타와 함께 본 적이 있다. 어쩐지 치나미 씨의 눈에는 그 무언가가 보이지 않을 것 같다는 생각이 들었다. 한 지붕 아래 살고 있지만 나와 치나미 씨가 보는 세상은 전혀 다르다.

"잘 자."

"편히 주무세요."

복도로 나오자 안쪽의 6호실 문이 열리더니 사치코 씨가 나왔다. 걱정이 되어 아직 자지 않고 기다렸던 모양이다.

"괜찮아요?"

"괜찮아."

치나미 씨에 대해 물은 말일 텐데 왠지 나에게 묻는 말 같았다.

"불 끄고 올게."

"잘 자요."

"잘 자."

1층으로 내려가 복도와 계단 불을 껐다. 현관에는 치나미 씨가 벗어 놓은, 스와로브스키가 반짝이는 뮬이 뒹굴고 있었다. 가지런히 모아 신발장에 올려놓았다. 저 사람은 남자 때문에 저렇게 힘든 게 아니다. 그보다 훨씬 더 중요한 것이 있다. 나 같은 사람은 상상도 하지 못하는 세계에 혼자 살고 있다.

연말연시에 아네모네는 12월 31일부터 1월 3일까지 문을 닫기로 했다. 부모님을 보러 고향으로 내려갈까 말까 고민도 하기 전에 오빠에게서 '내려오지 마라'는 메시지가 왔다. 방역에 신경을 써야 하는 와중에 중학교 3학년인 딸의 고등학교 시험까지 겹쳐서 극도로 조심하는 모양이었다. 세상이 이런 상황인 만큼 처음부터 내려갈 마음도 별로 없었기 때문에 그냥 와카바소에서 조용히 지내기로 했다. 새해인데 조카들 세뱃돈을 모르는 척하고 넘어가기도 미안해서 '나중에 갚을 테니 일단 고모 몫으로 애들한테 세뱃돈 좀 주세요'라고 오빠에게 메시지를 보냈다.

이사한 지 얼마 안 된 내 방에는 물건도 별로 없다. 와카바소 전체의 대청소는 봄이 되고 날이 풀리면 한다고 들었다. 방에서 멍하니 있다가 미사코 씨, 치나미 씨와 같이 부엌에서 메밀국수를 먹기도 하고, 반찬을 이것저것 집어 먹거나 술을 마시며 〈홍백가합전(紅白歌合戰)*〉을 보기도 하고, 젊은 가수들뿐이라 아는 연예인이 거의 없

---

* 매년 12월 31일의 마지막 3시간 동안 TV에서 생방송 되는 가요대항전으로, 일본 국영방송인 NHK가 주최하고 그해 일본에서 가장 화제가 된 가수들을 초청함.

는 자니즈* 특집 연말 카운트다운을 보면서 새해를 맞이했다.

와카바소 사람들은 아무도 고향에 내려가지 않았다. 도키코 씨와 치나미 씨는 평소에도 일하는 날과 휴일이 잘 구분되지 않아 애매했다. 미사코 씨와 마유미 씨는 나처럼 그믐날부터 초사흘까지 휴일인 모양이었다. 사치코 씨는 그믐날 저녁 무렵에 출근했으니 연휴 동안에도 일하는 듯한데, 그렇다고 쉬는 날이 없지는 않을 것이다.

"연휴 때 귀향해?"라고 물어보는 사람은 아무도 없었다. 다들 처음부터 고향이나 부모님 집에 갈 마음이 없었는지 모두가 그냥 평소처럼 지냈다. 새해 인사를 하러 찾아오는 사람도 없었다.

연휴 내내 방에서 컴퓨터로 영화나 외국 드라마를 보면서 느긋하게 쉬어야겠다고 작정했는데 금방 질리고 말았다. 아직 초하루 점심 때였다.

앞으로 이틀 동안 뭐 하지?

정초에 걸맞은 의식은 아무것도 하지 않았는데도 바깥세상의 분위기는 설날 연휴 같았다. 날이 맑고 평온하며 고요했다. 시간이 천천히 흘러갔다.

방 안에 혼자 있기 심심해서 1층으로 내려갔다. 부엌에 들어갔는데 아무도 없었다. TV를 틀어 놓고 냉장고에서 보리차를 꺼냈다. 의자에 앉아 멍하니 예능 프로를 보았다.

점심도 아직 안 먹었고 저녁거리도 마땅치 않으니 편의점에라도

---

* 일본의 유명한 연예인 기획사.

다녀올까 하는 생각도 들었지만 귀찮았다. 정월 초하루부터 편의점 도시락으로 끼니를 때우고 싶지 않다는 마음도 있었다. 보리차를 다 마시고 냉장고 안과 식료품이 들어 있는 박스에 무슨 채소가 있나 찾아봤다.

어젯밤에 〈홍백가합전〉을 보면서 먹어 치웠기 때문에 밑반찬은 하나도 없었다. 냉장고 신선칸에 가마보코*와 다테마키*가 들어 있었다. 먹고 싶기는 한데 누구 것인지 몰랐다. 마음대로 꺼내 먹으면 안 될 것 같았다. 연휴 직전에 퇴근하면서 새해 음식으로 먹으라고 구라타가 싸 준 구리킨톤*이 있긴 했지만 그걸로는 식사가 되지 않는다. 사모님의 레시피에 따라 커다란 냄비 한가득 만들었던 모양이다. 먹을 것을 찾다 보니 와카바소에 살던 예전 세입자가 잔뜩 보내 온 찹쌀로 만든 떡을 발견했다. 불에 구워서 버터나 치즈를 얹고 간장 양념을 하면 그런대로 점심거리가 될 것 같았다. 하지만 뭔가 좀 모자란 감이 있었다.

예전에 혼자 살 때는 점심 저녁을 아네모네에서 잘 먹는 만큼 집에서 혼자 먹는 끼니는 적당히 때우곤 했다. 그런데 와카바소에 들어온 이후로 단품으로 끼니를 대충 때우면 뭔가 헛헛해지곤 했다. 채소로 만든 조림이나 절임류 같은 반찬이 항상 마련되어 있어 밥을 제대로 챙겨 먹게 되었기 때문인 듯했다.

---

* 설날 음식인 오세치 요리의 내용물 중 하나로, 흰살 생선을 작은 판에 얹어서 찐 어묵의 한 종류.
* 오세치 요리의 내용물 중 하나로, 생선살과 달걀을 섞어 두껍게 말아 부친 어묵의 한 종류.
* 오세치 요리의 내용물 중 하나로, 밤과 고구마를 갈아서 만든 달콤한 음식.

"왜 그러고 있어?"

도키코 씨가 부엌에 들어왔다.

"점심을 어떡할까 싶어서요."

"오조니(お雑煮)* 만들까 하는데 먹을 거야?"

"네, 주세요!"

"그럼 옆에서 좀 도와줘."

"알겠습니다."

"좀 넉넉히 만들어야겠네."

도키코 씨는 냉장고에서 닭고기를 꺼내고 식료품 박스에서 무와 당근을 집어 들었다.

"예전에는 다 같이 모여서 오세치(お節)* 요리를 만들기도 했지. 그런데 지금 여기 사는 사람들은 요리할 줄을 몰라서. 할 줄 아는 사람이 나랑 미사코밖에 없잖아."

"그렇죠."

"이것저것 만들어서 찬합에 잘 담으면 알록달록 예쁘고 뿌듯하기는 한데 재료 사는 것도 힘들고 시간도 많이 드니까."

"재료 사는 건 저도 도울 수 있어요."

"만드는 건?"

"그건 너무 어려워서 힘들 것 같은데."

내가 뒤로 빼자 도키코 씨는 어이가 없다는 표정을 지으며 웃었다.

---

* 설날에 먹는 일본식 떡국으로, 맑은 국물에 고기와 채소, 찹쌀떡을 넣어 만듦.
* 일본의 설날 전통 음식으로, 가지각색의 요리를 찬합에 예쁘게 담아 새해를 축하하며 먹음.

내가 어렸을 때는 할아버지네 집에서 오세치 요리를 직접 만들었다. 어린 나는 그걸 먹으며 '맛도 없는데 이런 걸 먹어야 하나' 하며 속으로 투덜댔다. 그 요리를 준비하는 데 얼마나 시간과 손이 많이 가는지 생각해 본 적 없었다. 오빠와 내가 고등학교를 졸업한 뒤로는 할아버지 댁에 가지 않고 집에서 지내게 되었다. 어머니가 채소 조림 같은 요리를 만들기는 했지만 오세치 요리는 사서 먹었다. 슈퍼마켓에서 흔히 파는 싼 것이었다. 조카들이 태어난 이후로는 집안의 모든 일이 그 아이들 위주로 돌아가서 내가 먹을 양은 오히려 줄었다.

굳이 직접 만들어 보려고 나선다 해도 오세치 요리에 무엇이 들어가는지조차 기억이 가물가물했다. 여기 사는 동안에 도키코 씨나 미사코 씨한테 배워 두는 게 좋지 않을까 싶었다. 그런 게 도움이 되는 날이 오기나 할지 의심스럽지만.

"이거 반달 모양으로 납작납작 썰어 줘."

"네."

무와 당근을 받아서 껍질을 벗긴 다음 반달 모양으로 썰었다.

"미치루네 집에서는 오조니를 어떻게 해서 먹었어?"

"여기랑 비슷할걸요. 무랑 당근이 들어가고 닭고기를 간장으로 양념한 오조니였어요."

"떡은 네모난 거?"

"그렇죠."

"미사코는 여러 지방의 오조니를 만들 수 있으니까 내일은 맛이 다른 오조니를 만들어 달라고 해야겠다."

"맛이 어떻게 다른데요?"

"안에 들어가는 재료가 다르기도 하고, 양념을 흰 미소 된장으로 하기도 하고, 떡이 동그란 경우도 있고. 지방에 따라 다 다르니까. 미사코는 여기저기 이사를 많이 다녀서 여러 가지 맛을 알게 되었다고 하더라고."

"그렇군요."

"나랑 마유미, 치나미는 도쿄에만 계속 살아서 다 똑같이 가다랑어포 육수에 간장 양념으로 된 오조니만 알지."

"도쿄인데도 다들 집에는 안 가시네요?"

"응?"

도키코 씨는 앙상한 손으로 가다랑어포를 한 움큼 쥔 채 나를 쳐다보았다.

"저는 고향이 시즈오카니까 방역 때문에 귀향을 자제했지만 같은 도쿄라면 집에 가도 되지 않나요?"

"그야 다들 나름대로 사정이 있으니까."

물을 가득 담은 큰 솥에 가다랑어포를 넣으며 도키코 씨가 말했다.

"하긴 그렇겠네요."

치나미 씨의 방이 생각났다. 12월 초쯤에 잔뜩 취해서 돌아온 치나미 씨를 억지로 쑤셔 넣듯이 방에 들여보낸 이후로는 그 방 안을 본 적이 없다. 다시 생각해 보아도 꿈이나 환상을 본 것 같은 느낌이 들었다. 다음 날 치나미 씨는 평소나 다름없이 일어났고, 부엌 식탁 밑에서 웅크리고 있다가 먹을 것을 달라고 채근해서 남은 햄가스를 주었다. 그렇게 인사불성으로 취한 이유가 무엇이었는지 물어볼 기회도, 그렇게 책을 쌓아 두고 있다가는 언젠가 깔려 죽을지도 모른다고 말해 줄 기회도 놓쳐 버렸다.

오조니에 넣을 찹쌀떡을 굽고 있자 마유미 씨가 방에서 나왔고, 미사코 씨와 치나미 씨도 2층에서 내려왔다. 마치 기다리고 있었던 사람들처럼 기가 막힌 타이밍이었는데 마침 출출한 시간인데다가 방 안에서 멍하니 혼자 있기도 지겨워질 때였던 것 같다.

가마보코와 다테마키를 잘라 접시에 담았다. 스누피 그림이 있는 소풍용 도시락 같은 큰 보존 용기에 들어 있던 구리킨톤도 그릇에 덜어서 식탁에 차렸다. 오조니에 미쓰바*를 얹어서 각자 자리에 놓았다. 나와 치나미 씨가 나란히 앉고, 마유미 씨와 미사코 씨가 나란히 앉고, 도키코 씨는 안쪽에 앉았다.

TV에서는 설날 특집으로 전통 예능 방송이 나오고 있었는데 내가 어렸을 때부터 보던 만담가가 만담을 하고 있었다.

"새해 복 많이 받으세요."

도키코 씨가 말했다.

"새해 복 많이 받으세요."

네 사람이 다 같이 인사했다.

절기 인사를 제대로 하면 시간에 선이 그어져서 매듭이 지어지는 기분이 든다. 작년 설날에는 고향 집에서 중학생인 작은 조카랑 TV

---

* 삼엽. 신선초와 흡사한 식재료.

게임을 하며 놀았다. 고등학생이 된 큰 조카는 반항기에 접어들었는지 세뱃돈이 너무 적어서 불만스러운 표정이었다. 전에는 500엔짜리 동전만 줘도 좋다고 신나 했는데.

부모님과 오빠는 내가 결혼도 하지 않고 임시직으로 먹고산다는 점에 대해 더 이상 별말이 없었다. 차려 준 음식이나 먹으면서 하는 일 없이 사흘간 뒹굴뒹굴한 다음 도쿄로 돌아왔다. 그로부터 한 달쯤 뒤에 전 세계에 코로나 사태가 벌어졌다.

오조니를 먹은 다음 가마보코와 다테마키도 맛을 보았다.

"도키코 씨가 만든 오조니를 먹는 게 벌써 다섯 번째네."

마유미 씨가 말했다.

"난 세 번째."

미사코 씨가 젓가락을 뻗어서 가마보코를 집었다.

"난 이게 두 번째."

치나미 씨가 국물을 천천히 마시며 말했다.

"마유미 씨는 여기서 5년이나 있었어요?"

오조니에 들어 있는 떡을 먹으며 내가 물었다.

"그럼. 몰랐어?"

"네."

평소에 나눈 이야기로 도키코 씨를 제외한 나머지 사람들의 나이는 어렴풋이 알게 되었다. 사치코 씨가 나랑 동갑이어서 딱 마흔, 치나미 씨가 나보다 세 살 위인 마흔셋이라는 점은 틀림없었다. 정확한 나이는 몰라도 마유미 씨는 오십 대 중반 정도이고 미사코 씨는 오십 대 후반이다. 모두 이곳에 온 지 몇 달 수준이 아니라 몇 년씩 살았다는 점은 알고 있었지만 각자 몇 년이나 있었는지 들은 적은 없었다.

와카바소를 '잠시 있다 떠나는 곳' 정도로 생각하고 들어왔는데 그렇지 않은 모양이다. 나조차 여기 생활에 익숙해져서 이대로 몇 년을 살아도 괜찮겠다는 생각을 가지게 되었다. 여기에서 나가게 되면 또다시 예전처럼 비좁은 원룸에서 혼자 살아야 했다. 생각이 거기까지 미치자 최근 들어 거의 느낀 적이 없던 불안감이 되살아나 가슴속을 시커멓게 물들였다.

"도키코 씨는 몇 년 있었어요?"

치나미 씨가 물었다.

"글쎄, 몇 년 있었나?"

천천히 떡을 씹으면서 도키코 씨가 온화한 목소리로 대답했다.

"한 70년?"

"대충 그 정도 되려나?"

"네? 진짜예요? 뻥튀기 아니고?"

내가 깜짝 놀라 물어도 아무도 대답해 주지 않았다. 빙글빙글 웃고 있을 뿐이었다.

원래 이 와카바소는 도키코 씨의 친정집 소유였던 모양이다. 도키코 씨는 이곳이 학생용 자취방 건물로 쓰이던 시절부터 관리인으로 살았다. 그 무렵에는 특별히 정해진 규칙이 없었지만 세입자는 모두 남성이었다고 한다. 그런데 원룸 빌라들이 우후죽순으로 새로 생기자 욕실도 없고 화장실도 공용인 자취방으로 들어오는 학생이 없어졌다. 대학 졸업 후에도 싼 월세 때문에 계속 눌러앉는 프리터*, 너무 바빠서 잠잘 때만 들어오는 직장인, 꿈을 찾는다면서 실상은 아무것도 하지 않는 자칭 아티스트들만 늘어났다. 세입자들끼리 인사도 제대로 하지 않게 되었다.

이대로 가면 안 되겠다고 생각한 도키코 씨는 모든 세입자를 내보낸 다음 대대적으로 리모델링을 했다. 1층의 방 두 칸을 부엌과 욕실 등의 공용 공간으로 만들고, 2층에 있는 건조대 공간을 보수하고, 화장실과 현관을 깔끔하게 고쳤다. 그런 다음 세입자를 사십 세 이상의 독신 여성만 받기로 했다. 그렇게 흘러온 긴 역사의 어느 시점엔가 도키코 씨는 와카바소를 물려받은 모양이다.

스무 살 때 관리인이 되었다고 가정하고 지금 아흔이라면 70년이라는 계산이 맞다. 아무리 그래도 좀 과장된 숫자라는 생각이 들지만 그래도 거의 70년 세월인 셈이다.

그렇게나 오랜 세월을 같은 집에서 살고 같은 일을 계속해 왔다는 것이 어떤 삶이었을지 상상이 가지 않았다.

"신사에 하츠모데(初詣)*나 갈까?"

마유미 씨가 미사코 씨에게 물었다.

"어디로?"

"역 앞에 있는 신사?"

"거기서 기도해 봐야 별 효험도 없을 것 같은데."

"작년에 갔잖아."

"가긴 했지. 그래서 1년 동안 뭔가 좋은 일이 있었어?"

"음……."

마유미 씨가 진지하게 고민하는 표정을 지었다.

"별 탈 없이 건강하게 지낸 것만 해도 충분하지 않나?"

"하기야 그건 그래."

"집 안에 있어 봐야 할 일도 없고 심심한데 같이 갑시다."

"그러지, 뭐."

오랫동안 한 지붕 아래 살아서 그런지 마유미 씨와 미사코 씨는 죽이 잘 맞았다. 둘이서 이야기하는 걸 듣다 보면 평소에 꼼꼼하고 빈틈없어 보이던 마유미 씨가 미사코 씨의 동생이 된 것처럼 슬며시 의지하려는 모습이 보였다. 나랑 치나미 씨는 그런 모습을 보는 게 좋아서 말없이 두 사람의 대화를 듣기만 했다.

"두 사람도 같이 갈래?"

미사코 씨가 나랑 치나미 씨에게 물었다.

"아니, 난 됐어요."

치나미 씨가 고개를 저었다.

"저도 사양할게요."

나도 거절했다. 둘이서 나가는데 방해하고 싶지 않았다.

오조니를 다 먹은 다음 마유미 씨와 미사코 씨는 외출 준비를 하려고 각자의 방으로 돌아갔다. 식탁 위를 대충 치우고 따뜻한 녹차를 내렸다. 구리킨톤을 먹으면서 도키코 씨와 치나미 씨 그리고 나는 멍하니 TV 화면을 바라보았다.

"이거 맛있네."

도키코 씨가 말했다.

"우리 가게에서 일하는 젊은 친구가 만들어 줬어요."

"단맛이 확실하게 나서 좋네."

커다란 밤을 먹으면서 치나미 씨도 기분 좋은 표정을 지었다.

"꿀을 썼나 보더라고요."

"양식당에서 만든 거라서 그런지 옛날에 먹던 몽블랑 과자 같은 맛이 나네. 이렇게 말해도 두 사람은 모르겠지만."

도키코 씨가 말했다.

"알아요. 나 어릴 때도 있었는데요, 뭐."

치나미 씨가 그 말에 반박했고 나도 덩달아 고개를 끄덕였다.

어린 시절에 먹었던 몽블랑 과자는 노랗고 달았지만 밤 맛이 하나도 나지 않았다. 최근에 나오는 일본 밤으로 만든 베이지색의 제대로 된 몽블랑 과자도 좋기는 하지만 가끔은 예전에 먹던 선명한 노란색의 몽블랑 과자가 그리울 때가 있다. 구라타가 준 구리킨톤에서는 신기하게도 예전의 그리운 맛이 조금 나는 것 같았다. 게다가 큼직한 밤이 통째로 들어 있어서 고급스러운 느낌도 났다.

"그 가게의 젊은 친구라면 항상 고로케나 햄가스를 챙겨 준다는 사람 아니야?"

치나미 씨가 물었다.

"맞아요."

"많이 친해?"

"우리 가게 사람들은 다 친해요."

"그런 식으로 친한 거 말고."

"그럼 어떤 식으로 친한 거요?"

"남자 여자로 친한 거."

"치나미 씨도 그런 이야기를 다 하네요?"

"그게 무슨 뜻이야?"

"그런 부분에 대해서는 서로 언급하지 않도록 신경을 써야 하는 줄로 알았어요."

"싫으면 안 해도 돼."

"아니, 저는 상관없어요."

"그래서 그 친구하고는 어떤데?"

"구라타는 이제 이십 대 초반이에요."

"그렇게 젊은 애였어? 그럼 가능성이 별로 없네."

"당연하죠."

녹차를 한 모금 마시고 TV 채널을 돌렸다. 어디를 봐도 다 비슷한 느낌이었다. 개그맨이나 전통 예능인이 나오는 특집 방송들이었다. 코로나가 심했을 때는 예능 프로도 녹화하기 힘들어서 한동안은 예전에 방영했던 분량을 편집해서 특집으로 내보내거나 재방송을 하기도 했다. 투명한 아크릴판을 세워 두고 하는 거라 예전하고 똑같지는 않아도 이렇게 새로 만든 내용을 방영할 수 있게 된 것은 세상이 조금씩이라도 나아지고 있다는 증거가 아닐까 싶었다. 하지만 지난 연말부터 확진자가 다시 늘어나고 있는 모양이었다.

"꼭 그렇지 않을 수도 있잖아."

녹차를 한 모금 마시더니 도키코 씨가 끼어들었다.

"뭐가요?"

치나미 씨가 물었다.

"미치루랑 이십 대 남자애가 사랑에 빠질 가능성도 없지는 않다는 거지."

"아니에요! 절대 있을 수 없어요."

내가 반박했다.

"그런 일이 세상에 절대로 없다고 하지는 못하지만 미치루는 아닐 거예요."

치나미 씨가 웃으면서 말했다.

"왜 웃어요?"

내가 따졌다.

"완전 불가능한 거 맞잖아."

"음, 그렇기는 하죠."

잠깐 생각해 보기는 했는데 그럴 가능성은 도무지 없어 보였다.

"우리 가게 직원이니 뭐니 하는 문제가 아니라 저는 사람들이 평범하고 일반적이라고 여기는 연애가 아니면 못 하는 성격이에요. 요즘 같은 때에는 여자가 연상이고 남자가 젊은데 애인 사이라고 해도 전혀 이상한 일이 아니죠. 어떤 사람과 사귀든 각자의 자유이고 나이나 성별 같은 걸 따질 일은 아니라고 생각해요. 예를 들어서 내 친구가 자기 나이보다 훨씬 젊은 사람하고 사랑에 빠졌다고 한다면 조금은 놀랄 수도 있지만 손가락질하거나 비난하지는 않을 거예요. 하지만 저는 그러지 못한다는 거죠."

"왜 그러지 못한다는 거지?"

도키코 씨가 물었다.

"이성이 감정을 눌러 버려서 그럴지도 몰라요."

"이성이라……."

"그리고 나랑 사귀는 연하에게는 좀 미안한 마음도 들 것 같아요. 마흔이 넘어서 이제 아기를 낳을 수 있을지 자신할 수 없을 만큼 '내 몸이 중년이 되었구나' 하고 느낄 때가 있어요. 젊은 사람은 젊은 사람들끼리 사귀면서 함께 미래를 꿈꾸는 편이 행복하다고 생각해요. 게다가 저는 가능한 한 편한 사람이 좋아요. 대화도 그렇고 체력적인 면도 그렇고 비슷한 또래 남자가 제일 적당한 것 같아요. 가치관이 달라서 새로운 사고방식을 알게 해 주는 사람은 지인이나 친구 정도의 거리가 딱 좋아요."

그런 이야기를 하면서 머릿속으로는 마루야마 씨를 떠올렸다. 새해 인사 메시지를 보낼까 했는데 무슨 말을 적어야 할지 몰라 보내지 못하고 있었다. 이대로 확진자 수가 늘면 또다시 각종 행사나 공연이 취소될지도 모른다. 그렇게 되면 둘이서 만날 기회는 더욱 없어진다. 아네모네의 영업 상황에 따라서는 얼굴조차 보기 힘들어질 수도 있었다.

"얼마든지 자유롭게 연애할 수 있는 이런 시대에 공연히 이런저런 것 따지면서 자기를 묶어 두면 너무 아깝잖아."

그렇게 말하면서 도키코 씨가 식탁 위를 치우기 시작했다.

"누구든 시집가느라고 여기를 나가는 사람이 있어도 될 텐데 말이야."

"시집간다는 말 자체도 벌써 구시대적인 표현이에요."

상 치우는 것을 도우면서 치나미 씨가 지적했다.

"그 말도 맞네."

도키코 씨가 부드러운 미소를 지으며 수긍했다.

예능 프로가 중단되면서 긴급 뉴스가 나왔다. 당국에서 긴급사태 선언 발표를 검토하고 있다는 소식이었다.

상점가 안의 가게들 대부분은 정월 초하루만 쉬고 2일부터는 정상영업을 한다. 방 안에만 계속 있다 보니 머리는 멍하고 몸도 무거워지는 것 같아 장도 보고 산책도 할 겸 역 앞으로 나갔다.

작년에 코로나가 한창일 때는 상점가 거리가 한적하니 인적이 거의 없었다. 약국에서는 마스크가 동이 났고 사재기는 없을 거라던 화장지와 티슈가 며칠 새 다 팔려 버렸다. 아네모네 문밖에 가판대를 내놓고 도시락을 팔면서 세상의 종말이 다가온 것 같다고 생각했다. 그 뒤로 우리의 일상생활 자체가 완전히 변했고, 지금은 대부분의 사람들이 마스크를 끼고 바깥을 돌아다닌다.

마트에서는 새해맞이 세일을 크게 하는지 가족끼리 외출 나온 손님들이 그 안으로 연이어 들어갔다. 식료품을 사려고 나왔지만 나중으로 미루고 주류 상점으로 향했다.

유리문 안쪽을 들여다보자 계산대에 메구미 씨가 있었다. 손님이 없는지 따분한 표정으로 노트북을 들여다보고 있었다. 문을 열고 안으로 들어갔다.

"안녕하세요."

"아, 어서 와."

메구미 씨가 노트북에서 고개를 들면서 아는 척을 했다.

"새해 복 많이 받으세요."

서로 설날 인사를 주고받으며 고개를 숙였다.

"멍하니 컴퓨터 보고 있는 게 밖에서 너무 잘 보이던데요."

"어머, 웬일이야!"

메구미 씨가 창피해하며 계산대 자리에서 나왔다.

"아저씨랑 아주머니는 안 계시나 봐요?"

평소에는 메구미 씨의 부모님도 가게에 나와 있었다. 가끔 아저씨가 아네모네로 배달 올 때도 있었다.

"동생이 조카들을 데리고 친정 나들이를 올 예정이었는데 지금 같은 상황이면 올해는 자제해야 할 것 같다고 연락이 왔거든. 영 섭섭했는지 잠이나 자야겠다며 아버지는 위에 올라가 버리셨어. 어머니는 장 보러 마트 가셨고."

말하면서 메구미 씨가 2층을 가리켰다. 건물은 1층이 가게, 2, 3층은 살림집으로 되어 있었다. 주류 상점은 몇십 년을 이곳에서 장사한 가게였는데 메구미 씨가 3대째 주인이었다. 주류 말고는 견과류나 오징어 같은 건어물과 캔 종류 등 안줏거리밖에 없는 정통파 주류 상점이다. 아저씨가 전국에 있는 양조장이나 와이너리를 직접 돌아다니며 들여오는 건지, 마트 같은 곳에서는 볼 수 없는 희귀한 청주나 와인도 여럿 갖춰져 있었다. 와인을 들여오기 위해 프랑스와 이탈리아에도 몇 번씩 다녀오셨는지 계산대 옆에 사진이 붙어 있었다. 그만큼 신뢰가 있기에 상점가 안에 있는 음식점 대부분이 이곳에서 주류를 들여갔다.

"뭐 한잔할까?"

메구미 씨가 나에게 물었다.

"음, 글쎄요."

"연말에 많이 마셨어?"

"아니요. 그냥 와카바소에서 가볍게 한두 잔 마시는 정도였어요."

어젯밤에는 마유미 씨와 미사코 씨가 하츠모데에서 돌아오며 마트에서 닭요리 재료를 사 왔다. 음식 준비는 미사코 씨 혼자서 했는데 닭을 몇 시간씩 푹 고았다. 재료비라도 내려고 했더니 마유미 씨가 '새해 선물'이라며 마다했다. 음식과 함께 맥주와 하이볼을 마시기는 했어도 술집에서 하는 송년회나 신년회에 비하면 마신 양은 얼마 안 되었다.

"맥주 괜찮아? 내가 새해 선물로 한 캔 쏠게."

"고맙습니다."

메구미 씨가 차가운 맥주 캔을 건네주었다.

가게 한 귀퉁이에 작은 테이블과 의자가 놓여 있었다. 예전에는 가게에서 술을 계산한 다음 그 자리에 앉아 마실 수도 있었다. 코로나가 퍼진 뒤로는 당연히 그러지 못하게 되었지만, 단골들은 다른 손님이 없을 때 몰래 앉아 마시기도 했다.

의자에 앉아 맥주를 마셨다.

"올해도 우리 가게를 많이 애용해 주세요!"

"저는 아네모네의 힘없는 알바에 불과하답니다."

"박스째 사서 와카바소에 들고 갈 수도 있잖아."

"그렇게까진 안 마실 것 같은데."

와카바소에서는 모두가 마음대로 먹거나 마실 수 있게 정해진 음식 외에는 각자 지불 원칙이 철저하게 지켜지고 있다. 그런데 가만히 보면 마유미 씨와 미사코 씨는 이러니저러니 하면서도 뭔가를 자주 사거나 만들어 준다. 내가 내놓는 음식이라고 해 봐야 아네모네에서 받아 오는 고로케나 햄가스 정도였다. 정초 연휴이기도 하니 맥주라도 사 가는 게 좋을 것 같았다.

"나도 마셔야겠다."

메구미 씨도 맥주를 들고 와서 내 옆에 앉았다.

"마셔도 돼요?"

"뭐 어때. 오늘은 배달도 없는데."

"그럼 정식으로 다시 인사드릴게요. 올해도 잘 부탁드립니다."

"나도 잘 부탁해."

캔이 부딪히지 않게 가볍게 건배하는 시늉만 했다.

"와카바소는 어때? 이제 익숙해졌어?"

그렇게 물으면서 메구미 씨가 오징어포 봉지를 뜯었다.

"익숙해졌어요. 사실 생각보다 금방 적응이 되더라고요."

"그렇구나. 이사한 지 이제 두 달 남짓이잖아?"

"그렇죠. 근데 이상하게 아주 오래전부터 살고 있었던 것 같아요."

"잘 맞는 모양이네."

"내가 생각해도 좀 신기하기는 한데, 정말 그런가 봐요."

오랫동안 혼자 살아서 남하고 같이 사는 게 힘들겠다고 생각한 적도 있엇다. 와카바소의 경우는 각자 자기 방이 따로 있어서 완전히 같이 산다고 할 수는 없다. 그래도 원체 벽이 얇아 다른 방에서 내는 소리가 다 들리고, 공용 공간도 많아 신경 안 쓰고 살 수는 없다. 과연 적응할 수 있을까 불안하기도 했지만 별문제 없이 생활하고 있었다. 물론 공동생활이 체질에 맞아서라기보다 함께 사는 이들이 좋아서 그렇겠지만.

"요즘에는 고민이 좀 적어졌어?"

"예전처럼 숨이 막힐 것 같다는 느낌은 줄었어요. 전처럼 집에 혼자 살던 상황에서 다시 긴급사태 선언이 나온다는 소식을 들었으면 진짜 기절했을지도 모르겠어요. 지금은 집 안에 계속 갇혀 지내야 하는 상황이라고 해도 셰어하우스 사람들하고 밥을 먹거나 수다를 떨 수 있으니 숨이 막히지는 않겠구나 싶어 안심이에요. 금전적인 부분도 의논할 수 있고요. 혼자 있을 때는 그저 돈돈거리는 것에만 몰두하느라 당장이라도 인생이 끝나 버릴 것처럼 살았거든요. 물론 돈이 없으면 못 살죠. 하지만 곰곰이 생각해 보니 돈이 있고 없고를 떠나 사람들하고 교류가 끊겨 버린 게 더 힘들었던 것 같아요."

"고민이 많을 때도, 고민이 없을 때도 참 생각이 많은 모양이야."

그렇게 말하며 메구미 씨가 피식 웃었다.

"어머, 미안해요. 또 내 얘기만 늘어놨죠?"

"괜찮아. 뭐 어때. 충분히 이해가 가는 부분도 있고."

"그래요?"

"십 대 때나 이십 대까지만 해도 무슨 일만 있으면 쪼르르 친구한테 가서 미주알고주알 이야기하곤 했었어. 그런데 삼십 대가 되니까 그게 안 되더라고. 가족 사정처럼 남한테 털어놓기 어려운 이야기도 있고 그냥 혼자 속으로 삭여야 하는 고민이 자꾸만 쌓여 갔지. 마흔

쯤 되면 충분히 어른이고 하니까 고민도 없어지려니 했는데 웬걸! 오히려 더 많아지더라고. 건강 걱정에 돈 걱정에 노후 걱정까지. 게다가 하나하나 너무 현실적으로 다가오는 거야. 안 그래?"

"맞아요, 맞아요."

이십 대나 삼십 대까지만 해도 겉으로는 "이제 나도 나이 먹었어." 하고 엄살을 부리곤 했다. 그런 말을 농담으로 할 수 있을 정도로 젊었기 때문이다. 마흔이 되고 보니 아직 '나이 먹었다'고 말할 수준이 안 된다는 사실을 깨달았다. 새치가 늘고, 살이 여기저기 늘어지고, 금방 피곤해지고, 기억력이 흐려지기도 한다. 그러나 이런 현상조차 노화의 첫 번째 단계에 불과하다.

"결혼해서 애가 있는 친구들은 육아 때문에 정신없어서 말을 붙이기도 힘들고, 혼자 사는 친구한테 털어놓으려 해도 '넌 그래도 상속할 수 있는 가게도 있고 집도 있잖아' 하면서 아무 말도 못 하게 하는 거야. 그래서 아무한테도 털어놓지 못하고 그냥 속에서만 쌓여 가는 거지."

"맞아요, 이해할 수 있어요."

고개를 크게 끄덕이며 맞장구를 쳤다.

"그래서 미치루가 고민하는 모습을 보면 이상하게 안심되더라고."

"아, 그래요?"

"그러니까 고민이 있으면 얼마든지 더 얘기해도 된다고."

메구미 씨가 웃으면서 오징어포를 씹었다.

"앞날을 생각하면 좀 불안해지는 부분은 있죠."

"어떤 면에서?"

"메구미 씨 친구분 말대로 집이 있다는 건 정말 부러운 일이에요. 상속이 까다롭고 힘들다고 해도요. 나 같은 사람은 앞으로도 내 명의로 집을 사거나 하지는 못할 테니까 평생 어딘가에 세 들어 살아가겠죠. 와카바소에 사는 사람 중에는 몇 년씩 사는 사람도 있기는 해요. 그래도 언젠가는 그 집에서 나와야 할 거 아니에요? 그러면 다시 원룸 같은 데에서 혼자 살게 될 텐데 그런 미래를 상상하면 많이 힘들어져요."

혼자 살아도 괜찮고 속 편하다고 생각했다. 그런데 사실은 그냥 그런 상황에 익숙해져서 감각이 무뎌졌을 뿐인 모양이다. 정말로 그런 걸 좋아하는 사람도 있기는 하겠지만 적어도 나는 아니다.

"우리 부모님이 돌아가시면 여기서 같이 살까?"

"네? 그래도 돼요?"

"그럼. 나도 혼자 살기는 싫으니까. 그런데 우리 집은 장수하는 집안이라 시간이 한참 걸릴 거야."

"가능성을 열어 두고 생각해 볼게요."

"비슷한 고민을 가지고 있는 사람이 생각보다 많을 거야. 우리 세대 사람들은 대학 졸업 무렵이 취업 빙하기라서 제대로 취직을 못한 사람이 많았지. 여성이 취직하거나 출세하는 일 자체가 지금보다 훨씬 어려웠던 시절이고. 예전의 미치루처럼 파견사원이나 계약직으로 생활하는 여자들만 해도 몇만 명은 될 거야. 결혼해서 전업주부가 되었다가 이혼하는 바람에 먹고살 만큼 벌지 못하는 사람도 있을 테고. 물론 여자들만의 문제는 아니지만."

"'어쩌다 어른'들의 위기라고 부르는 게 그거죠."

몇 해 전부터 뉴스에서 특집으로 다루기 시작한 내용이었다. 그런 방송을 보면서 '나하고 비슷한 사람들이네!' 하고 놀랐다. 처지가 비슷한 사람들이 있다는 사실에 안심하면서도 그렇다고 뾰족한 해결책도 없지 않느냐는 생각이 들어 속이 메스꺼워질 정도로 불안하기도 했다.

요즘 사십 대 초반의 사람들을 '디지아나 세대'라고 부르던 사람이 생각났다. 아날로그에서 디지털로 바뀌던 시기에 십 대나 이십 대 시절을 보냈기 때문에 양쪽 다 사용할 수 있는 세대라 그렇게 이름을 붙였다고 했다. 그런데 사실 나는 양쪽 다 제대로 활용하지 못한다. 지식의 하나로 알고 있는 정도였다. 좀 더 나이 든 세대였다면 컴퓨터를 사용하지 못해도 그게 당연시되기 때문에 젊은 사람들한테 가르쳐 달라고 할 수도 있다. 하지만 우리 세대는 워드나 엑셀 정도는 당연히 자유자재로 사용할 수 있어야 한다. 그러지 못하면 남들이 '어떻게 그것도 모르지' 하는 눈으로 쳐다본다. 나는 고등학생이 되어서야 윈도 95의 존재를 처음 알았다. 태어날 때부터 핸드폰이 있었던 디지털 세대와 똑같이 생각하면 안 되는 것 아닌가.

그런 일들이 계속되면서 자존감이 떨어져 은둔형 외톨이가 되어버린 사람들도 있다. 사오십 대가 된 자녀를 고령의 부모가 계속 돌보는 가정들이 사회적인 문제가 되고 있다.

"비슷한 문제로 고민하는 사람들이 서로 힘을 모아 살아가는 방법도 있지 않을까 싶거든. 나는 이 집이 있어서 다행이고 그 점은 정말 감사하게 생각해. 하지만 그렇다고 혼자가 된다는 것에 대한 불안이 사라지는 것은 아니란 말이야. 만에 하나 다시 결혼한다 해도 아기를 낳을 수도 없는 나이야. 나중에 2, 3층을 개조해서 와카바소처럼 셰어하우스로 만들면 어떨까 진지하게 고민해 볼 때도 있어."

"그럼 그때는 나도 세입자로 꼭 들어가 살게 해 주세요."

"그런 상상을 하면 기대가 되기도 하네."

"그러게요."

우리는 함께 웃으면서 캔 맥주를 마셨다.

메구미 씨네 가게에서 저렴한 위스키와 탄산수를 사고 반찬 가게에서 닭튀김을 샀다. 해가 저물자 찬 기운이 올라오기는 했지만 코트를 입고 다니기에 딱 좋은 정도였다. 정초 날씨치고는 포근한 편이었다. 인적이 드물어진 신사에서 가볍게 하츠모데를 한 다음 와카바소로 돌아왔다.

"다녀왔어요."

부엌으로 들어갔더니 치나미 씨가 식탁 밑에서 웅크리고 있었다. 흰색 니트 원피스를 입고 검은 타이즈 차림이었다. 평소보다 더 작게 움츠리고 있었다. 불러도 대답이 없었다. 손을 씻으면서 곁눈질로 계속 살폈는데 꼼짝도 하지 않았다. 잠들었나?

"왜 그래요?"

식탁 밑을 들여다보면서 물었다. 눈을 뜨고 있는 걸 보니 자는 건 아닌데 여전히 미동도 하지 않았다.

"위스키 사 왔는데 하이볼 마실래요? 닭튀김도 있는데."

치나미 씨는 여전히 아무 소리도 내지 않고 고개만 가만히 가로저었다.

"그래요……."

자꾸 말을 걸기가 미안해져서 그냥 내버려 두기로 했다. 내가 마실 하이볼만 만들었다. 냉장고 채소 칸에 양배추가 있어서 한 귀퉁이를 잘라 잘게 채 썰었다. 그 사이 닭튀김을 데워서 그릇에 담고, 채썬 양배추에 마요네즈를 뿌렸다. 쟁반에 담아 내 방에 들고 가려는데 치나미 씨가 내 발목을 잡았다.

"왜요?"

"어디 가?"

"제 방에서 먹으려고요."

"왜?"

"조용히 있고 싶어 하는 것 같아서요."

발목을 잡힌 상태로 대화를 주고받았다.

"내가 짜증 나?"

"아니, 그런 건 아닌데요……."

"그럼 여기 있어."

발목을 잡고 있던 손을 뗐다.

"네."

식탁에 쟁반을 내려놓고 TV를 켠 다음 의자에 앉았다. 치나미 씨가 식탁 밑에서 나오려나 했는데 그냥 그대로 웅크리고 있었다. TV에서는 오늘도 신년맞이 예능 특집 방송을 하고 있었다.

"왜 여기서 그러고 있는 거예요?"

닭튀김을 먹으면서 물었다.

"방에서 혼자 웅크리고 있으면 죽고 싶어지니까."

"어째서 웅크리고 있는 거예요?"

"힘들면 숨이 안 쉬어져서 서 있을 수가 없어."

"그래요?"

"그래."

"그 방에 있다가 지진이라도 나면 깔려 죽을 것 같던데요."

"봤어?"

"지난달에 취해서 왔을 때 제가 방으로 데려다줬잖아요."

식탁 밑으로 고개를 숙여 치나미 씨의 얼굴을 들여다보며 말했다.

"아 참, 그런 일이 있었지."

"정신 건강에도 안 좋을 것 같던데요."

수많은 책에는 누군가의 과거가 축적되어 있기에 시간도 공기도 정체된 느낌이 들었다.

"책이 없으면 난 못 살아."

"그래도 좀 줄이는 게 좋아요."

"그건 못 해!"

치나미 씨는 그렇게 말하면서 사랑하는 아이를 빼앗길 위기에 처한 엄마처럼 필사적인 모습으로 고개를 세차게 저었다. 식탁에 머리를 부딪칠 것처럼 보였는데 다행히 그러지는 않았다.

"책을 둘 방을 따로 빌리면 되잖아요."

"그럴 돈 없어."

"말도 안 돼."

소설가가 돈을 얼마나 버는지 나는 모른다. SNS에서는 옛날처럼 먹고살 만한 직업이 아니라는 소리도 많이 한다. 그렇지만 치나미 씨는 시리즈 누계가 몇십만 부에 달하는 작품도 낸 적이 있는 작가였다. 어마어마한 돈을 가지고 있어도 이상하지 않았다.

"돈은 쓰면 없어지는 거야."

치나미 씨가 말했다.

"정말 그렇게 없어요?"

"없으니까 여기 살지."

"도대체 얼마나 쓴 거예요?"

"많이."

"어디에다가?"

"책 사고 옷 사고 해외여행 다니고 술 마시고."

"흐응."

남자도 나올 줄 알았더니 그건 아니었나 보다.

"여기 월세는 어떻게 내고 있어요?"

"아주 조금 남아 있는 저금이랑 가끔 들어오는 옛날 책 인세로."

"책은 이제 안 써요?"

"……못 쓰겠어."

아주 작은 목소리였다. 하지만 또렷이 들렸다.

"아무것도 쓰지 못하겠어."

"……."

"뭐라고 좀 해 봐!"

식탁 밑에서 치나미 씨가 내 허벅지를 주먹으로 때렸다.

"아야!"

"연말에 편집자랑 만났을 때 단편 청탁을 받았거든. 이 작품을 부활하는 계기로 삼아 보자는 말까지 해 줬어. 그런데 못 쓰겠어.”

“음.”

머리 복잡해지는 이야기를 괜히 물어봤나 싶었다. 요즘 치나미 씨는 매일 같이 힘들어 보이는 얼굴이었다. 그래서 무슨 말이라도 해 주고 싶은 마음도 들었다. 하지만 자기 머리로 무언가를 만들어 낸다는 것을 상상해 본 적도 없는 내가 무슨 말을 한들 치나미 씨의 마음에 조금이라도 힘이 될까 싶었다.

“잔뜩 취해서 들어온 그날이 편집자를 만난 날이었어요?”

“응.”

“술 너무 많이 마시지 마세요. 밥은 제대로 챙겨 먹고요. 방도 좀 치우고 살아요.”

혼자 원룸에 살면서 아무리 치우고 닦아도 집 안이 지저분하게만 보이던 시기가 있었다. 같은 집에 오래 있다 보니 물건이 늘어나서 도무지 정리가 되지 않았다. 그중에 정말로 필요한 물건이나 소중한 물건은 거의 없었다. 미니멀리스트처럼 최소한의 물건만 남겨 두는 생활은 좀 아니라고 생각한다. 그렇다고 자기가 파묻혀 버릴 만큼 많은 양의 물건을 버리지 못하고 쌓아 두는 건 아무것도 소중히 여기지 않는 것이나 마찬가지라는 생각이 들었다.

“……알았어.”

치나미 씨가 작게 끄덕였다.

“전 치나미 씨 소설을 좋아했어요. 팬으로서 나나세 치나미 작가가 글을 계속 썼으면 좋겠어요. 하지만 지금 전 치나미 씨랑 같은 집에 사는 친구예요. 인생에는 소설보다 소중한 게 얼마든지 있어요.

친구로서 말하자면 자기 몸과 마음의 건강을 먼저 챙겨 줬으면 좋겠어요. 식탁 밑에서 웅크리고 있든 뭐를 하든 치나미 씨 하고 싶은 대로 해도 상관없어요. 그래도 매일 같이 숨을 못 쉴 정도로 마음이 힘들다면 그건 걱정스러워요."

"……고마워."

"천만에요."

"……그래도 나한테는 소설이 제일 중요해."

치나미 씨가 울음을 터뜨렸다.

"그건 저도 이해해요."

십 대 끝자락부터 이십 대 전부를 소설에 매달려서 살았다. 삼십 대에 들어서서 10년 동안은 좀처럼 책을 내지 못해 괴로워하며 지냈을 것이다. 행복하게 웃으면서 인터뷰에 응하던 이십 대 때 치나미 씨의 모습을 생생하게 기억한다. 온몸에서 빛을 내뿜는 것처럼 환하게 반짝이는 모습이었다.

"미안해."

식탁 밑에서 나온 치나미 씨가 눈물을 훔치고 코를 풀었다.

"괜찮아요."

"응."

"이렇게 말했다고 또 공연히 방 안에서 혼자 웅크리고 있으면 안 돼요."

"알았어."

"다들 볼 수 있는 곳에서 웅크리고 있어야 해요."

"하이볼은 얼마야?"

"설날이니까 제가 쏠게요."

"고마워."

치나미 씨는 직접 하이볼을 만들어서 내 옆에 앉았다.

"닭튀김 먹어도 돼?"

"그럼요. 더 있으니까 그것도 데울게요."

남아 있는 닭튀김을 데우면서 내가 마실 하이볼 한 잔을 더 만들었다.

"이거 아네모네에서 받아 온 거야?"

"우리 식당은 아직 문 안 열었어요. 그건 상점가 반찬 가게에서 사 온 거예요."

"그렇구나."

"아르바이트라도 해 보지 그래요?"

의자에 다시 앉으면서 말했다.

"난 소설 쓰는 일 말고는 해 본 적이 없어."

"그러면서 어떻게 글을 쓸 수 있었어요?"

데뷔 초기에는 고등학생이나 대학생이 주인공이었는데, 그 후로 회사에 다니는 사람이 나오는 소설도 있었던 것으로 기억한다. 그 모든 것을 취재와 상상만으로 써냈다는 소리였다.

"그게 내 일이니까."

대답하면서 치나미 씨가 닭튀김을 먹었다.

"그야 그렇겠지만 보통 사람들은 그렇게 못 해요."

"사실 그 점도 항상 불안했어. 소설에는 이렇게 썼는데 실제로도 정말 그런지 어떤지 모르니까. 거짓말을 늘어놓는 것 같았어. 물론

허구니까 전부 거짓말인 건 맞지만 내 생각이나 경험이 전혀 없는 글이 돼 버리는 느낌이었어. 그렇다고 청소년들이 읽는 소설만 계속 해서 쓸 수 있는 것도 아니고. 이십 대 후반쯤 되니까 십 대들이 무슨 생각을 하는지 모르겠더라고. 뭘 써도 얄팍한 느낌만 들고."

거짓말로라도 '그렇지 않아요' 하는 식으로 위로해 줘야 할까 싶 었다. 그런데 치나미 씨의 이야기에 짐작 가는 부분이 있었다. 내가 그녀의 소설을 읽지 않게 된 것도 그런 점이 이유였던 것 같다. 그렇 게 깊이 분석하고 생각하면서 읽지는 않아도 몇 권 읽다 보니 예 전처럼 재미를 느끼지 못하게 되었다.

"그래서 문학적인 작품을 쓰게 된 거예요?"

"문학적이라는 게 뭐야?"

"그야 저도 잘 모르지만 다들 그런 식으로 말했잖아요."

"문학상 후보에 오르게 되니까 그냥 누군가가 그런 식으로 이야기 하게 되었을 뿐이야. 난 그런 식으로 생각해 본 적 없어. 영 어덜트 장 르로 구분되는 소설들도 똑같이 문학 작품이고 똑같이 진지한 자세 로 쓰는 거니까."

"뭔가 잘못 말한 것 같네요. 죄송해요."

"하긴 내가 그런 목소리에도 밀린 거지."

"그게 무슨 말이에요?"

"문학성이 어쩌고 하면서 떠들어 대던 사람들한테 말이야. 나는 영 어덜트 장르가 좋았는데 그런 소설들을 싸구려처럼 말하는 사람 들이 있었어. 하지만 청춘 소설을 쓸 수 있는 사람은 몇 안 되거든. 십 대 때 감성을 계속해서 가지고 있을 수는 없으니까. 쓸 수 있다고 해

도 그 나이 때가 아니면 나오지 않는 그 반짝반짝한 느낌을 표현할
수가 없는 거지."

"그렇군요."

"그렇게 이런저런 생각을 너무 많이 하다 보니 아무것도 쓸 수가
없게 된 거야."

치나미 씨가 하이볼을 한 모금 홀짝 마시며 말했다.

"음."

"미안해. 자꾸 심란한 이야기만 해서."

"괜찮아요. 치나미 씨는 좀 재미있으니까."

"뭐야, 그게?"

치나미 씨는 눈물이 남아 있는 눈으로 나를 째려봤다.

"어쨌든 제대로 챙겨 먹어요. 나폴리탄 스파게티 정도라면 언제든
만들어 줄 수 있으니까."

"난 오므라이스가 좋은데."

"그건 아네모네로 먹으러 와요. 고로케를 만들어 주는 남자애가
직접 요리해 줄 거예요."

"조만간 갈게."

"언제든 오세요."

닭튀김을 먹고 하이볼을 마셨다. 현관문이 열리고 마유미 씨와 미
사코 씨가 들어왔다. 둘이서 또 어디 외출하고 온 모양이었다.

나흘이나 쉬었더니 항상 일하던 가게가 낯선 곳처럼 보였다. 일찌
감치 출근해서 가게 안을 가볍게 청소하고, 드링크 카운터에 필요한

물건들을 보충해 두고, 기바 씨에게 이번 주 점심 특선 메뉴를 확인
했다. 기바 씨와 구라타도 일찍부터 나와서 주방에 배달된 식자재를
조리대에 차례차례 올려놓고 있었다. 재료 손질을 해야 해서 기바
씨는 어제 오후에도 가게에 나왔던 모양이다.

"구라타, 나중에 도시락 통 돌려줄게."

구리킨톤이 들어 있던 도시락 통은 잘 씻어서 들고 왔다.

"어땠어요?"

"다들 맛있다며 잘 먹었어."

"다행이네요."

구라타가 기쁜 표정으로 웃었다.

"너무 달지 않았어?"

기바 씨가 끼어들었다.

"단맛이 확실해서 오히려 좋았어요. 언제부터인지 단맛이 적은 것
이 주류가 되어 버려서 너무 아쉬웠거든요."

"하긴 그렇지."

주방에서 이런 이야기를 하는데 뒷문이 열리며 유키가 나타났다.

어딘지 모르게 표정이 어두워 보였다.

"안녕하세요."

힘없는 목소리로 인사했다.

"안녕. 왜 그래? 어디 안 좋아?"

내가 물었다.

"아니에요."

"진짜 괜찮아? 무리하지 마."

나랑 유키가 이야기하는 동안 기바 씨는 수프를 만들기 시작했고 구라타는 점심 메뉴에 곁들일 샐러드를 준비했다. 조금 전까지 옆에서 웃고 있던 구라타는 일부러 그러는 것처럼 진지한 표정으로 토마토를 자르고 있었다. 이번 연휴 동안에 무슨 일이 있었는지 궁금했지만, 물어보면 안 될 것 같았다. 유키가 주방에서 나갔고 나도 그 뒤를 따르듯이 홀로 돌아왔다.

　앞치마를 두르고 일할 준비를 마친 유키에게 아이스커피와 아이스티 준비를 맡기고 나는 테이블과 의자를 알코올 스프레이로 소독했다. 몸을 움직이다 보니 일하는 페이스를 되찾았다. 둔해졌던 몸이 깨어나는 것을 느꼈다. 문 여는 시간 30분 전에 사장님과 사모님이 출근했다.

　"안녕하세요."

　"좋은 아침."

　"올해도 잘 부탁드립니다."

　"잘 부탁해요."

　서로 고개를 숙여 인사를 주고받았다. 고개를 들자 사장님과 사모님이 뭔가 할 말이 있는 듯한 표정으로 나를 보고 있었다.

　"무슨 일 있으셨어요?"

　"가게 문 열 준비는 다 됐어?"

　사모님이 나에게 물었다.

　"얼추 다 된 것 같은데요."

　가게 안을 둘러보며 대답했다. 이제 계산대에 잔돈을 채워 넣고 가게 내부 전체를 마지막으로 점검하면 된다.

"그럼 잠깐 이야기 좀 할 수 있을까?"

"네."

"구석 자리에 가서 조금만 기다려 줘."

"알았어요."

사모님이 말한 대로 제일 구석에 있는 자리에 앉아서 기다렸다. 사장님과 사모님은 주방으로 가서 기바 씨를 불러왔다. 기바 씨가 내 옆에 앉았다. 금방 이야기를 시작할 줄 알았는데 사장님과 사모님은 유키와 구라타에게 일을 시키러 갔다.

"무슨 이야기인지 알아요?"

작은 소리로 기바 씨에게 물었다.

"긴급사태 선언 때문에 그러는 거 아닐까?"

"아아, 그럴 수도 있겠네요."

며칠 안으로 다시 긴급사태 선언이 발표될 모양이었다. 하지만 사태 초기에 나왔던 것과는 달리 '돌아다니지 마라! 밖에서 밥 먹지 마라!'처럼 강경하진 않을 거라고 했다.

"많이 기다렸지?"

사장님은 그렇게 말하면서 나와 기바 씨 맞은편에 앉았다.

"시간이 없으니까 본론부터 말하겠네."

사모님이 사장님 옆에 앉았다.

"네."

나와 기바 씨가 고개를 끄덕였다. 사장님과 사모님은 난처한 표정으로 서로의 얼굴을 보며 먼저 이야기를 꺼내라는 듯이 손바닥으로 상대방을 재촉했다. 말로 확인하지는 않았지만, 그 동작으로 봐서 사장님이 말을 꺼내기로 결정된 모양이었다. 나와 기바 씨 쪽을 번갈아 보더니 사장님이 자세를 바로잡았다.

"식당 문을 닫을 생각이야."

"네?"

큰 소리로 되물은 나와는 달리 기바 씨는 아무 말 없이 사장님의 얼굴을 쳐다보기만 했다.

"이번 연휴 때 집사람하고 의논해 봤어. 코로나 사태는 한동안 이대로 갈 것 같고, 백신이 나온다고 해도 금방 수습되진 않을 것 같아. 게다가 조만간 긴급사태 선언이 발표되면 가게 매상은 금방 또 뚝 떨어질 테지. 적자가 더 커지기 전에 그만두는 편이 낫지 않을까 싶은 생각이네. 젊은 두 사람은 얼마든지 갈 곳이 있겠지. 하지만 자네들은 거취를 바로 정할 수 없을 것 아닌가."

"……그렇죠."

나 혼자만 대답했고 기바 씨는 여전히 묵묵히 듣고만 있었다.

"지금 당장 그만두겠다는 건 아니고, 아직 확실하게 정한 것도 아니야."

사모님이 옆에서 이어받았다.

"네."

"그래도 앞으로 상황에 따라 그렇게 될 수도 있다는 걸 알아 두었으면 해서."

"알겠습니다."

"확실하게 정해지면 다시 말할게."

단 몇 초 만에 중대한 이야기를 마친 다음 사장님은 주방으로 가

151

고사모님은 드링크 카운터에 있는 유키에게 일을 시키러 갔다.

"기바 씨."

"……으음."

"괜찮아요?"

기바 씨는 내가 들어오기 한참 전부터 아네모네에서 일했다. 요리 실력이 있다고는 하지만 사십 대 중반이라는 나이를 생각하면 다른 가게를 알아보기가 힘들 수도 있었다. 같은 가게에서 오랫동안 일하던 요리사가 가게가 망하자 갈 데가 없어지더라는 이야기를 사장님의 지인을 통해서 간혹 들은 적이 있다. 기바 씨 정도면 자기 가게를 열 수도 있겠지만 그 또한 간단하게 결정할 수 있는 일이 아니었다.

"……으음."

신음하는 듯한 소리만 낼 뿐 기바 씨는 아무런 말이 없었다. 그러다가 자리에서 일어나 주방으로 들어가 버렸다.

치나미 씨에게 소설이 그런 것처럼 내가 아네모네에 대해 절대적이라고 할 만큼의 마음이 있는 것은 아니다. 그래도 나 또한 아네모네에서 일하는 것을 소중하게 여겼다. 그런데 그 일자리가 없어진다고 생각하니 신체 일부가 뜯겨 나가는 느낌이었다.

냉동실에서 랩으로 싼 밥을 꺼내 전자레인지에 돌렸다. 전기난로에 언 발끝을 가까이 대고 녹이면서 멍하니 기다렸다. 누가 내렸는지 커피메이커 주전자에 커피가 듬뿍 들어 있었고 그 향기가 복도까지 풍겼다.

"굿모닝."

마유미 씨가 부엌으로 들어왔다. 캐러멜색 코트를 입고 빨간 백을 들고 있었다. 핸드백은 나 같은 사람도 알 수 있는 유명 브랜드였고 코트도 소재가 좋은 게 비싸 보였다. 나는 아직 잠옷 바람이고 머리도 헝클어진 상태였다. 플리스 원단으로 된 잠옷은 위아래 한 벌에 2천 엔도 안 주고 샀고, 3년 전부터 입고 있었다.

"안녕히 주무셨어요? 휴일 근무예요?"

오늘은 일요일이었다. 날씨가 흐려서 쌀쌀해 보였는데 근처 공원에서 노는 아이들 목소리가 바깥에서 희미하게 들려왔다. 재택근무를 하는 회사들이 늘고 있다는데도 마유미 씨는 일주일에 며칠씩 출근했다. 카페나 공용 근무공간에서 업무를 볼 때도 있는 모양이다.

"아니, 쇼핑 가려고."

그렇게 대답하며 마유미 씨는 자그마한 보온병에 커피를 따랐다.

"커피 사 마실 돈 아끼시게요?"

"그래도 이 원두는 비싼 거야."

"향기가 정말 좋아요."

"남은 거 줄까?"

"네, 주세요."

계단을 내려오는 발소리가 들리더니 미사코 씨도 나타났다. 벌써 옷을 갈아입은 상태였다. 하얀 니트에 베이지색 바지를 입고 있었다. 아침을 먹으러 내려왔나 했는데 부엌을 들여다보더니 난처한 표정을 지으며 그냥 2층으로 다시 올라가 버렸다. 그 뒷모습을 보며 마유미 씨가 살짝 한숨을 쉬었다.

언제부터인지 모르지만 마유미 씨와 미사코 씨는 냉전 상태였다. 언성을 높이거나 하지는 않았으니까 그 말이 적절하지 않을 수도 있다. 하지만 계속 험악한 분위기를 풍기고 있었다. 계기가 무엇인지는 몰랐다. 그런데 언제부터인가 둘은 부엌에서 만나도 인사 정도만 주고받았다. 설날에는 둘이서 하츠모데도 다녀왔고, 1월 중순 무렵에는 다 같이 김치전골을 만들어 먹기도 했다. 이런 상태를 나와 치나미 씨가 알아차린 것은 2월에 접어든 지 얼마 안 된 무렵이었다. 벌써 열흘 이상 두 사람 사이에 찬바람이 쌩쌩 불고 있었다.

"다녀올게."

마유미 씨가 말했다.

"네, 다녀오세요."

현관으로 나가는 뒷모습에 대고 손을 흔들었다. 외출하는 마유미 씨와 엇갈리듯 방금 일어난 얼굴로 치나미 씨가 부엌으로 들어왔다. 핑크색 원피스 잠옷 위에 플리스로 된 파카를 걸친 차림이었다.

"좋은 아침이에요."

"좋은 아침."

치나미 씨는 하품하면서 긴 머리를 묶었다.

"커피 마실래요?"

"얼만데?"

"마유미 씨가 그냥 준 거니까 공짜예요."

찬장에서 머그컵 두 개를 꺼내 커피를 따랐다.

"저 두 사람은 아직도 냉전 중인가?"

치나미 씨는 말린 과일이 들어 있는 시리얼을 그릇에 덜더니 의자에 앉았다.

"그런 것 같네요."

나는 데워진 밥을 전자레인지에서 꺼내 그릇에 담았다.

"중재하러 나서야 하나?"

"전에도 이런 일이 있었어요?"

냉장고에서 낫토와 우유를 꺼냈다. 치나미 씨에게 우유를 건네주고 낫토를 식탁에 올려놓았다. 시리얼에 붓고 난 우유를 받아 냉장고 안에 도로 넣었다.

"다른 사람들이 갈등을 일으킨 적은 있어도 마유미 씨랑 미사코 씨가 틀어진 적은 없었던 것 같아. 내가 여기 오기 전에는 어땠는지 모르지만."

"그렇군요."

"응."

치나미 씨가 우적우적 소리를 내며 시리얼을 먹었다.

"그럼 다른 사람들이 갈등을 일으켰을 때는 어떻게 했어요?"

"그냥 또 그러나 보다 했지. 지금은 순한 사람들만 있는데 한 성깔 하는 사람이 있었던 적도 있으니까."

"한 성깔 하는 사람이요?"

치나미 씨 옆에 앉아 낫토 팩을 열고 소스와 겨자를 넣어 휘저었다.

"그렇게 낫토를 먹는 사람이 보이기만 해도 시비를 걸면서 화내는 사람도 있었어."

"그건 좀 문제네요."

"뭐 이런저런 이유를 대면서 나름 논리적으로 화를 냈는데 알고 보면 그냥 낫토 냄새가 싫다는 소리였지."

"지금은 낫토를 싫어하는 사람이 없어서 다행이에요."

"게다가 음식 씹는 소리도 못 들어 주는 사람이었어."

"시리얼도 못 먹겠네요."

"그리고 목욕하는 순서라든지 세탁기 쓰는 것까지도 얼마나 깐깐하게 따졌는지 몰라."

"피곤한 타입이네요."

밥에 낫토를 얹어 먹으면서 말했다.

TV에서는 평일과는 다른 포맷으로 일주일간의 뉴스를 돌아보는 뉴스쇼가 방영되고 있었다. 코로나에 대한 이야기만 끝없이 나왔다. 1년 내내 이런 이야기만 듣고 있는 것 같았다. 백신이 나온다고 하니 상황이 호전되고 있기는 한 모양인데 이 사태가 언제 끝날지는 여전히 막막했다.

연휴가 끝나자마자 도쿄에 긴급사태 선언이 발표되었다. 음식점들은 영업이 중지되지는 않았지만, 영업시간이 오전 5시에서 오후 8시까지로 제한되었고 주류는 오전 11시에서 오후 7시까지만 판매할 수 있다고 했다.

"그런데 사실 그런 일로 일일이 화를 내는 사람을 보면 그냥 아무 데서나 화풀이하고 싶을 뿐인 거야."

치나미 씨는 시리얼을 다 먹고 나서 커피를 마셨다.

"그게 무슨 뜻이에요?"

"진짜로 화 난 이유는 따로 있는데 그쪽에 화를 낼 수가 없으니까 엉뚱한 데 화풀이하는 거지. 여기 사는 사람들을 우습게 보는 사람도 있었거든. 그래서 이런 데에 사는 사람들이라면 자기가 화풀이해도 괜찮다고 여긴 거겠지."

"음."

무슨 소리인지 잘 알아들을 수가 없어 애매하게 고개만 끄덕였다.

"그런 사람은 몇 달 만에 나가 버리더라고. 와카바소에 살게 되어 너무 좋다면서 과하게 감격하던 사람은 사소한 점들을 일일이 따지고 혼자 방방 뛰면서 있는 대로 화를 내더니 그 기세로 일주일 만에 나가 버렸지."

"좀 황당하네요."

"마유미 씨랑 미사코 씨는 그런 성격들이 아니니까 둘 사이에 뭔가 있었을 거야."

"어떻게 된 사정인지도 모르니 어중간하게 나서지 않는 편이 낫겠어요."

"좀 더 두고 보자."

"그래요."

낫토 얹은 밥을 다 먹은 다음 나도 커피를 마셨다.

"밥을 먹은 다음인데 커피를 마셔?"

"네. 그렇게 안 드세요?"

"난 쌀밥을 먹은 다음에는 꼭 녹차를 마셔야 하거든. 주스처럼 단 음료를 마시면서 밥을 먹는 것도 완전 불가능하고."

"그건 저도 마찬가지네요."

나랑 치나미 씨가 떠들면서 커피를 마시고 있었더니 2층에서 내려온 사치코 씨가 부엌으로 들어왔다. 소맷자락이 해진 흰색 트레이닝셔츠를 입고 있었는데 잠옷인지 실내복인지 알 수 없었다.

"……좋은 아침입니다."

우리 쪽으로 눈길도 주지 않은 채 TV 소리보다 작은 목소리로 인사했다.

"좋은 아침."

나랑 치나미 씨도 덩달아 작은 소리로 인사했다. 사치코 씨는 냉장고에서 꺼낸 요구르트를 햄스터라도 안는 것처럼 두 손으로 숨기듯이 들고서 2층으로 올라갔다. 좀 더 말을 걸어 줬으면 좋겠다는 생각이 들었지만 그나마 인사라도 하게 된 게 어딘가 싶었다.

사치코 씨는 쓰레기 버리기나 욕실 청소 같은 일을 할 때 지나치게 눈치를 보는 게 아닌가 싶을 만큼 철저했다. 냉장고에는 요구르트 정도만 넣어 두고 부엌에서 밥을 먹는 일도 없었다. 신발장에는 항상 신는 운동화 한 켤레만 넣어 두었다. 아무 데서나 화를 내는 사람과 정반대로 보이지만 사실은 마찬가지라는 느낌이 들었다. 사람들하고 더 많이 어울리면서 좀 편하게 살면 좋을 텐데, 그렇게 하라고 하면 내 생각을 강요하는 꼴이 되어 버린다.

"시간 괜찮아?"

치나미 씨가 나에게 물었다.

"아, 이제 슬슬 가 볼게요."

다 먹은 그릇을 씻어 놓고 2층 내 방으로 올라왔다.

우중충한 하늘 때문인지 아네모네의 가게 분위기도 어딘지 모르게 어둡고 무거웠다. 사실 날씨와는 아무 상관이 없었다. 이 무거운 분위기는 지난달부터 계속되고 있었으니까.

연휴가 끝나고 처음 출근한 날에 사장님과 사모님한테서 들은 '가게를 접으려고 한다'는 이야기는 그 뒤로 진행되는 게 없는 모양이었다. 영업시간 단축에 대응하느라 사장님과 사모님 모두 지쳐 버린 바람에 그럴 겨를조차 없어졌다. 이런 시점이니까 진지하게 고려해 봐야 할 일이겠지만 그러기 위한 기력조차 없는 상태였다.

점심 영업시간이 끝나 손님들의 발길도 뜸해져서 가게 일을 유키에게 맡기고 주방으로 들어갔다. 기바 씨는 내일 점심 영업을 위해 재료 손질을 하고 있고 구라타는 물컵을 식기 세척기에 집어넣고 있었다.

연휴 동안 유키와 구라타 사이에 무슨 일이 있었던 모양인데 그게 어떤 일인지는 잘 모른다. 서로 노골적으로 어색해하던 기간이 며칠간 이어졌지만 요즘 들어서는 일에 관한 이야기는 일상적으로 주고받았다. 다만 예전처럼 둘이 사이좋게 떠드는 모습은 사라졌다. 환한 불빛 하나가 꺼진 느낌이었다. 좀 더 즐겁게 지내면 좋을 텐데.

"기바 씨, 잠깐 이야기 좀 할 수 있어요?"

"왜 그래?"

"앞으로 어떡할 건지 얘기 좀 했으면 해서요."

"금방 갈 테니까 안쪽 휴게실에서 기다려."

"네."

앞으로 어떡할지에 대해서는 기바 씨하고도 상의해 보지 않았다. 오늘은 사장님과 사모님이 가게 문을 열기 전에 얼굴만 잠깐 비추고 그대로 돌아갔다. 일요일이라 손님들이 많기는 해도 평일처럼 분주하지는 않았다. 두 사람이 없어도 가게 돌아가는 데 지장은 없었다. 하지만 두 사람이 없는 날이 계속되면 무엇을 위해 여기서 이렇게 일하고 있나 하는 생각이 자꾸 들게 된다.

사장님과 사모님이 있으면 아네모네 전체의 분위기가 부드러워졌다. 이 가게에서 계속 일해 온 이유는 음식 맛뿐만 아니라 그런 분위기가 좋아서이기도 했다.

"무슨 일이야?"

휴게실에서 기다리고 있자 기바 씨가 들어왔다.

"지금 주방은 비워도 괜찮아요?"

"무슨 일이 있으면 부르라고 했으니까 괜찮아."

"우리 가게, 앞으로 어떻게 되는 걸까요?"

"그 일 말이구나."

기바 씨가 작게 한숨을 쉬었다.

"사장님도 사모님도 그 뒤로 아무런 말씀이 없어요. 말을 꺼낼 상황이 아니라는 건 이해가 되지만 그래도 이대로 계속 갈 생각도 아닌 것 같고요."

"미치루는 어떻게 하고 싶은데?"

"음, 예전처럼 사장님과 사모님이 있고 기바 씨랑 구라타랑 유키랑 다 같이 즐겁게 일하고 싶죠. 하지만 그러기는 힘들겠죠?"

"그렇겠지."

"남이 어떡할지에 앞서 내가 앞으로 어떻게 할지 마음을 정해야 한다는 것도 알고는 있어요."

자기가 하고 싶은 것과 할 수 있는 것을 명확하게 따져서 앞으로 어떻게 할지 결정하지 않으면 주변 상황이나 남들 생각에 휘둘려 갈팡질팡하게 된다. 하지만 나는 자아가 강한 성격도 아니고 자아실현을 꼭 하고 싶지도 않다. 아무리 찾아봐도 '나 자신'을 발견하지 못했고, 절대적이라고 할 만한 것도 찾지 못했다. 생활을 꾸려 갈 수 있고, 좋아하는 사람들과 즐겁게 살면 좋겠다는 생각밖에 떠오르지 않았다. 그런 소박한 바람조차 이루기 힘든 세상이 되어 버렸다.

하지만 코로나 사태가 터지지 않았다 해도 세상은 변해 갔을 테고 사람들의 마음도 제각기 다르기 마련이다. 내가 살기 좋고 일하기 좋은 상태가 영원히 계속될 수는 없는 일이다.

"지금은 어떤 판단도 내리기 힘든 상황이니까."

기바 씨가 말했다.

"그렇죠."

"나도 애들이 이제 곧 중학교랑 고등학교에 올라가는 나이라 내 마음대로 거취를 결정하기도 어렵고."

"네? 벌써 그렇게 컸어요?"

기바 씨는 두 딸을 두었다. 예전에는 가끔 식당에 놀러 오기도 했다. 둘 다 아직 유치원이나 초등학교 저학년 정도의 나이 때였다. 내 기억 속에서는 여전히 어린 소녀들의 모습으로 남아 있었다.

"큰애는 중학교 1학년이고 작은애는 초등학교 4학년이야."

"남의 애는 금방 큰다더니 정말 그러네요."

"아빠가 일하는 가게에서 밥 먹고 싶다고 떼쓸 나이는 이제 지나버렸지. 작은애는 아직 어린 티가 나지만 큰애는 벌써 조심스럽고 어렵더라고."

"여자애들은 원래 그래요."

"그러려니 생각은 하면서도 영 이해가 안 돼."

"그러다 금세 남자 친구라며 데리고 올지도 몰라요."

"상상도 하기 싫은 소리를 하네."

"죄송해요."

내가 중학생 때였으니 25년이나 지난 일인데도 여전히 분명하게 기억한다. 아빠와 딸 사이가 아주 좋은 것도 아니었지만 나쁘지도 않았다. 그런데 언제부터인지 내 집에 지저분하고 끔찍한 존재가 돌아다니는 것처럼 느껴졌다. 그러면 안 되는 줄 알면서도 그 혐오감을 그대로 드러내곤 했다. 앞으로도 계속 이런 느낌이겠구나 싶어 막막했지만 무슨 특별한 계기가 있었던 것도 아닌데 어느새 몸서리치게 느껴지던 혐오감이 점점 사라졌다. 그리고 다시 아빠와 딸로서 적당한 거리를 두고 마주할 수 있게 되었다.

"고등학교에 들어가려면 좀 더 있어야겠지만 그래도 학비 마련할

방도는 세워 둬야지. 돈 때문에 장래에 대한 선택 폭을 좁히라고 하고 싶지는 않으니까."

"그렇죠."

결혼해서 자녀가 있다는 점은 부러울 때도 있지만 동시에 힘들어 보이기도 했다.

나는 내 한 몸만 걱정하면 된다. 와카바소에 내는 월세와 식비로 한 달에 10만 엔에서 15만 엔 정도만 벌면 일단 먹고살 수 있다. 영업시간이 단축되었으니 당연히 급여도 줄어든다. 강제 휴업을 한 게 아니니까 보상금도 나오지 않을 것이다. 아네모네의 원래 영업시간은 밤 10시까지다. 매일 2시간만큼의 시급이 빠지니까 한 달로 따지면 급여가 상당히 적어진다.

기바 씨는 아르바이트가 아니라 정직원으로 일하고 있어 제대로 된 월급이 나오기 때문에 그나마 나보다는 낫다. 그래도 앞으로 어떻게 될지는 모르는 일이었다. 아네모네도 사장님과 사모님 사이에 자녀가 있었다면 훨씬 전에 문을 닫았을지도 모른다.

"다만 이건 아직 구라타나 유키한테는 말하지 않았으면 하는데……."

기바 씨가 소리를 낮춰서 말을 꺼냈다.

"뭔데요?"

나도 덩달아 속삭이듯이 물었다.

"아네모네를 내가 인수할 수도 있어. 예전부터 그런 얘기가 있기는 했는데 이참에 진지하게 고민해 보려고. 이런저런 절차도 있고, 돈 문제도 있으니까 간단하게 결정되지는 않겠지. 그래도 이 가게가 없어지는 게 싫어서."

"그렇게 되면 저는 어떻게 되나요?"

"잘리는 거지."

"네?"

나도 모르게 큰 소리를 내 버렸다.

"젊고 예쁜 아가씨들만 써야지."

"그거 성희롱이거든요."

"농담이야."

허둥거리는 나를 보며 기바 씨가 웃었다.

"나도 예전처럼 일할 수 있으면 제일 좋기는 해. 하지만 사장님과 사모님에게 기대서 그러는 건 옳지 않다는 생각이 들어. 원하는 바가 있으면 내 힘으로 만들어 가야지. 아무리 발버둥을 쳐도 예전하고 똑같이 할 수는 없을 테고 사장님이랑 똑같이 하겠다고 고집하다가는 실패하겠지. 하지만 내 방식대로 끌고 간다고 해도 사장님과 사모님한테 이어받은 것은 그대로 남아 있을 테고 크게 바뀔 수도 없을 거야. 나는 주방에만 있는 사람이라 손님에 관해서는 잘 모르니까 미치루가 남아 주면 큰 힘이 될 거야. 물론 미치루가 하고 싶은 일이 따로 있다면 억지로 붙잡을 생각은 없어."

"고맙습니다."

"일단 돌아가는 상황을 지켜보면서 서서히 진행해 나갈 생각이니까 뭔가 바뀌는 부분이 있으면 그때그때 이야기해 줄게."

"네."

"혹시 걱정되거나 궁금한 게 있으면 오늘처럼 물어봐도 되고."

그렇게 말하더니 기바 씨는 자리에서 일어나 주방으로 돌아갔다.

일에 대한 부분도 굳이 혼자서 고민하지 않아도 되는 모양이다. 와카바소에 들어가기 전에는 무슨 일이든 혼자서 끙끙거리며 고민하곤 했다. 그래도 결국 어떻게 할지는 스스로 결정해야 한다. 아네모네가 완전히 사라지는 일은 없는 듯하다. 그런 생각이 들어 마음이 놓이는 한편, 여기가 내가 계속 있을 자리가 아닌지도 모른다는 생각이 갑자기 떠올랐다.

홀에 돌아가 보니 마루야마 씨가 와 있었다. 카운터 자리에 앉아서 오므라이스를 먹고 있었다. 구라타는 얼마 전까지 오믈렛 만드는 연습을 계속했는데 이제는 혼자서도 예쁘게 만들어 낼 수 있게 되었다. 오므라이스나 나폴리탄 스파게티 같은 우리 식당의 기본 메뉴들은 기바 씨가 없어도 안심하고 맡길 수 있다.

"안녕하세요."

마루야마 씨가 다 먹기를 기다렸다가 인사했다. 복잡한 시간대에는 종업원이 손님에게 말을 거는 것을 안 좋게 보는 손님도 있다. 태도 문제가 아니라 코로나 감염이 걱정되는 모양이다. 긴급사태 선언이 발표되었다고는 해도 많은 사람이 돌아다니고 있고 방역 대책도 점점 느슨해지는 추세였다. 하지만 상식이 변했기 때문에 사소한 일에도 신경을 곤두세우는 사람이 있었다. 지금은 손님이 적으니까 마스크를 낀 상태로 손님과 대화하는 정도는 문제가 없을 것이다.

"안녕하세요."

마루야마 씨는 물을 마신 다음 마스크를 끼고 대답했다.

"이 오므라이스는 구라타가 만들었는데 어떠셨어요? 맛이 괜찮던 가요?"

"유키한테도 들었어요. 괜찮던데요. 기바 씨가 만든 맛하고 똑같 았어요. 지난달보다 실력이 늘었네요. 얘기를 듣지 않았으면 아마 모르고 먹었을 거예요."

"완성도가 들쭉날쭉해서 죄송해요."

"그렇게 눈에 띌 정도는 아니니까 괜찮아요."

"다행이네요."

"모치즈키 씨는 꼭 엄마 같네요."

"네? 어디가요?"

"구라타나 유키한테 항상 마음을 쓰고 있는 게 보여서요."

"누나뻘이라고 하기는 좀 힘들지만 그래도 이모뻘 정도예요. 아무 리 그래도 엄마뻘이라고 할 만큼 나이 차이가 나지는 않거든요."

"그렇군요."

"그래요."

구라타는 이대로 계속 아네모네에 있을지도 모른다. 하지만 유키 는 몇 달만 있으면 그만둘 것이다. 원래 여행 관련 일을 하고 싶어 했 고, 계속 임시직으로 있는 게 아니라 어딘가에 정규직으로 취업해서 일하고 싶어 했다.

서른다섯씩이나 된 나이에 여기서 아르바이트를 하게 된 내가 특 이한 케이스였다. 아네모네는 원래 학생들을 서빙 아르바이트로 쓰 는 가게다. 유키가 그만두면 내 자식뻘이라고 해도 이상하지 않을 만큼 어린 학생이 들어올지도 모른다.

나이 같은 건 신경 쓰지 않아도 된다는 생각은 한다. 그래도 젊은 사람에게 넘겨줘야 할 자리는 분명 있지 않을까?

"혹시 유키가 구라타에 대해 다른 이야기를 하지는 않던가요?"

"아니요. 그냥 오므라이스에 대해서만 말하던데. 무슨 일 있어요?"

"아무 소리도 안 했으면 됐어요."

유키와 마루야마 씨는 음식을 서빙할 때 가볍게 한두 마디 하는 정도였다. 그러나 잘 모르는 사람이기에 오히려 속을 터놓고 말할 수 있는 경우도 있다. 구라타에 대한 이야기가 나온 김에 뭔가 언급을 하지 않았을까 싶었는데 아무 소리도 안 한 모양이었다. 두 사람 사이가 완전히 어긋나 버리기 전에 오지랖 넓은 선배인 척하며 "두 사람, 무슨 일 있었어?" 하고 물어볼 걸 그랬다.

"그보다도 작년에 공연이 중지되었던 낭독극을 이번에 하게 되었다는데 혹시 알아요?"

"아 네, 알고 있어요!"

작년에 마루야마 씨랑 같이 가기로 했는데 공연 직전에 취소되어 버린 낭독극을 올봄에 다시 무대에 올린다는 소식이었다.

"표를 구할 수 있으면 같이 갈래요?"

"물론이죠! 꼭 가고 싶어요!"

나도 마루야마 씨랑 같이 갈 수 있으면 좋겠다고 생각은 했는데 말을 꺼내도 될지 망설이던 참이었다.

"다행이네."

마루야마 씨도 마음이 놓이는지 마스크 위로 표정이 풀리는 게 보였다.

"자세한 일정이 나오면 다시 얘기해 봅시다."

"네! 기다리고 있을게요."

너무 단순하다는 생각은 하지만 이 사람이 있는 것만으로도 기분이 좋아진다.

아네모네에서 집으로 돌아가는 길에 미사코 씨를 만났다. 앞에 가는 게 보여 뛰어가서 나란히 섰다.

"일하고 온 거야?"

미사코 씨가 물었다.

"네."

"나는 데이트했어."

"그럴 것 같았어요."

"밸런타인이잖아."

"그렇죠."

오늘은 일요일인 데다 밸런타인데이였다. 아네모네에서는 매년 밸런타인데이 때마다 빠지지 않고 손님들에게 작은 초콜릿케이크를 서비스로 냈는데 올해는 방역 때문에 그 이벤트를 하지 않았다. 다른 음식들은 팔고 있으니 케이크 하나 더 곁들인다고 큰 문제가 있을까 싶었지만 그래도 공연한 일은 벌이지 않는 게 상책이라는 판단에서였다.

"주변 분위기가 데이트하기에도 영 그래서 그냥 초콜릿 주고 가볍게 밥만 먹고 들어오는 길이지만."

"그분 집으로 가거나 하지는 않아요?"

"그럴 때도 있지만 밖에서도 만나고 싶으니까."

미사코 씨가 쑥스러운 표정으로 대답했다. 와카바소 사람들과는 항상 마스크 없이 이야기한다. 그래서 밖에서 마스크를 낀 채로 이야기하고 있으니 뭔가 어색했다.

이제 8시를 조금 지난 이른 저녁 시간인데도 거리에는 사람들이 별로 없었다. 주변에 아무도 없으니 마스크를 벗어도 될 법했지만 그냥 그대로 걸었다.

"마유미하고 나하고 이런 상태라 미안해."

미사코 씨가 말했다.

"신경이 아예 안 쓰이는 건 아니지만, 괜찮아요."

"내가 말이야, 어쩌면 결혼하게 될 수도 있거든."

"네?"

"그 사람한테 프러포즈받았어."

"축하드려요."

내가 인사하자 미사코 씨가 고개를 절레절레 저었다.

"거절할지 말지 망설이는 중이야."

"네? 왜요?"

"그 일도 있고 해서 오늘은 그 사람 집이 아니라 밖에서 만난 거야."

"헤어지려고요?"

"그런 건 아닌데……."

"헤어질 생각은 없는데 결혼까지 하고 싶지는 않다는 건가요?"

"내가 결혼할 필요가 있을까?"

미사코 씨가 내 눈을 똑바로 바라보면서 물었다.

"저야 한 번도 결혼해 본 적이 없고, 그렇다고 독신주의도 아니라 뭐라고 말해 드릴 수가 없네요."

"두 번 결혼했다 두 번 다 이혼했다고 전에 말해 준 적이 있었지?"

"네."

전에 부엌에서 햄가스를 먹으면서 그런 이야기를 들었다.

"행복하다고 느낀 건 처음 며칠뿐이었고 그 뒤로는 항상 힘들기만 했어. 지금 사귀는 사람은 배려심도 많고 자상하고 자기 일도 제대로 하는 사람이야. 같이 있으면 마음이 평온해지니까 좋아. 하지만 그렇다고 굳이 결혼까지 할 필요가 있을까 싶어."

"그런데 마유미 씨, 이야기하다가 주제가 좀 빗나간 거 아닌가요?"

가만히 있으면 계속 이어질 것 같아서 일단 이야기의 흐름을 잠시 끊었다.

"어머, 그러네. 미안."

"아니에요. 그냥 하고 싶은 대로 하면 되는 거죠."

"프러포즈를 받았다고 했더니 마유미가 정말 좋아해 주었어. 그런데 내가 거절할 생각이라고 했더니 불같이 화를 내더라고."

"왜 화를 냈을까요?"

"아마 마유미는 결혼하면 모두가 행복해질 수 있다고 믿고 있는 것 같아. 내가 행복의 길에서 도망치려고 하는 것처럼 보이는 모양이야."

"그렇군요."

"그런데 나는 두 번째 이혼을 하면서 다시는 결혼하지 않겠다고 마음먹었거든."

"이혼하는 게 그렇게 힘들었나요?"

"이혼하는 것도 힘들었지만 결혼 생활이 정말 지옥이었지. 전에도 잠깐 이야기했다시피 빚에 시달리고 남편 바람에 괴로워하고. 그런 일이 계속 있었으니까."

"네."

"사실 내가 자란 집부터 그랬어. 어렸을 때 부모님이 이혼했고 엄마가 재혼한 남자나 사귀는 남자가 그때그때 아빠처럼 굴면서 같이 살았지. 물론 그런 환경에서도 행복하게 사는 사람들이 많다는 걸 알아. 그렇지만 우리 집은 드라마나 영화 같은 데 흔히 나오는 전형적인 파탄 가정 그 자체였지. 엄마가 의붓아빠한테 맞을 때도 있었고, 둘이 돈 문제로 싸우는 모습을 수시로 보면서 자랐어. 내가 고등학교 올라간 다음에는 엄마 동거남한테 성폭행까지 당하게 되었어. 한시라도 빨리 집에서 도망치고 싶었지. 그러기 위한 수단으로 결혼한 거야."

"네."

"미안, 너무 무거운 이야기지?"

"아니에요. 계속해 주세요."

설날 연휴 때 메구미 씨랑 했던 이야기가 생각났다. 모두가 다른 누군가에게 털어놓고 싶은 이야기를 가슴에 담고 살아간다고.

"전 그냥 듣는 것 말고는 할 수 있는 게 없지만요."

"고마워."

"그다음에는 어떻게 되었는데요?"

"고등학교 때부터 사귀던 남자가 있었어. 학교 졸업하고 동거하기 시작해서 스무 살이 되자마자 결혼했어. 그 사람은 성실하게 일했고, 바람도 피우지 않아서 괜찮을 줄 알았거든. 그런데 정식으로 부부가 되자마자 그 전까지와는 태도가 180도 달라졌어."

"무슨 일이 있었는데요?"

"계기가 될 만한 일이 구체적으로 있었던 건 아니야. 그냥 그 사람이 책임감 같은 걸 지나치게 의식하게 되었던 것 같아. 나는 근처에 있는 쇼핑몰 잡화점에서 아르바이트하면서 간신히 용돈벌이 정도만 했고 생활비는 그 사람한테 의존했거든. 지금 와서 돌이켜 보면 내가 너무 안일했지. 난 전업주부가 되고 싶었고, 아이가 태어나면 집에만 있을 생각이었어. 그런데 그 사람은 고졸 출신에 육체노동을 하는 계약직으로 취업한 상태라서 가족을 먹여 살릴 만큼 벌지 못했지. 결혼하기 전에는 아이에 대한 것도, 집을 사는 문제도 그냥 막연하고 꿈같은 이야기였는데 그게 현실로 닥쳐 버린 거야. 불안한 마음을 말로 표현하지 못한 그 사람은 현실을 외면하기 위해 도박과 여자에 빠졌고, 나에게 손찌검을 했어."

"무슨 드라마 줄거리 같네요."

"너무 뻔하지."

"현실에서는 뻔한 이야기가 아니에요. 저는 여태 살아오면서 남자한테 맞았다고 하는 여자를 한 사람밖에 못 봤으니까요."

대학생 때 어떤 친구가 만화에서나 나올 법한 시퍼런 멍이 든 얼굴로 학교에 온 적이 있었다. 왜 그러냐는 질문에 그녀는 남자 친구가 자면서 뒤척이다가 주먹으로 쳐서 그렇게 되었다고 말했지만 너무 뻔한 거짓말이었다. 물론 겉으로 드러나지 않았을 뿐 그렇게 맞고 사는 사람이 또 있었을지도 모른다. 하지만 어쨌든 나는 그 친구 하나밖에 모른다.

"그렇겠지?"

"그렇다니까요. 폭력은 최악이에요."

"이십 대 때 나는 그걸 몰랐어. 흔한 이야기지만 그 사람이 정말 잘해 줄 때도 있었기 때문에 감정이 격해질 때 모습과 자상할 때 모습이 다 나에 대한 애정에서 나오는 거라고 믿었지."

"그런데도 결국 이혼하게 된 이유가 뭐예요?"

"나는 애가 생기지 않는데 바람난 상대가 임신했거든."

"난감한 일이었겠네요."

"애를 지우라고 하겠다고 그러는데 어느 순간 갑자기 정신이 번쩍 들어서 그냥 이혼하기로 했어. 그런데 막상 이혼하고 나니까 돌아갈 친정도 없지, 세상천지 내 한 몸 누일 곳이 없더라고. 그래서 딴 남자한테 기댈 수밖에 없었어. 엄마 팔자 그대로 따라가겠구나, 하고 생각하면서도 다른 방도를 궁리할 만한 지혜도 지식도 없었어. 이혼 절차를 진행하면서 새 남자를 물색했지."

"새 남자를 그렇게 금방 찾았어요?"

"내가 좀 귀염상인 데다가 몸을 쉽게 줄 것처럼 생겼으니까."

"좋은 일은 아니네요."

이십 대 때는 무조건 예쁘면 인기가 있고 날씬하면 남자들이 좋아한다고 생각했다. 성관계를 거부하면 남자가 싫어한다고 믿었다. 하지만 그런 이유로 인기가 있다고 해도 결국 자신을 싸구려로 만들 뿐이다.

"전남편과 이혼하고 집에서 나올 무렵에는 벌써 같이 살 다음 남자가 있었지. 대학도 나오고 회사에 다니는 번듯한 남자가."

"세상에 대학 나와서 회사 다니는 남자가 얼마나 많은데 그래요."

"그렇지만 내 주변에는 없었거든."

"어? 고향이 어디세요?"

"이와테."

"그럼 지금까지 이야기한 일들은 다 그쪽에 있을 때 일어난 거죠?"

"응. 하지만 그렇다고 그쪽 지방이 나빠서는 아니야."

"알아요."

그래도 지역마다의 교육 격차 문제는 틀림없이 존재한다. 도쿄와 지방을 비교했을 때 여자아이들의 대학 진학률은 현격한 차이가 난다. 내가 다니던 고등학교는 진학률이 높은 일반 고등학교라서 학생들 대부분이 대학 진학을 희망했다. 하지만 고향 친구 중에는 4년제 대학에 진학하는 것을 생각조차 해 본 적이 없는 아이들도 많았다. 아직도 여자는 고등학교를 졸업하고 회사에 다니다가 좋은 남자 만나 시집가는 게 최고라는 사고방식을 가진 지역들이 많았다.

"성실한 사람이니까 행복하게 살 수 있겠지 싶었는데 너무 지루했어."

"그렇겠죠."

"무슨 일이 있을 때마다 당신 좋을 대로 하라는 말만 듣는 것도 힘들었고."

"자상하고 배려하는 척하면서 결정에 따른 책임을 회피하는 타입이네요. 모든 일을 이쪽에서만 결정하고 책임도 져야 하는 거죠."

"바로 그거야!"

"저도 이십 대 때 만난 남자 친구가 그런 식이었어요."

무슨 말을 해도 알았다고만 하는 사람이어서 결혼하자고 해도 그냥 순순히 하겠구나 싶기도 했다. 하지만 앞으로 살아갈 일을 생각하니 너무 힘들고 막막할 것 같았다. 결혼식에 관한 것도, 신혼집에 대한 것도, 시댁 어른들이나 친척들과의 일도, 출산에 관한 것도, 오늘 저녁 뭘 먹을지, 내일 도시락으로 뭘 쌀지까지 전부 나 혼자서만 생각하고 결정하고, 이 사람은 고개만 끄덕이겠구나 싶었다. 심지어 헤어지자는 말을 했을 때조차도 "알았어. 미치루가 그러고 싶으면 그러자." 하고 끝이었다.

"그래서 전남편이니 다른 남자하고 바람을 피우게 되었지."

"하고 많은 남자 중에 하필이면 전남편하고요?"

"가까이 있는 쉬운 상대니까?"

미사코 씨가 웃으면서 말했다.

"웃을 일이 아니잖아요."

"그러다가 바람을 들켰는데 그 사람이 어떻게 했는지 알아?"

"미사코가 좋으면 난 괜찮아, 아니었어요?"

"아니, 정반대야. 갑자기 돌변하더니 날 가둬 버리더라고."

"가둬요?"

"집에서 나가지 못하게 바깥에서 잠가 버렸어. 그렇게 한 달 정도 감금되어 있었지."

"어떻게 나왔어요?"

"어느 날 갑자기 내쫓아 버리던데."

"그건 또 뭐예요?"

"싫증 난 거겠지."

"그 후에는 어떻게 했어요?"

"갈 데도 마땅히 없었고, 여기서는 더 못 살겠다 싶어서 여러 지방을 전전하면서 술집 같은 데에서 일했어."

"아, 그래서 여러 지방의 오조니를 만들 수 있게 된 거군요?"

"맞아."

"하얀 미소 된장으로 만든 오조니, 정말 맛있었어요."

미사코 씨는 설날 연휴가 끝날 즈음에 남은 떡으로 교토식 오조니를 만들어 주었다. 처음 먹어 본 스타일이었는데 하얀 미소 된장을 넣어 약간 달달한 게 간토식 오조니와는 전혀 다른 맛이었다.

"다음에 또 만들어 줄게."

"네, 꼭이요."

"그렇게 여러 곳을 전전하다가 또 한 번 결혼했는데 이번에도 어김없이 빚 문제에 폭력까지, 뻔한 결과였지."

"그게 어떻게 뻔한 거예요?"

"이혼하고 서른이 넘었는데도 여전히 혼자 힘으로는 생활이 안 되었지. 어느 날 갑자기 이렇게 계속 살 수는 없다는 생각이 들었어. 몸이 많이 상해서 술도 못 마시게 되었지. 낮에 하는 일을 하려고 해도 할 줄 아는 것이 없었고, 과거에 사귄 남자한테 쫓겨 다니는 일도 있어서 임시 보호소 같은 곳에 숨어 지낸 적도 있어. 평생 이렇게 살다가 죽겠구나 하고 포기하고 싶었던 적도 많았어. 그냥 포기해 버리면 편하니까 그렇게 도망치고 싶었던 거지."

"네."

"서른일곱 살 때 오랜만에 이모가 연락했는데 엄마가 돌아가셨다는 거야. 마지막은 결국 고독사였다더라고. 작은 빌라 좁은 화장실에서 쓰러졌는데 며칠이 지나고서야 발견된 거지. 나도 그렇게 죽겠구나 하는 생각이 들자 갑자기 무서워졌어. 그래서 정신 차리고 노력하게 되었지."

"네."

"조제약국 사무 자격증을 따고 일자리를 얻고 와카바소에서 지내며 오십 대 후반을 맞이한 지금에서야 겨우 제대로 자리 잡고 산다는 느낌이 들어. 마유미처럼 좋은 대학 나와서 알아주는 기업에 다니는 사람하고도 친구처럼 지낼 수 있고 말이지. 이런 일상을 포기하고 다시 결혼한다는 게 난 너무 무서워."

"음."

나는 메구미 씨의 소개 덕분에 별생각 없이 간단하게 와카바소에 들어올 수 있었다. 그런데 미사코 씨에게는 갖은 고생과 노력 끝에 간신히 당도한 안식처였던 셈이다.

"지금 사귀는 그 남자는 정말 좋은 사람이고 진심으로 신뢰하고 있어. 결혼해도 변하지 않을 사람이라고 생각해. 나도 이제는 남자한테 기대지 않고 살아갈 자신이 생겼으니까 예전처럼 의존적으로 살지는 않을 거야."

"그렇지요."

"그래도 지금처럼 각자 나름대로 생활하면서 가끔 만나는 정도여도 괜찮지 않을까 싶어."

"저도 그게 맞는 것 같아요. 미사코 씨가 나가 버리면 너무 적적할 것 같고요."

"고마워."

이야기를 나누며 천천히 걷다 보니 어느새 와카바소에 도착했다.

방에서 잘 준비를 하고 있는데 계단을 올라오는 발소리가 나더니 문을 여는 소리와 동시에 무언가가 쓰러지는 소리가 들렸다. 복도로 나가보니 치나미 씨가 자기 방 앞에서 얼어붙어 있었다. 씻고 돌아오는 길이었는지 잠옷 바람이었다.

"왜 그래요?"

무슨 일이 일어났는지 짐작은 하면서도 일단 물어보았다.

"무너졌어."

치나미 씨가 내 쪽을 쳐다보며 대답했다.

"수고하세요."

내 방으로 돌아와 문을 닫았다. 바로 다음 순간 문을 두드리는 소리가 났다.

"왜요?"

다시 한번 문을 열었다.

"오늘 여기서 자면 안 돼?"

"무너진 책 더미 위에서 자면 되잖아요."

"그러다가 책이 또 무너지면 어떡해? 죽을지도 모르잖아."

"다른 방에서 주무세요."

"왜?"

"내일 휴일이니까 좀 푹 쉬려고요."

"같이 자자."

"미사코 씨나 도키코 씨한테 재워 달라고 하면 되잖아요."

"보나 마나 안 된다고 할 거야. 그러니까 그렇게 큰 소리가 났는데도 아무도 안 나왔잖아."

1층에 있는 마유미 씨와 도키코 씨도 책 더미가 무너지는 소리를 들었을 것이다. 2층에 있는 미사코 씨 귀에 그 소리가 안 들렸을 리가 없다. 그런데도 아무도 무슨 일인지 나와 보지 않았다. 어쩌면 책 더미가 무너진 일이 처음이 아닐 수도 있었다.

"부엌에서 자면 되겠네요."

"추워서 싫어."

"내 방이나 부엌이나 거기서 거기일 텐데요."

"딱 하루만 잘게. 내일은 무슨 일이 있어도 내 방에서 잘 수 있게 청소할 거야."

"그럼 오늘만이에요."

"고마워. 도키코 씨한테서 이불 빌려 올게."

치나미 씨는 부리나케 1층으로 내려가더니 이부자리 한 세트를 안고 금방 돌아왔다. 그러고는 다시 1층으로 내려가서 레몬 사워 두 캔을 들고 왔다.

"이건 감사 인사야."

"고맙습니다."

한 캔을 받았다.

치나미 씨는 내 방으로 들어와서 이부자리를 폈다. 요를 두 장 깔자 갑자기 방 안이 좁게 느껴졌다.

"다른 사람이랑 한방에서 자는 건 정말 오랜만이네요."

"언제가 마지막이야?"

전 남자 친구하고 헤어진 후로는 처음 아닌가 싶었다. 그런데 가만히 생각해 보니 작년 신정에 부모님 집에 갔을 때 중학생 조카랑 한방에서 잔 적이 있었다.

"나 고모랑 같이 잘래!" 하면서 베개를 들고 온 모습이 참 귀여웠다. 다음에 만나면 많이 커서 그런 모습을 못 볼지도 모르겠다.

"1년 정도 된 것 같네요."

"난 반년 만인 것 같아."

"그래요?"

"반년 전에도 이 방이었는데."

치나미 씨는 이불 위에서 뒹굴며 천장을 올려다보았다.

"네?"

"남자랑 잔 거 아니야."

"그야 그렇겠죠."

나는 내 이부자리 위에 앉아서 방금 받은 레몬 사워를 땄다.

"나도 마셔야지."

그렇게 말하면서 벌떡 일어나더니 치나미 씨도 캔을 땄다.

"예전에 이 방에 있던 사람은 어떤 사람이었어요?"

"스타일리스트."

"그래요?"

"젊었을 때부터 패션 관련 일을 했다고 하는데 일흔이 넘은 사람이었어."

"그렇게 나이 많은 분도 계셨어요?"

"지금 사는 사람들은 좀 젊은 편이어서 그렇지, 예전에는 칠십 대나 팔십 대인 사람도 꽤 있었던 모양이야. 기초생활수급자도 있었고 여기서 돌아가신 분도 있었어."

"……돌아가신 분이요?"

"지금 사치코 씨가 있는 방 말이야. 그 방의 전의 전의 전 세입자가 10년 이상 여기 살던 사람이었는데 여기서 돌아가셨어."

"사망자가 나온 방이면 사고 물건*이잖아요?"

"아니지. 어떤 집이나 방에서든 사람이 죽을 가능성은 언제나 있는 거니까."

"그야 그렇지만."

미사코 씨네 어머니도 빌라에서 돌아가셨다고 했다. 가족들이 지켜보는 가운데 병실에서 숨을 거두는 게 이상적이겠지만 그렇지 못한 사람들도 많다. 나 역시 두 조카를 두었지만 내 자식은 없다. 친자녀가 있다고 해도 노후에 마냥 기대고 살 수도 없었다. 그러니 나도 어딘가에서 혼자 고독사할 가능성이 매우 크다.

"이 방에 살던 예전 세입자는 고치 지방의 경치 좋은 시골에서 지금도 잘 살고 있으니까 걱정하지 마."

"연말에 유자를 보내 준 분이에요?"

---

* 사건이나 사고가 일어났던 부동산을 가리키는 말.

"맞아."

동지 전에 어딘가에서 많은 유자 열매가 유자 후추, 유자 간장과 함께 배달되어 왔다. 덕분에 목욕할 때마다 유자 열매를 듬뿍 넣은 욕조에 몸을 담그는 호사를 누릴 수 있었다.

"여기 살았던 그분은 젊었을 때 프리랜서로 일하면서 고생을 많이 하셨던 모양이야. 여자가 전문적인 일을 한다는 것 자체가 보기 드물고 힘든 시대였으니까. 결혼도 안 하고 독신으로 살면서 일만 파고들어서 나름 알아주는 위치에 오를 수 있었지. 일흔에 은퇴하고 여기 들어와 살면서 이제야 다른 인생을 생각해 볼 수 있게 되었다고 했어. 한 1년 정도 여기서 지내다가 예전부터 종종 놀러 갔던 지방에 아예 자리 잡기로 하고서 이 집을 떠났지."

"고치 지방이면 가 본 적은 없지만 물이 맑은 데라고 들었어요."

"그렇다 하더라고."

"좋네요."

온라인 근무가 늘어난 만큼 도쿄를 떠나 지방으로 가는 사람들이 늘고 있다고 했다. 지금까지는 무슨 일이 있어도 도쿄에서 버티는 게 최고라고 여겼는데 이제는 어딘가로 멀리 이사하는 것도 생각해 볼 만했다.

"자상한 분이셔서 내가 혼자 웅크리고 있는 걸 보면 방에 들어와 자고 가라고 했어. 이런저런 이야기도 많이 들려주셨고."

"자상하지도 착하지도 않아서 죄송합니다."

"미치루도 착해. 고로케도 줬잖아."

"요즘 들어 우리 가게 젊은 청년도 요리 실력이 늘어서 연습용 음식들이 줄어들 위기에 있어요."

"그렇구나. 좀 아쉽네."

치나미 씨가 레몬 사워를 마시면서 말했다.

"또 어떤 사람들이 있었어요?"

"음, 무슨 일이 있을 때마다 급발진하는 사람들 이야기는 아침에
했지? 그 사람들 말고는 사치코 씨 방에서 돌아가신 분 정도밖에 몰
라. 내가 여기 온 이후로는 이 방이랑 옆방에 사는 사람만 바뀌었으
니까."

"돌아가신 분은 어떤 분이었어요?"

"내가 왔을 때는 이미 방 안에 누워 있기만 했고, 얼마 후에 돌아가
셔서 말을 주고받은 게 몇 번 안 돼. 되게 고운 분이었어. 연세는 도
키코 씨랑 비슷한 것 같았고. 여기 살기 전부터 도키코 씨랑 친했던
모양이야. 돌아가실 때까지 도키코 씨가 다 챙기면서 수발을 들었고
미사코 씨도 옆에서 도와줬어."

"음."

이야기를 들으면서 레몬 사워를 다 마셨다.

"도키코 씨 방에 사진이 걸려 있으니까 나중에 보여 달라고 해 봐."

"전에 살던 사람들 사진도 걸어 놔요?"

"아니, 그 사람 사진만."

"정말 각별하셨던 분인가 보네요."

도키코 씨 방에 들어가 본 적은 몇 번 있었다. 서랍장 위에 있는 액
자는 봤는데 사진을 제대로 보지는 않았다.

"이제 졸리네."

구석으로 치워 놓은 테이블에 빈 캔을 엎어 놓고 치나미 씨가 이불 속으로 파고들었다.

"양치 안 해요?"

"아까 했어."

"방금 레몬 사워 마셨으니까 한 번 더 해야 하는 거 아니에요?"

"칫솔도 파묻혔어. 하나 빌려줄래?"

"그냥 자요."

여분의 새 칫솔은 없고 내 칫솔을 빌려줄 수도 없었다.

"잘 자."

"주무세요."

세면대에서 빈 캔을 대충 헹구고 이를 닦았다.

"미치루."

"왜요?"

"내일 휴일이라고 했지?"

"네."

"방 치우는 거 도와줘."

"그 소리 나올 줄 알았어요."

"이제 나도 새로운 인생을 생각해 보려고."

"……일단 오늘은 그냥 자요."

"응."

"내일 다시 얘기해요."

오랜만에 하는 파자마 파티 같은 날 중대한 결심을 이야기하는 건 아니다.

"잘 자."

"네. 안녕히 주무세요."

양치를 끝내고 불을 끈 다음 나도 이불 속으로 들어갔다. 누군가 옆에 있으니 평소보다 방 안이 따뜻한 느낌이었다.

다시 무너지지 않게 조심하면서 책 더미를 정리해 나갔다. 복도에 개인 물건을 내놓으면 안 된다는 규칙이 있지만, 어지러운 방을 치우기 위해 잠깐 책들을 내놓았다. 방의 크기를 생각하면 말도 안 된다는 생각이 들 정도로 책이 많았다. 우선은 깔려 죽을 위험이 없을 만큼만 책을 꺼낸 다음 이부자리를 통째로 들고 1층으로 내려왔다. 시트와 베개, 이불 커버를 세탁기에 넣고 요와 베갯속, 이불속은 뜰에 널어놓았다.

"오늘 안에 끝나겠어?"

도키코 씨가 뜰에 나오면서 물었다.

"아마 가능할 거예요."

대답하면서 2층을 올려다보았다. 자그마한 방 하나 치우는 데 그렇게까지 오래 걸리지 않을 거라고는 생각했는데 자신할 수 없었다.

"이 건물은 솜씨 좋은 목수가 튼튼하게 지어 주셨거든."

"그렇군요."

겉보기에는 여전히 태풍이 불면 당장 날아가 버릴 것처럼 보였다.

"아무리 그래도 치나미 방은 언젠가 바닥이 무너져 내리지 않을까 전부터 불안하기는 했어."

"그렇죠."

"도와주면서 이야기도 좀 들어 주고 그래."

"네."

2층으로 돌아가 보니 치나미 씨는 바닥에 퍼질러 앉아서 책을 읽고 있었다.

"빨리 치워야죠."

"치우고 있어."

치나미 씨는 책에서 눈을 떼지 않은 채 대답했다.

"지금 책 읽고 있잖아요."

"어디에 둘지 생각하고 있었어."

"버릴지 말지가 아니고요?"

"안 버려."

책에서 고개를 들더니 나를 째려봤다.

"그럼 이 책들을 고스란히 되돌려놓는다고요?"

방에서 내놓은 책들이 치나미 씨 방 앞의 복도뿐만 아니라 계단과 내 방문 앞까지 가득 차 있었다. 내가 적당히 놓아 둔 책들을 치나미 씨가 장르별로 구분했다.

"그럴 거야."

"또 무너지게요?"

"안 무너지게 쌓아야지."

"불가능해요."

"무너지면 또 미치루 방에서 재워 주면 되잖아."

"그거야 상관없지만."

"아직 못 버린단 말이야."

치나미 씨는 반려동물을 만지듯이 애정 어린 손길로 책 표지를 쓰다듬었다.

어젯밤에 "다른 인생을 생각해 보려고."라고 말은 했지만, 아직 확고한 결심이 서지는 않은 모양이었다.

"책장에 차곡차곡 다시 넣어 봐요."

"우선 여기 이 도감처럼 두꺼운 책들을 아랫단에 넣어 줘."

"알았어요."

책을 안고 방 안에 다시 들여놓았다. 창문이 열려 있어서 서늘한 바람이 들어왔다. 몸을 움직이고 있어서 그런지 그 바람이 시원하게 느껴졌다.

"여기, 이 어중간한 틈새가 좀 아깝네요."

"거기에는 이 책을 끼우면 돼."

치나미 씨가 복도에서 들고 온 책을 틈새가 없도록 잘 맞춰서 빼곡하게 끼워 넣었다. 테트리스를 하는 것 같아 나름 재미있었다.

"여기에 이 책을 넣으면 더 깔끔하게 들어가겠네요."

"그건 장르가 달라서 안 돼."

"그럼 이걸 저쪽에 넣는 거는요?"

"그건 괜찮아."

이러쿵저러쿵 이야기하면서 작업을 계속하는데 계단 올라오는 발소리가 들렸다. 도키코 씨가 상황을 살피러 왔나 했더니 마유미 씨였다. 출근하지 않고 방에서 온라인으로 일하고 있었던 모양이다.

"너무 시끄러웠나요?"

내가 마유미 씨에게 물었다.

"아니, 괜찮아. 그나저나 미사코는 지금 방에 있어?"

"아마도요."

평소 같으면 출근할 시간이 지났지만 미사코 씨는 방에서 나오지 않았다. 오늘은 쉬는 날이었고 그냥 방에서 지내는 모양이었다.

"고마워."

마유미 씨는 복도에 즐비한 책들을 피해 안쪽으로 들어가 미사코 씨 방문 앞에 섰다. 심호흡을 한 다음 문을 노크했다. 미사코 씨가 금방 문을 열고 나왔다. 둘이서 무슨 이야기를 주고받았는데 목소리가 작아서 들리지 않았다. 궁금했지만 둘 다 심각한 표정이어서 물어볼 수 없을 것 같았다. 그래서 나와 치나미 씨는 방 안으로 들어가 책 정리를 계속했다. 마유미 씨의 울음소리 같은 게 들려왔다. 치나미 씨가 핸드폰을 들어 음악을 틀었다.

미사코 씨가 부엌에서 바지런히 무언가를 만들고 있었다. 아침 일 찍부터 콧노래라고 하기에는 너무 큰 소리로 어렸을 때 들어 본 적이 있는 듯한 노래를 부르면서 채소를 다듬고 썰고 하느라 분주했다. 점심을 먹으러 내려왔더니 이번에는 팥을 씻고 있었다.

"팥죽이에요?"

손을 씻으면서 미사코 씨에게 물었다.

"오세키항(お赤飯)*이야."

"오늘 식사는 축하 파티예요?"

다 같이 모여 밥 먹고 싶으니 저녁 약속을 잡지 말아 달라는 부탁을 미리 했었다.

"비밀이야."

미사코 씨가 내 얼굴을 보더니 씨익 웃으며 말했다.

"결혼하세요?"

"내 결혼에 내가 오세키항을 짓겠어?"

"그럼 누구 생일이에요?"

---

* 경축일이나 경사가 있을 때 축하하는 뜻에서 찹쌀과 팥을 넣어 붉게 짓는 밥.

"아니."

"뭔데 그래요? 빨리 얘기해 주세요."

"저녁때까지 기다려."

"알았어요."

귀찮게 계속 물어보기도 그렇고, 어차피 저녁때가 되면 알게 될 일이라서 일찌감치 포기했다.

냉장고 문을 열고 우유를 꺼냈다. 치나미 씨의 시리얼에 우유를 부어 간단하게 점심을 때우기로 했다.

오늘은 나랑 미사코 씨는 쉬는 날이었고, 도키코 씨는 평소처럼 방 안에 있었고, 마유미 씨와 치나미 씨는 각자 방에서 일하고 있었다. 사치코 씨는 방에 있기는 한데 밤 근무라서 저녁때 나가야 하는 모양이었다. 쉬는 날이었다고 해도 모두가 모이는 자리에 끼지는 않았겠지만.

"오세키항을 집에서도 만들 수 있네요?"

시리얼을 먹으면서 미사코 씨의 손놀림을 지켜보다가 물었다.

"팥을 손질하는 게 좀 성가시긴 해도 전기밥솥으로 지을 수도 있고 요즘에는 쉬운 레시피가 많이 나와 있으니까."

"아아."

"물론 마트 가면 다 파니까 굳이 직접 만들 필요는 없어. 꼭 직접 만들어야만 정성이라고 할 수도 없고. 그래도 오늘만큼은 꼭 내 손으로 만들고 싶었어."

"그럼 그건 마음에서 우러나온 진짜 애정이 있어서 아닌가요?"

"애정이라기보다는……."

미사코 씨는 고개를 들고 곰곰이 생각하는 표정을 지었다.

"상대에 대한 확실한 압박이 아닐까? 너를 위해서 내가 이렇게 힘들게 만들었다고 말이야."

"그럼 강압적으로 애정을 보여 주고 싶은 축하 파티인 셈이네요?"

"음, 오늘은 그런 느낌까지는 아니고."

가볍게 씻은 팥을 채반에 담아 물기를 털어 냈다.

"그럼 어떤 느낌인데요?"

"상대가 제일 좋아하는 무언가를 해 주고 싶어서."

"그럼 애정 맞네요, 뭐."

"애정이라고 하기에는 좀 더 짓궂은 느낌이고."

"그게 뭐예요?"

"기쁘고 좋다는 표현은 대놓고 하기가 쑥스럽잖아?"

"좀 그런 감이 있죠."

어렸을 때는 생일 축하를 받으면 기쁘고 좋은 감정을 그대로 다 드러냈는데 언제부터인지 그렇게 하기가 어색하고 힘들어졌다. 평소와는 다른 텐션으로 잔뜩 들떠서 흥분한 내 모습이나 고마운 마음을 전하려고 애쓰는 내 모습을 떠올리면 상당히 쑥스럽고 보기 민망한 느낌이 들었다. 그래도 이 나이쯤 되니 축하받을 일이 거의 없기 때문에 누군가 나를 위해 그런 자리를 마련해 준다면 쑥스러움보다는 기쁘다는 생각이 더 많이 들 것 같다.

"오후에는 뭐 할 거야? 어디 나가?"

미사코 씨가 큼직한 냄비를 꺼내서 물을 끓였다. 아침부터 다듬고 썰어 두었던 채소들로 조림을 만들었는지 다른 냄비들이 여럿 나와 있었다.

"영화나 보러 갈까 했는데 그냥 방에서 외국 드라마나 보려고요."

설날 연휴 직후에 발표되어 지금껏 계속된 긴급사태 선언은 이번 달 중순 이후에 해제된다는 소리가 있었다. 그래도 아직 확진자 수가 여전히 많아서 마음 놓고 밖을 돌아다닐 상태는 아니었다. 혼자 영화를 보러 가는 정도야 큰 문제 없겠지만 적극적으로 '나가야지!' 싶은 마음은 들지 않았다. 와카바소에는 도키코 씨 같은 고령자도 있으니 내가 바이러스를 옮겨 와서는 안 된다.

3월이 되자 꽃가루 알레르기 때문에 힘들어지기도 해서 아네모네로 일하러 갈 때 말고는 바깥출입을 안 하는 게 당연한 일상이 되어 버렸다.

"그럼 뭐 좀 사다 줄 수 있어?"

"그러죠, 뭐."

"술을 좀 사다 줄래? 마트에서든 주류 상점에서든 상관없으니까."

"네."

"그럼 말이지……."

미사코 씨는 TV 옆에 비치된 메모지와 볼펜을 들고 와서 필요한 물품을 적기 시작했다. 짐작은 했지만 마유미 씨가 좋아하는 위스키와 맥주 브랜드가 죽 나열되어 있었다.

평일 낮인데도 상점가에는 사람이 많았다. 긴급사태 선언이 발표된 이후로 밤에 돌아다니는 사람은 많이 줄었는지 몰라도 낮에는 예전과 거의 차이가 없는 느낌이었다. 그러나 어쩌면 겉으로만 그렇게 보이는 것일 수도 있었다. 닫힌 셔터에 '임시 휴업'이라고 적힌 종이가 붙어 있었다. 개인이 경영하는 술집인데 예전에는 점심 영업도 하고 도시락을 팔기도 했지만 계속 그렇게 운영하기가 어려워진 모양이었다. 비슷한 이유로 가게 문을 닫은 곳이 몇 군데 더 있었다.

물론 이런 와중에도 장사가 잘되는 가게가 없지는 않을 것이다. 그러나 전체적으로 봤을 때는 완전히 추락하기 직전의 아슬아슬한 경계선에서 저공비행을 계속하는 느낌이었다.

머리가 멍한 느낌이 드는 이유가 꽃가루 알레르기나 눈앞으로 다가온 봄의 따뜻한 기운 때문만은 아닐 것이다. 주변 전체의 공기가 멍하니 흐리게 보이는 느낌이었다. 투명한 젤리에 둘러싸여 있는 것처럼 몸이 무거웠다.

우리는 세계사 교과서 한 페이지에 나오게 될 변화 한가운데에 살고 있고 이제 예전 삶으로는 돌아갈 수 없다. 2주만 참으면 된다, 한두 달 견디면 좀 나아지겠지, 여름이 오면 상황이 바뀔 거야, 그런 말을 듣는 사이에 1년이 훌쩍 지나 버렸다.

미사코 씨가 부탁한 술들은 일반 마트에서 다 살 수 있는 종류였고 내가 마트에서 사고 싶었던 일용품들도 있었다. 그래도 주류는 메구미 씨네 가게에 가서 사기로 했다.

"안녕하세요."

가게 문을 열고 계산대 쪽을 봤더니 아저씨가 앉아서 신문을 읽고 있었다.

"어서 와요."

아저씨는 고개를 들더니 신문을 한쪽에 내려놓았다.

"어서 와."

가게 안쪽에서 메구미 씨도 인사하며 나왔다.

"아버지도 식사하고 와요."

"영 입맛이 없네."

"알았으니까 빨리 가요."

메구미 씨가 계산대로 들어가고 아저씨는 "그럼 천천히 있다 가요."하며 인사하더니 가게 안쪽에 있는 계단으로 올라갔다.

"되게 오랜만에 보는 것 같네."

메구미 씨가 말했다.

"그러네요."

저녁 7시 이후에는 술을 팔 수 없게 되어서 아네모네에서도 맥주나 와인을 마시는 손님이 줄었다. 점심 영업 때도 맥주와 와인을 팔고 있긴 하지만 아무래도 저녁때처럼 많이 찾지는 않는다. 그러다 보니 자연히 주류 주문량이 줄어서 메구미 씨가 배달하러 오는 횟수도 적어졌다. 전에는 일주일에 두세 번씩 얼굴을 봤는데 지금은 기껏해야 한 번 정도다. 그렇게 주 1회 배달을 오는데 하필 내가 쉬는 날이면 그마저도 얼굴을 볼 수 없었다.

"아저씨가 좀 힘들어 보이시네요."

계산대 앞에 선 채로 이야기했다.

"몸이 아프신 건 아닌데 마음이 좀 그런 거지."

"마음이요?"

"좋은 술을 찾아서 이곳저곳 여행도 다니고 여기저기 모임에 참석

해서 사람들 만나는 걸 좋아하는 양반이라 요즘 같은 상황에서는 그럴 수밖에 없지."

"그렇군요."

즐거움을 느끼거나 기다려지는 이벤트가 없이 그저 똑같은 일상만 되풀이하는 삶을 살다 보면 마음이 피폐해지게 마련이다.

"'원래 예정대로라면 올해는 캘리포니아에 갈 작정이었는데'라는 소리를 벌써 몇 번째 들었는지 몰라."

"하기야 캘리포니아산 와인도 유명하죠."

"지금까지는 유럽만 돌아다녔으니까 이번에는 미국에 가 보고 싶었던 것 같아. 일본에도 나가노 현이나 야마나시 현에 와이너리가 많고, 청주를 만드는 양조장은 전국에 있으니까. 그래서 국내에서라도 다닐 계획을 나름 세우기는 하신 것 같은데 워낙 분위기가 이렇다 보니 일 때문이어도 그렇게 다니기가 꺼려지잖아."

"그래도 국내 여행을 다니는 사람들은 꽤 있는 것 같던데요."

처음 긴급사태 선언이 발표되었을 때는 제한이 엄격했기 때문에 해도 되는 일과 하면 안 되는 일을 명확하게 구분할 수 있었다. 그런데 이번에는 실제로 눈에 보이는 제한이라고는 음식점 영업시간 단축 정도이고 대부분의 사항들은 각자 알아서 판단하라는 식이었다. 사람마다 사고방식이 다르기 때문에 어디에 맞춰야 할지 갈피를 잡을 수가 없었다. 나도 친구들한테서 '집에서 한잔하자'라는 이야기를 들었지만 가지 않았다. 만나서 실컷 수다를 떨고 싶었지만, 그 자리에 가도 마음 편히 즐길 수가 없을 것 같았다.

"저도 미국에 가 보고 싶네요."

의자를 가지고 와서 계산대 옆에 앉았다.

"외국에 가 본 적 있어?"

"있기는 하죠. 그래 봐야 대만이랑 한국 정도지만요."

"난 프랑스하고 이탈리아에 가 본 적이 있기는 한데 이럴 줄 알았으면 좀 더 다닐 걸 그랬어."

"그러게요."

무엇보다 내 생활을 꾸려 나갈 수 있게 돈 버는 걸 최우선으로 하고 살아왔다. 낙이라고 해 봐야 친구들과 밥 먹고, 영화 보고, 가까운 곳으로 여행 가는 게 전부였다. 그 정도면 충분하다고 여겼다. 하지만 사실은 더 먼 곳에도 가 보고 싶었다. 한동안 해외여행을 다닐 수 없겠다고 생각하니 그렇게 지냈던 예전 생활이 후회되기도 했다.

"아네모네는 어때?"

메구미 씨가 물었다.

"음, 점심 영업은 예전과 비슷한 정도로 돌아왔으니까 간당간당하게 꾸려 나가고 있는 느낌이네요."

자세한 부분까지는 잘 모르지만 기바 씨가 가게를 인수하는 쪽으로 큰 문제 없이 이야기가 진행되고 있는 모양이었다. 자금 문제를 논의하는 중인지 신용금고 사람이 아네모네에 몇 번 온 적도 있다.

"여기 가게는 어떤데요?"

"영업집 주문은 줄었지만 집 안에서 마시는 사람들이 늘어서인지 그럭저럭 버티고 있어. 우리 가게는 임대료가 안 나가니까."

"역시 자기 건물이 최고네요."

"어릴 때는 나나 동생이 이 가게를 이어받아야 하나 싶어서 미래가 우울하게 느껴진 적도 있었지만."

"그랬어요?"

"너무 뻔한 인생이라는 느낌이 들어서."

"그렇구나."

"하지만 돌아올 수 있는 내 집이 있다는 게 좋더라고."

"그야 그렇죠."

미사코 씨는 이혼하고 애인하고도 갈라서자 그때까지 살던 곳을 떠났다고 했다. 각지를 떠돌아다니는 생활은 항상 불안하고 고생도 많았을 것이다. 와카바소에는 설날에 귀향하는 사람이 아무도 없었고 가족 이야기를 하는 사람도 없었다. 도키코 씨도 마유미 씨도 치나미 씨도 사치코 씨도 모두 나름대로 사연을 가지고 있다.

최악의 경우까지는 아니더라도 도저히 먹고살 수 없는 지경에 빠지게 되면 나에게는 돌아갈 고향이 있고 의지할 부모님과 오빠가 있다. 이런 내 환경은 당연한 게 아니라 아주 감사한 일이었다.

"결혼했을 때는 가족이 굴레처럼 느껴져 힘들기도 했지만 말이야."

"시댁 식구들 때문에요?"

"우리 부모님도 만만치 않았어. 손주가 보고 싶어서 그랬겠지만 어쨌든 애가 안 생기는 게 누구 탓이냐면서 얼마나 들들 볶던지. 그 문제 가지고 대판 싸운 적도 있잖아. 내 쪽에 문제가 있어서 임신이 어렵다는 사실을 알고 나자 시부모님은 곧바로 매몰차게 등을 돌려 버렸고 우리 부모님은 건강하게 낳아 주지 못해 미안하다면서 날 붙들고 또 난리고."

"듣기만 해도 장난이 아니네요."

아저씨와 아주머니 두 분 다 밝고 서글서글한 분들이었다. 하지만 누구든 가족들에게만 보이는 얼굴이 있는 법이다.

나는 고등학교를 졸업하자마자 곧바로 독립해서 나와 살았기 때문에 서로 적당한 거리를 가지고 잘 지내고 있는 건지도 모른다. 오빠가 서른이 되기 전에 결혼했고 부모님에게 곧바로 손주들을 안겨 드린 덕분일 수도 있다. 새언니도 같이 살면서 우리 부모님과 잘 지내고 있다.

"지금은 동생한테 아이들이 있고 나는 가게를 이어받아서 만사가 원만하게 해결된 셈이지."

"다행이네요."

"그래서 오늘은 뭘 사러 온 건데?"

"이거요."

미사코 씨가 적어 준 메모를 메구미 씨에게 건넸다.

"바로 준비해 드리겠습니다, 손님."

메구미 씨가 계산대에서 나와 술을 가지러 갔다. 내가 마실 술도 사야겠다는 생각에 자리에서 일어나 의자를 구석 쪽에 밀어 넣었다.

검은 그림자가 창밖을 지나쳤다. 도대체 그게 뭔지 알고 싶었다. 하지만 아마 찾아내지 못할 것이다.

식탁에 채소 조림, 돼지고기 간장조림, 고등어 튀김, 산더미 같은 샐러드, 맑은 조갯국, 오세키항 등이 차려져 있었다.

히나마츠리(ひな祭り)*를 좀 느지막하게 하는 건가 싶었는데 치라시즈시(ちらし寿司)*가 상에 없는 것을 보아하니 아닌 듯했다.

"1인분을 미리 덜어 놓을게."

미사코 씨가 백반 정식 차림처럼 작은 접시 하나에 메뉴를 하나씩 덜어 놓고 랩을 씌웠다.

"사치코 씨 몫이에요?"

"맞아."

"이제 우리도 먹을까요?"

그렇게 말하면서 식탁에 물잔과 개인 접시를 인원수대로 올려놓았다.

사치코 씨는 내가 술을 사러 나간 사이에 출근한 모양이었다. 언제나 온다 간다 말없이 조용히 나가는데 신발이라고는 운동화 한 켤레밖에 없기 때문에 집에 있는지 없는지 바로 알 수 있었다.

"아침에 혼자 있을 때 먹을 수도 있으니까. 사치코가 안 먹고 남기면 내일 점심때나 저녁으로 미치루나 치나미가 먹으면 되잖아."

"알았어요."

"다들 오라고 해."

"네."

우선 2층으로 올라가서 치나미 씨의 방문을 노크했다. 대답이 없

---

*   양력 3월 3일, 제단에 기모노를 입힌 작은 인형들을 앉혀 놓고 떡과 감주 등을 먹으며 지내는 여자아이들만의 명절.
*   히나마츠리 때 먹는 메뉴 중 하나로, 알록달록 색감이 좋은 일본식 회덮밥.

었다. 다시 한번 노크했다. 여전히 아무 반응이 없었다.

치나미 씨는 신발장 안에 신발이 즐비하게 있어서 그것만 가지고는 외출했는지 아닌지 알아보기 힘들었다. 그래도 미사코 씨가 하루종일 부엌에 있었으니까 어디 나가면 나간다고 말했을 것이다. 노크소리도 안 들릴 만큼 일에 몰두하고 있던지, 아니면 이어폰을 끼고음악이라도 듣고 있을지도 모른다. 자고 있을 가능성도 있었다.

최근엔 소설을 쓰기 시작했는지 부엌에서 웅크리고 있는 일도 많이 줄었고 항상 방 안에 틀어박혀 있었다. 무얼 하고 있든 방해하면 안될 것 같아 핸드폰으로 '저녁 다 됐어요!'라고 메시지를 보내 놓았다.

1층으로 내려가서 마유미 씨 방문을 노크하자 바로 문을 열고 나왔다. 부엌으로 오라고 전했다. 그런 다음 도키코 씨 방문을 두드렸다.

"네."

"저녁 준비 다 됐어요."

문을 열고 방 안을 들여다보며 말했다. 도키코 씨의 방은 필요한물건들로만 심플하게 꾸며져 있었다. 다른 방하고 똑같은 크기인데도 더 넓고 깨끗한 느낌이었다. 서랍장 위에 치나미 씨가 말했던 액자가 놓여 있었다. 와카바소 앞에서 찍은 사진인데 도키코 씨와 어떤 여자가 나란히 있었다. 언제 찍었는지 몰라도 와카바소는 지금처럼 낡고 허름해 보이지 않았고 두 사람 모두 젊어 보였다.

"왜 그래?"

도키코 씨가 천천히 일어섰다.

"아무것도 아니에요."

왠지 물어보면 안 될 것 같았다. 사적인 일이기 때문이 아니라 도키코 씨가 이 사진을 계속 방 안에 두고 볼 만큼 소중한 비밀이 있을 것 같았기 때문이다.

"진수성찬으로 차려 놨어요."

"미사코가 바쁘게 움직이더라니."

도키코 씨와 이야기하면서 부엌으로 가는데 내가 보낸 메시지를 봤는지 치나미 씨도 2층에서 내려왔다.

평소에는 도키코 씨가 앉는 안쪽 자리에 오늘은 마유미 씨가 앉아 있었다. 마유미 씨 비스듬히 맞은편으로 미사코 씨가 앉고 그 옆에 도키코 씨가 앉았다. 미사코 씨 맞은편에 치나미 씨가 앉고 나는 그 옆에 앉았다.

"자, 그럼 마유미가 시작하는 걸로."

미사코 씨가 입을 뗐다.

"응? 뭘?"

"소감 한마디."

"그건 좀 아닌 것 같은데."

"이렇게 대대적으로 축하받는 자리에서 싫은 게 어딨어?"

"미사코가 하고 싶어서 한 거잖아."

두 사람이 옥신각신하는 모습을 보면서 나는 각자의 유리잔에 마실 것을 준비했다. 마유미 씨는 약간 진한 하이볼, 미사코 씨는 보리차, 도키코 씨와 치나미 씨 그리고 나는 맥주로 했다.

"미치루도 치나미도 외출하지 않고 이 자리에 나와 줬는데."

"이 두 사람은 어차피 아무 데도 안 나가잖아."

"안 나가다니요. 외출할 때도 있어요."

치나미 씨가 반박했다.

"어디 가는데?"

"서점에 갈 때도 있고 영화 보러 갈 때도 있고."

"굳이 저녁에 가지 않아도 되는 데잖아."

마유미 씨가 말했다.

"방에 있을 때도 나름 바쁘거든요. 그런데 오늘 저녁에는 마유미 씨를 위해 일부러 시간을 비워 둔 거니까 소감을 말해 주세요."

어떻게 된 상황인지 영문을 알 수는 없었지만 나도 그냥 치나미 씨의 말에 동조한다는 뜻으로 고개를 끄덕였다.

"빨리 해야지, 안 그러면 음식 다 식겠네."

도키코 씨의 한마디가 결정적이었는지 마유미 씨가 숨을 깊이 들이마셨다.

"오늘 이런 자리를 마련해 주셔서 감사합니다."

마유미 씨는 식탁에 차려진 돼지고기 간장조림에 시선을 고정한 채 작은 목소리로 이야기하기 시작했다.

"제가 드디어 무사히 생리를 마감한 모양이에요. 그런 확신이 들었을 때 마음이 놓이는 한편 갑자기 우울해지기도 하더라고요. 뭘 어떻게 해야 할지 모르겠고 생리를 처음 했을 때의 당혹스러움이 생각났어요. 의논하기 위해 미사코한테 털어놓은 제 잘못으로 오늘 이런 거창한 파티까지 마련되어 정말 창피하고 부끄러울 따름입니다. 그래도 이렇게 축하를 받는다는 게 정말 기쁘기도 합니다. 감사합니다."

"축하해."

도키코 씨가 말했다.

"축하, 축하!"

미사코 씨도 말했다.

"축하드려요."

치나미 씨와 내가 한목소리로 말했다.

지난달 내내 마유미 씨와 미사코 씨는 냉전 중이었다. 내가 치나미 씨 방의 책 정리를 하던 날 둘이서 이야기를 나눴고 그게 화해하는 계기가 되었다는 사실은 알고 있었다. 그런데 무슨 이야기를 했는지까지는 들은 바가 없었다. 아마 그때 마유미 씨가 울면서 한 이야기가 이 일이었던 모양이다.

생리가 끝나 버리면 어떤 기분이 드는지, 과연 축하받을 일인지 어떤지 아직 나는 잘 모른다. 그래도 마유미 씨가 부끄러워하면서도 온화하게 웃고 있는 모습을 보니 부정적으로 생각할 필요는 없을 것 같았다.

"이제 빨리 먹어요!"

쑥스러운 감정을 얼버무리듯이 마유미 씨가 큰 소리로 말했다.

"잘 먹겠습니다."

다 같이 인사했다. 큰 접시에 담긴 요리를 서빙용 젓가락으로 각자 접시에 담았다. 자기 젓가락으로 덜어도 되지만 모양만이라도 방역을 의식하게 된다. 언젠가 친구들과 편하게 술을 마시러 나갈 수 있는 세상이 된다 해도 "굳이 서빙용으로 젓가락을 따로 쓸 필요는 없지 않나?" 같은 말을 다시는 못 할 수도 있다. 아네모네에서도 예전에는 두세 명이 같이 먹을 수 있는 샐러드나 감자튀김이 메뉴에 있었지만 이제는 1인분으로만 나간다. 아직도 네 명 이상 함께 오는 단체 손님이 있기는 하지만 예전에 비해 현저히 줄었다. 반대로 혼자 점심을 먹으러 오는 손님은 늘었다.

"오세키항 진짜 오랜만에 먹네."

치나미 씨가 오세키항에 깨소금을 뿌렸다.

"전 가끔 편의점에 있는 주먹밥으로 먹어요."

나도 깨소금을 조금 뿌렸다.

"맞아, 그것도 맛있지."

"네."

"그렇게 생각하면 특별한 밥이라는 느낌이 좀 덜하네."

"그래도 집에서 만들어 먹는 일은 거의 없잖아요."

오세키항을 한입 먹었다. 깨소금의 짭짤함 덕분에 찹쌀의 달짝지근한 맛이 더욱 강하게 느껴졌다. 어디가 어떻게 다른지 몰라도 편의점에서 먹는 주먹밥과는 다른 음식이었다.

"어때?"

미사코 씨가 나에게 물었다.

"맛있어요."

내가 대답했다.

치나미 씨는 아무 말 없이 채소 조림과 돼지고기 간장조림을 열심히 먹었다. 쉴 새 없이 이 음식 저 음식을 집어 먹는 치나미 씨의 모습을 보고 미사코 씨가 뿌듯한 표정을 지었다.

"천천히 좀 먹어."

그러면서 마유미 씨는 양상추와 토마토로 만든 샐러드에 마요네즈를 뿌렸다.

"배고팠단 말이에요."

부지런히 움직이던 젓가락을 잠시 멈추더니 치나미 씨가 맥주를
한 모금 마셨다.

"점심 안 먹었어요?"

나도 맥주를 마시면서 물었다.

"응."

"일하느라고?"

도키코 씨가 물었다.

"네."

"소설 쓰고 있어?"

이번에는 미사코 씨가 물었다.

"쓰고 있어요."

"다행이네."

진심으로 마음이 놓인다는 듯이 미사코 씨가 말했고 마유미 씨와
도키코 씨도 동감을 표하듯이 고개를 끄덕였다.

"지금 쓰고 있는 걸 다 끝내면 다른 일을 찾아보려고요."

"네?"

나 혼자만 놀라서 되물었고 나머지 세 사람은 순식간에 걱정스러
운 얼굴이 되었다.

"쓰고 싶은 것도 많고 앞으로도 글을 계속 쓸 생각이기는 해요."

치나미 씨는 젓가락을 내려놓고 조용한 목소리로 이야기했다.

"하지만 그 글이 요즘 시대에 잘 팔릴 거라는 생각은 안 해요. 아이

디어를 몇 개씩 내 봐도 편집자는 그런 글은 안 팔리니까 안 된다는 말만 해요. 나나세 치나미라는 작가는 이제 고리타분한 과거의 유물이 되어 버렸어요. 요즘 시대에 맞는 글을 쓸 수 있을 정도의 경험이나 지식이 저에겐 없어요. 소설을 쓰기 위해 경험이나 지식이 반드시 필요한 건 아니죠. 하지만 그 부족한 부분을 채울 수 있을 만한 실력이 저에게는 없는 거예요. 상업 작가로서는 더 이상 버틸 수가 없게 되었어요. 열정만 가지고 계속할 수 있을 정도로 만만한 직업이 아니니까. 젊은 나이에 돈을 많이 벌다 보니 가족들하고는 진작에 사이가 틀어져 버렸어요. 앞으로 결혼할 일도 없을 것 같고요. 이제 혼자서 살아갈 궁리를 해야 할 판이에요. 옛날에 번 돈으로 생활해 나가는 것도 더 이상은 불가능하고요. 그래서 후회하지 않도록 마지막으로 내가 좋아하는 글을 내 마음대로 써야겠다고 마음먹었어요."

"……치나미 씨."

온몸을 한껏 웅크린 채 고민하던 모습을 수없이 보았고 이야기도 들었다. 치나미 씨가 단단한 각오로 결정했다는 것도 이해할 수 있었다. 그렇지만 인생에서 가장 소중히 여기던 것이 없어져 버리면 이 사람은 앞으로 어떻게 살아갈까?

그런 생각이 들어서 친구로서도, 나나세 치나미의 독자로서도 눈물이 날 것 같았다.

"울지 마."

선수를 치듯이 말하면서 치나미 씨가 나를 보았다.

"……누가 울어요."

"일자리 찾을 때 도와줄 거지?"

"나도 잘 아는 건 아니에요."

"파견사원도 해 보고, 계약직으로도 일하고, 여기저기서 일해 봤잖아?"

"그야 그렇지만."

"지금 당장은 아니니까."

"직업을 바꾸려면 한 살이라도 젊을 때여야 해요."

"그 정도는 나도 알아."

"어쩌면 지금 쓰는 소설이 잘 팔릴 수도 있는 거고."

내가 그렇게 말하자 치나미 씨가 말없이 내 눈을 뚫어지게 보았다.

"그런 기적은 안 일어나."

"음……."

내가 생각해도 참 싸구려 위로를 했다는 생각이 들었다. 이십 대나 삼십 대였다면 드라마에서나 나올 법한 기적을 믿을 수 있었을지도 모른다. 그러나 우리는 마흔이 넘은 사람들이다. 현실은 그렇게 달콤하게 흘러가지 않는다는 사실 정도는 이미 알아 버린 나이였다. 기적이 절대 일어날 수 없다는 말은 아니다. 그러나 그럴 가능성이 지극히 희박하기에 '기적'이라고 부르는 것이다.

그래도 치나미 씨에게 기적이 일어나기를 마지막까지 두 손 모아 빌고 싶다. 힘들었으니까, 노력했으니까 잘된다는 공식이 전혀 성립하지 않는 업계일 것이다. 그렇다 해도 소설이 전부였던 그녀의 인생이 보상받았으면 좋겠다.

"남의 축하 파티를 젊은 두 사람이 가로챌 작정이야?"

마유미 씨가 그렇게 따지면서 두 잔째 하이볼을 만들었다.

"죄송해요."

치나미 씨가 사과했다. 나는 흘러나오지 않게 끝까지 참아 낸 눈물을 티슈로 닦았다.

"서두르지 말고 천천히 생각해."

치나미 씨의 얼굴을 보면서 마유미 씨가 말했다.

"돈이 필요하면 이자 없이 빌려줄게. 일자리를 찾아볼 때 도와줄 수도 있고. 나한테든 미사코한테든 얼마든지 의논하고 부탁해도 돼. 그러니까 지금은 안심하고 소설에만 집중해."

"집세 늦어져도 돼."

도키코 씨도 거들었다.

"고맙습니다."

고개를 숙이며 인사하는 치나미 씨 목소리에 울음이 섞인 듯했다.

"뭐야, 이 숙연한 분위기는."

미사코 씨가 웃으면서 말해 준 덕분에 분위기가 좀 가벼워졌다. 그런데 그 분위기에 다시 찬물을 끼얹듯이 진지한 표정으로 마유미 씨가 미사코 씨를 쳐다봤다.

"미사코는 어떻게 할 거야?"

"뭘 어떻게 해?"

"결혼 말이야."

"안 해. 저번부터 안 한다고 했잖아."

"어째서?"

"결혼에 매달리는 시대가 아니니까."

"진심으로 그렇게 생각하는 거야?"

마유미 씨는 시선을 피하려는 미사코 씨를 따라가 똑바로 바라보며 말했다.

"환갑이 코앞인데 이 나이에 살림을 합쳐 봐야 서로 귀찮기만 하지 무슨 영화를 누리겠어? 간병인 되려고 결혼하는 것도 아니고. 그럴 바에야 서로 따로 살면서 각자 자기 몸 챙기는 게 상책이지. 건강할 때 데이트하는 정도가 딱 좋은 거야."

"그 말 진심인 거 맞아?"

끝까지 달라붙어 추궁하는 마유미 씨를 도저히 못 이기겠다는 듯이 미사코 씨가 한숨을 쉬었다.

"무섭단 말이야."

미사코 씨가 마유미 씨를 보았다.

"뭐가?"

"난 태어나 자란 고향에서 도망쳐 나와 온 사방을 떠돌아다니면서 살았어. 어디를 가도 뭐 하나 제대로 풀리는 게 없어서 이렇게 살아 뭐 하나 그냥 콱 죽어 버리는 게 낫지, 하는 생각을 수도 없이 했어. 더러운 엄마 팔자를 따르기 싫어 몸부림을 쳤는데도 그렇게밖에 못 살 운명인가 싶었지. 폭력이니 술이니 돈이니 나를 옭아매려고 쫓아오는 것들을 죽을힘을 다해 뿌리치고 겨우 여기까지 온 거야. 와카바소에서 사는 이 평화로운 생활을 버리고 결혼했다가 또 그 지경에 빠지면 난 정말 갈 곳이 없단 말이야."

"그때는 여기로 다시 돌아오면 되잖아."

마유미 씨가 미사코 씨의 손을 꼭 잡으면서 말했다.

"빈방이 없으면 어떡하고?"

"방이 나올 때까지 내 방에서 같이 있으면 되지."

"마유미는 계속 여기 살 거야?"

"앞으로 어떻게 될지는 나도 몰라. 그래도 미사코가 부르면 어디에 있든 꼭 데리러 갈게. 그러니까 힘든 과거 경험에 얽매여서 자기 인생을 좁게 가둬 두지 마."

"……난 도움을 받기만 하고 마유미한테 아무것도 못 해 주는데."

"무슨 소리를 하는 거야? 아침부터 공들여서 이렇게 맛있는 밥상을 차려 줬으면서."

"이 정도는 누구나 할 수 있는 거잖아."

"그건 아니지."

마유미 씨는 나와 치나미 씨를 번갈아 보면서 말했다.

"이 두 사람한테 상 차리라고 하면 기껏해야 나폴리탄 스파게티 정도밖에 안 나올걸?"

"카레도 할 수 있어요."

치나미 씨가 말했다.

"하지 않아서 그렇지 다른 것도 꽤 할 수 있어요."

나도 반박했다.

"마유미 씨는 무슨 음식을 만들어도 마요네즈 맛이 되어 버리잖아요?"

"맞아, 맞아."

치나미 씨와 내가 입을 모아 항의하자 미사코 씨가 소리 내어 웃었다.

"이 세 사람 중에서는 그나마 미치루가 제일 낫겠네."

미사코 씨가 말했다.

"거봐요."

내가 기세등등해서 말하자 마유미 씨와 치나미 씨가 볼멘 표정을 지었다.

"그렇겠네."

도키코 씨가 거들었다.

"미치루는 의외로 할 수 있는 게 많은 사람이니까."

"칭찬받았다!"

"그래서, 그 할 수 있는 게 많은 미치루는 뭐 할 이야기 없어?"

마유미 씨가 물었다.

"으음, 없는데요."

아네모네에 대해서도 그렇고, 마루야마 씨에 대해서도 그렇고 말해 보고 싶은 마음은 있었지만 치나미 씨나 미사코 씨의 사정에 비하면 너무 별것 아니라는 생각이 들어 그만두었다.

씻고 나와 보니 부엌에서 마유미 씨가 혼자 위스키를 온더록스로 마시면서 TV를 보고 있었다.

"웬일이에요?"

부엌에 들어가 냉장고에서 보리차를 꺼냈다.

"뭐가?"

"마유미 씨가 TV를 다 보고 있어서요."

물컵에 보리차를 따라서 마유미 씨 옆에 앉았다. 뉴스 시간에 '여성의 빈곤' 특집이 나오고 있었다.

코로나 사태가 심각해지면서 싱글 맘이나 독신 여성의 생활이 전보다 훨씬 힘들어졌다. 남녀 간의 고용 비율 및 임금 격차는 오래전부터 문제시되고 있었다. 사실 훨씬 더 일찍부터 해결 방안을 마련해야 했을 문제였다. '연봉 200만 엔으로 행복하기 살기' 같은 책이나 잡지 특집기사는 수도 없이 많다. 작은 기쁨을 행복 삼아 살면 충분하다고 사회적으로 세뇌당하면서 많은 여성이 문제 해결을 포기해 버린 감도 있다. 그러나 위태위태하게 지탱하던 생활은 작은 위기에도 금세 무너져 내린다. 저축도 하지 못한 채 일터가 도산하거나 파견 회사에서 해고당하면 몇 달 버티지 못하고 파산에 이른다.

물론 남자들 중에도 힘들게 사는 사람이 많으니 여자만의 문제는 아니다. 하지만 지금까지 일본 사회에서는 기본적인 토대부터 남녀 간에 격차가 있었고 그렇게 해 온 기간이 너무 길었다.

"저는 여기 있어도 되는 걸까요?"

마유미 씨에게 물었다.

"왜 그래, 갑자기?"

"마유미 씨는 왜 와카바소에 살아요?"

예전부터 궁금했다.

"좋은 대학을 나왔다는 이야기는 미사코 씨한테 들었어요. 이름 있는 대기업에서 일하고 계시는 것 같고 소지품만 봐도 돈이 궁하거나 하지는 않은 것 같아서요."

"으음."

마유미 씨가 난처해하는 표정을 지었다.

"죄송해요. 그냥 못 들은 걸로 해 주세요."

"괜찮아. 궁금한 게 있으면 물어봐도 돼."

특집 코너가 끝나고 일기예보가 시작되자 마유미 씨가 TV를 껐다. 내일은 비가 올 모양이다.

"가난이라는 게 단순히 돈이 있고 없고의 문제는 아니거든."

손에 들고 있던 술잔을 식탁에 내려놓았다.

"미치루가 말한 것처럼 나는 이름 있는 대학을 나왔고, 돈 많이 주는 회사에서 일하고 있어. 이대로 정년까지 계속 일하면 상당한 액수의 퇴직금이 나올 테고 안심하고 살 수 있을 정도의 연금도 나오지."

"정말 부럽네요."

나는 일하던 곳에 따라서 액수가 많이 나오는 직장인 연금에 가입했을 때도 있었지만 가장 기본적인 국민연금을 낸 기간이 더 길었다. 앞으로 연금제도가 어떻게 될지 몰라도 지금처럼 계속 간다면 나중에는 학생이 아르바이트해서 받는 급여 정도의 연금밖에 안 나온다. 프리랜서로 일해 온 치나미 씨도 국민연금만 계속 냈을 테니까 나랑 비슷할 것이다. 미사코 씨는 연금을 내지 않았던 기간도 있을 테니 나온다 해도 쥐꼬리만큼이 아닐까 싶다. 노후에 쓸 자금으로 1인당 3천만 엔은 필요하다는 이야기를 들었다. 그러나 그런 액수를 모을 수 있을 리 만무하니 죽을 때까지 일해야 했다.

"금전적인 면에서는 남들이 부러워할 만하다고 나도 생각해."

"네."

"그런데 그만한 돈을 벌려면 보통 힘든 게 아니거든."

"그 점도 대충은 짐작이 가요."

아무리 부럽다고 생각해도 나는 그렇게 할 수 없다는 점도 충분히 알고 있었다. 중학교나 고등학교 때 조금 더 열심히 공부해서 좋은 대학에 들어가 대기업에 취직했더라면 지금보다 나은 인생을 살았을지도 모른다. 하지만 그렇게 하지 못하는 사람이 그만큼 많기에 좋은 대학을 졸업한 사람들이 특별할 수 있는 것이다. 학벌은 아무 상관이 없다고 생각하고 싶어도 그에 따라 취업할 수 있는 곳은 분명한 차이가 있었다. 그러나 대학을 졸업했어도 시기에 따라서 원하는 회사에 들어가지 못한 사람도 많다.

남들보다 뛰어난 재능과 노력뿐만 아니라 그만큼 운까지 좋은 사람에게만 돈이 따른다. 평범하게 자라 평범하게 살기만 해서는 마음 놓고 살아갈 수 있는 생활 여건이 주어지지 않는다.

"나보다 앞선 세대의 여자들은 회사에 들어가더라도 결혼하면 퇴직해야 하는 게 당연했지. 전환기라고 해야 하나, 아무튼 우리 세대가 되어서야 겨우 여자들도 회사에 남아 계속 일할 수 있게 됐어. 그런데도 여자 동기들 대부분이 결혼하면서 그만뒀기 때문에 독신으로 살면서 회사에 남아 있다는 점만으로 말도 안 되는 중상모략을 수없이 당했지. 여자는 크리스마스 케이크라는 말 들어 본 적 있어?"

"대충 알고는 있어요. 스물다섯 살까지 결혼하지 못하면 팔다 남은 떨이라는 뜻이잖아요."

요즘에는 이십 대 중반에 결혼해도 일찍 한다고 여기는 분위기이다. 하지만 우리 부모님만 해도 스물셋에 결혼했으니 예전에는 이십 대 초반에 결혼하는 것이 당연하다고 여겨졌을 것이다. 마흔이 되어서도 혼자 있는 나 같은 사람은 크리스마스 케이크로 비유하자면 완전히 썩어 버린 셈이다.

"그런 말도 안 되는 소리를 수도 없이 들으면서 살았어. 남자라도 결혼하지 않은 사람은 해외로 나갈 수 없다고 했고 아직도 그렇게 생각하는 사람이 있어. 독신 여성은 당연히 기혼 남성이나 독신 남성보다도 더 어렵지. 그런데 나는 어렸을 때부터 남자애들보다 공부도 잘했고 운동도 잘했거든. 차별 때문에 내 가치를 떨어뜨리고 싶지 않았어. 연세 많은 부모님에게서 태어난 탓에 다른 친구들보다 엄하게 자랐고 집안에서도 남녀 차별이 심했지. 무슨 일에서나 장남인 오빠가 먼저였어. 그래서 더욱 그런 일을 납득하지 못했던 것 같아."

"위에 오빠가 계시는군요."

"얼굴 본 지 한참 됐지. 부모님 두 분 다 돌아가신 후론 연락할 일도 없으니까."

"그래요?"

"회사를 그만둔 동기 중에는 이런 환경에서 너무 억울한 일을 겪다 보니 포기해 버린 경우도 있어. 선배들이나 후배들도 그렇고. 나는 무슨 일이 있어도 해외에 나가서 일할 거고 꼭 출세하리라고 다짐했어. 언제나 일을 최우선으로 했고 남자들보다 훨씬 더 노력했지. 여자들도 출세해야 한다는 목소리가 커지는 시대이기도 해서 그 흐름을 잘 탈 수가 있었어. 삼십 대가 지나기 전에 내가 하려 했던 많은 일을 이룰 수 있었지. 뉴욕이나 런던에 파견 가서 살면서 영어로 일하는 내가 스스로 대단하다고 느꼈어."

"대단하세요. 너무 멋져요."

"고마워."

마유미 씨가 나를 보며 살짝 웃었다.

"그런데 난 전혀 행복하지 않았어."

"어째서요?"

"마흔 넘어 일본으로 돌아온 뒤로 우리 회사에서 여자로서는 처음으로 차장직을 달았어. 지금은 부장이고."

"네."

"친구들 대부분은 결혼해서 자식 낳고 키우며 살더라고. 회사를 그만둘 때 너무 억울하고 분하다던 동기나 선배나 후배들도 그때의 감정은 모두 잊은 것처럼 행복하게 살고 있어. 정규직 사원이어서 출산휴가나 육아휴가를 마치고 회사에 복귀한 사람도 있는데 가만히 보면 항상 가족이 최우선이야. 남편이 다른 지방으로 발령을 받으면 자기는 회사를 그만두는 식이지. 그런 사람들을 보면서 나는 저렇게 하면 안 된다고 생각했어. 그렇게 하면 여자들의 사회적 지위는 계속 제자리걸음일 테니까. 그런데 한편으론 부럽더라고."

"왜요?"

"나한테는 아무도 없었으니까."

마유미 씨가 술잔을 들고 위스키를 찔끔 마셨다.

"애인이 있는 때도 있었지만 오래가지 않았어. 연애나 결혼이랑 일을 양립할 수 있을 정도로 재주 많은 사람이 아니라서. 크고 좋은 아파트를 사기는 했는데 집에 가 봐야 덩그러니 혼자고, 누가 놀러 오는 일도 없었지."

"네."

"마흔다섯 살 때 큰 병이 났어. 여성질환이었는데 한동안 입원했고 수술도 받았지. 아기를 가지기 힘든 나이라는 사실은 알고 있었고 낳고 싶다는 생각을 한 적도 없었어. 그런데도 임신할 확률이 거의 없다는 의사의 말에 충격을 받았어. 하지만 그런 마음을 털어놓을 상대 하나 없더라고. 그때까지만 해도 어머니가 아직 살아 계셨지만 그런 이야기를 할 수 있는 모녀지간이 아니었어. 수술 동의서는 오빠한테 부탁해서 사인을 받았지. 그렇게 수술받고 퇴원해서 내 아파트로 돌아왔는데 갑자기 세상만사가 다 허무하게 느껴지더라고. 그렇다고 뭘 어떻게 해야 할지도 몰랐지. 그냥 예전보다 더 정신없이 일했어. 업무 성과가 잘 나오면 잘 나올수록 혼자라는 생각이 더 심해졌지. 부장으로 승진했을 때도 솔직히 별로 기쁘지 않았어. 축하해 주는 사람들의 말보다 남자들의 시기하는 모습만 자꾸 눈에 보이더라고. 예전에는 여자라서 출세할 수 없다고 하더니 이번에는 여자니까 부장을 달았다고 수군거리는 사람도 있었어. 여자도 출세할 수 있다는 사실을 보여 주기 위한 시범 케이스일 뿐이라고. 그 말을 듣고 더 이상 못 버티겠다는 생각이 들 즈음에 가끔 혼자 마시러 가던 바에서 와카바소 이야기를 들었어."

"그래서 여기로 이사 온 거군요?"

"그때는 빈방이 없었어. 내가 이런 곳에 살아도 될지 망설여져서 시간이 걸리기도 했고."

"그랬군요."

"도키코 씨를 만나서 들어와도 된다는 이야기를 들었을 때 어찌나 기쁘던지."

"저도 마유미 씨랑 도키코 씨가 들어오라는 이야기를 해 주셨을 때 기뻤어요."

"그 말을 듣고 기뻤다면 그 당시 미치루도 그만큼 불안했다는 뜻일 거야. 그러니까 여기 있어도 괜찮아."

"으음."

아마 내가 아닌 다른 사람이 물어봤다면 나도 그렇게 말해 줄 수 있었을 것이다. 그런데 당사자가 되고 보니, 여기 있는 사람들처럼 고생한 것도 아닌데 와카바소에 있는 게 현실도피처럼 느껴졌다. 혼자 살면서 힘들기는 했어도 마유미 씨만큼은 아니었던 것 같다.

"왜, 무슨 일이 있어?"

마유미 씨가 내 얼굴을 들여다보면서 물었다.

"아무 일도 없었어요. 아무 일도 일어나지 않아서 아무것도 정하지 못하고 있는 거예요."

"그럼 무슨 일이 일어날 때까지 일단은 여기서 지내면 되잖아?"

"그러네요."

이 세상이 앞으로 어떻게 돌아갈지는 아무도 알 수 없다. 당장 내일 무슨 일이 벌어질지도 모르는 상황이다. 불안하다고 해서 섣불리 뭔가를 결정하면 좋지 않다. 와카바소에 왔을 때처럼 '여기구나!' 싶은 곳이 생길 수도 있다.

"오늘 내 얘기 들어 줘서 고마워."

마유미 씨는 그렇게 인사하고 자리에서 일어나 술잔을 씻었다.

"전 그냥 같이 앉아서 먹고 마셨을 뿐인데요."

"그래도 옆에 있어 줘서 좋았어."

"그럼 다행이고요."

"병에 걸린 적도 있거니와 생리를 무사히 끝냈다는 안도감도 있지만 여자로서 어딘지 모르게 불안해지는 부분도 많았거든."

"그렇군요."

"이제 미치루도 마흔이 넘었으니까 폐경이나 질병 가능성까지 염두에 두고 주기적으로 부인과 검사를 받아."

"네."

"잘 자."

"안녕히 주무세요."

부엌을 나가는 마유미 씨 뒷모습에 대고 인사했다.

밤에는 아직 쌀쌀해서 발이 시렸다. 욕실로 돌아가 샤워기를 틀어 따뜻한 물로 발만 녹였다.

봄 냄새와 비 냄새가 함께 풍겨온다 했더니 점심 영업이 끝날 무렵 비가 오기 시작했다. 일기예보에도 비 소식이 있어서 우산을 챙겨오기는 했지만 그래도 살짝 난감해졌다.

"저녁 손님이 줄어들 수도 있겠네요."

구라타가 주방에서 설거지한 유리잔을 들고 와 내 옆에 서면서 말했다.

"그러게."

드링크 카운터 안에서 홀을 둘러보았다. 혼자 온 손님 둘이 제각각 테이블 자리 양 끝에 앉아 있었다. 아까까지만 해도 자리가 꽉 찼는데 단체 손님이 줄어선지 매상은 떨어졌다. 예전 같으면 손님 둘이 앉을 자리가 지금은 1인용 자리처럼 되어 버렸다. 혼자 온 손님이 더 있어도 합석하게 할 수가 없어 몇 명은 되돌려보냈다. 만석이라고 해도 실질적으로는 만석이 아니어서 그 점이 영 신경에 거슬렸다.

유키는 비어 있는 테이블과 아크릴판을 소독하고 있었다. 사장님과 사모님은 아직 출근하지 않았다.

기바 씨가 이 가게를 인수하는 것이 정식으로 결정된 듯했고 구라타가 만들 수 있는 메뉴도 상당히 많아졌다. 주문이 쇄도할 만큼 가게가 북적이는 일도 없었다. 주인 부부가 오지 않아도 가게는 돌아갔다. 예전과 달라진 점 때문에 주인 부부의 마음이 자꾸 뜨게 되는 모양이었다.

단체로 오는 손님도, 둘이 오는 손님도, 혼자 오는 손님도 편하게 즐길 수 있는 활기 넘치는 가게. 내부 인테리어는 사랑스러우면서도 푸근한 옛 정서가 느껴져서 남녀 모두 부담 없이 즐길 수 있는 곳. 그게 아네모네라는 식당이었다.

그런데 지금은 아크릴판이 도처에 설치되어 있는 답답한 식당이 되어 버렸다. 최근 1년 사이에 진화한 부분이라고는 아크릴판으로 된 칸막이뿐이다. 처음에는 방역을 위한 칸막이 설치를 어찌해야 하는지 몰라 일단 당장 사 올 수 있는 비닐 시트를 썼다.

다시 예전 같은 식당으로 돌아가 사장님과 사모님이 밝게 웃으며 손님을 맞아 줬으면 좋겠다. 나는 기적 같은 일을 바라고 있는 걸까?

"부엌에 안 들어가?"

옆에 계속 서 있는 구라타에게 물었다.

"혹시 유키한테 얘기 들었어요?"

구라타가 낮게 속삭였다.

"뭘?"

"저 결혼해요."

"뭐?"

나도 모르게 큰소리를 내고 말았다. 아크릴판을 닦고 있던 유키가 깜짝 놀란 얼굴로 내 쪽을 쳐다봤다. 아무것도 아니니까 그냥 하던 일 하라고 손짓했다. 손님은 둘 다 이어폰을 끼고 핸드폰을 보고 있어서인지 내 목소리는 듣지 못한 모양이었다.

"누구랑?"

나도 목소리를 낮춰서 물었다.

"고등학교 때부터 사귄 여자 친구요."

"구라타, 나이가 올해 몇이지?"

"스물셋이요."

"크리스마스도 안 되었네."

"네? 그게 무슨 뜻이에요?"

"아니, 아무것도 아니야."

고개를 가로저었다.

"축하한다는 말 안 해 주세요?"

"그래, 축하해."

되도록 아무 감정도 없는 목소리로 말했다.

"좀 더 진심이 담긴 멘트를 해 주시지."

"아니, 잘 생각해 봐. 좀 전에 한 그 말이 너무 이상하잖아."

"뭐가요?"

"'기바 씨나 사장님한테 얘기 들었어요?'라고 했으면 이해하겠는데 왜 거기서 유키가 나오는 거야?"

"그러니까 그게……."

구라타는 말을 얼버무린 채 눈을 깜박깜박하면서 고개를 갸웃거리기만 했다.

"술렁술렁 대충 넘어가려고 해도 소용없어."

"아니, 원래부터 유키와는 아무 일도 없었단 말이에요. 오해 살 만한 짓을 했나 싶은 부분이 있기는 해도 저로서는 그냥 직장 동료로 사이좋게 지냈을 뿐이에요."

"'사이좋게'라면 얼마나 어떻게 사이좋은 걸 말하는 거야?"

"가게에서 수다 떠는 정도요."

"정말 그게 다야?"

"데이트도 하긴 했어요. 딱 세 번이요."

구라타가 내 시선을 피하면서 자백했다.

"데이트만?"

"살짝 손잡고 가볍게 키스하는 정도?"

"유죄를 선고한다, 땅땅땅!"

눈에 힘을 잔뜩 주고 구라타를 노려봤다.

"호감 가는 좋은 청년이라고만 생각했더니 아주 몹쓸 남자였네! 그래 놓고 딴 사람이랑 결혼한다고? 유키한테도 그 여자 친구한테도 미안하다는 생각 안 들어?"

"전 지금 여자 친구 말고는 아무하고도 사귀어 본 적이 없단 말이에요. 좀 더 있다가 결혼하려고 했는데 코로나니 뭐니 세상이 너무 흉흉해져서 그냥 둘이 살림을 합쳐서 같이 헤쳐 나가자는 말이 나오게 된 거예요. 물론 결혼은 지금 여자 친구 말고는 생각해 본 적이 없어요. 그래도 다른 여자랑 사귀는 건 어떤 느낌인지 궁금하잖아요."

"뭔 소리를 하는 건지."

"이게 그렇게 야단맞을 일이에요?"

"물론 그 마음도 어느 정돈 이해가 가."

유키가 테이블과 아크릴 칸막이 소독을 마친 다음 화장실을 청소하러 들어가는 모습을 보고는 원래 말소리 크기로 되돌아왔다.

"그쵸, 이해되죠?"

"그렇기는 한데, 아무리 그래도 손을 대도 되는 사람이 있고, 그러면 안 되는 사람이 있다 정도는 알아야 할 거 아냐?"

"그 점에 대해서는 저도 좀 반성했어요."

"진짜로 딱 키스까지만 한 거지?"

"물론 좀 더 나갈 생각은 있었어요. 그런데 막상 키스를 하니까 갑자기 여자 친구한테 너무 미안해져서 그만뒀어요."

"유키한테도 미안해야 하는 거 아냐?"

"물론 그것도 있죠."

"기바 씨한테는 아무 말 안 한 거야?"

"당연하죠! 이런 얘기를 어떻게 해요?"

당황한 기색으로 고개를 저었다.

"내가 말해 줘야지."

"안 돼요! 미치루 씨니까 이런 얘기를 하는 거란 말이에요."

"내가 그렇게 만만하다는 말이지?"

"저 여기 그만둬야 할까요?"

구라타가 고개를 푹 숙이면서 풀 죽은 시늉을 했다.

"불쌍한 척해도 소용없다고 내가 아까부터 말했지?"

"불쌍한 척하는 거 아니에요."

구라타가 비 맞은 강아지처럼 처량한 표정으로 나를 쳐다봤다.

"그만둘지 말지는 본인이 결정할 일이야. 하지만 나는 있어 줬으면 좋겠어. 구라타가 그만두면 기바 씨는 당장 손이 모자라서 난처해지기도 하겠지만 그보다도 많이 섭섭해하실 거야. 그동안 얼마나 시간과 정성을 들여서 너를 키워 주셨는지 알고는 있지?"

"네."

"유키와의 일은 내가 옆에서 신경을 쓸게. 섣부르게 결론짓지 말고 좀 더 찬찬히 기다려 봐."

"고맙습니다."

구라타가 다시 밝아진 표정으로 웃더니 주방으로 돌아갔다.

만만하게 이용당한 느낌이 들기는 했지만 그래도 내가 어떻게든 해 보는 수밖에 없을 것 같다. 남녀 간의 일이라서 젊은 두 사람의 연애사에 참견하지 않는 편이 낫겠다는 생각으로 내버려 두었는데 어색하고 불편한 분위기가 세 달 이상 계속되고 있었다. 둘 다 일에 지장을 주거나 하지는 않았다. 그렇다고는 해도 이대로 가만히 두고 볼 수도 없는 일이었다.

원리원칙대로 하자면 구라타가 그만두는 게 맞다. 하지만 지금 그만두게 되면 여러 가지 면에서 아주 곤란해진다. 누군가를 새로 뽑아 처음부터 다시 가르칠 여유가 없었다. 어느 정도 일을 아는 사람을 들인다고 해도 가게의 상황이 여러모로 바뀌는 상황에서는 분명 힘들 수도 있다. 구라타의 입장에서도 마찬가지였다. 요즘 같은 때 음식점들은 다들 비슷한 상황이라 요리를 배우다 만 정도의 어설픈 실력을 가지고 들어갈 만한 곳을 찾기란 보통 힘든 일이 아니다. 물론 나나 기바 씨가 좀 더 편하고 싶어서 그러는 면도 있지만 어쨌든 구라타는 계속 남아 있어 줬으면 했다.

화장실 청소를 마친 유키가 드링크 카운터로 들어와 내 옆에 섰다.

"다 했어요."

"고마워."

"결혼한다는 얘기 들으셨어요?"

"아아, 응."

"저 그만둘게요."

"뭐?"

"전부터 그만두려고 했거든요."

유키는 눈길을 딴 곳으로 돌린 채 화내는 듯한 말투로 뱉어 냈다.

"갑자기 왜 그래? 괜히 자포자기하지 말고. 구라타가 그 정도로 가치 있는 남자는 아니잖아? 얼굴은 그럭저럭 봐 줄 만하지만 그게 전부지."

"구라타 씨 때문에 그런 거 아니에요."

"그래, 그렇지."

"여기 계속 있어도 미래가 없잖아요."

"응, 응."

"계속 알바로 일하면서 남자도 사귀지 못할 거면 뭐 하러 살아요? 나중에 알지도 못하는 아줌마들이랑 다 쓰러져 가는 집에서 사느니 차라리 죽는 게 나을 것 같아요."

"응?"

"전 미치루 씨처럼 되고 싶지 않단 말이에요!"

"아아, 그래, 그렇겠지."

어떻게 반응을 보여야 할지 몰라서 엉겁결에 맞장구를 쳤다.

아마 지금 유키는 전에 치나미 씨가 말하던 '무작정 화를 내고 싶은' 상태라고 봐야 할 것이다. 유키는 자신이 원하던 유학도 가지 못하고 여행사에 취직하기도 힘들어지자 불안을 안고서 아르바이트를 계속해 왔다. 그래도 잠시 구라타와 가까워지면서 그나마 삶의 낙을 찾았다고 생각했는데 이해하기 힘든 이유로 갑자기 차여 버렸다. 그럼에도 생활은 꾸려 가야 하니까 꾸역꾸역 일하고 있던 참에 '구라타의 결혼'이라는 결정타가 날아온 것이다.

유키가 원래 화를 내고 싶은 상대는 코로나 때문에 모든 계획을 엉망으로 만들어 버린 세상과 구라타이지 내가 아니다. 그저 화를 내도 괜찮을 것 같고 받아 줄 거란 생각이 드는 상대가 나였을 뿐이다.

나에게 쏘아붙인 말에도 약간의 진심이 섞여 있기는 하겠지만 그 정도로 심한 생각을 하지는 않았을 것이다. 그런 아이가 아니라는 사실은 잘 안다. 유키도 그렇고 구라타도 그렇고 심성이 착한 애들이다. 격변하는 세상 속에서 젊은 애들에게는 젊은 애들 나름의 불안이 있기에 갈피를 못 잡고 현실을 제대로 판단하지 못하는 부분이 있을 것이다.

머리로는 이해가 되지만 그래도 쇼크였다. 내 인생뿐만 아니라 와카바소에 사는 모든 사람의 인생까지 한꺼번에 싸잡아서 부정당한 기분이 들었다.

가지를 한껏 뻗친 맞은편 집 정원 벚나무에 꽃이 활짝 폈다가 꽃잎이 지기 시작할 무렵 미사코 씨가 와카바소에서 나가게 되었다. 우선 애인이 사는 아파트에서 둘이 같이 살면서 앞으로의 일에 대해서 천천히 시간을 두고 의논해 나가기로 한 모양이다. 결혼할지 말지도 나중에 결정하기로 했다고 한다. 미사코 씨의 애인이 딱 한 번 와카바소에 인사하러 왔었다. 부드럽고 자상해 보이는 사람이었다. 약간 기가 약해 보이는 듯한 느낌이 들었지만, 부엌에서 도키코 씨와 마유미 씨에게 "둘이서 행복하게 살겠습니다."라고 말하는 모습에서 미사코 씨에 대한 확실한 애정이 느껴졌다. 미사코 씨는 그런 애인의 옆얼굴을 바라보면서 행복하게 웃고 있었다. 그런 모습에 안심이 되었는지 마유미 씨가 눈물을 한 방울 흘렸다.

"더 내가야 할 짐이 있나요?"

3호실을 들여다보며 미사코 씨에게 물었다. 미사코 씨는 텅 빈 방 한가운데 쭈그리고 앉아 마른걸레로 바닥을 닦고 있었다.

"아니, 이제 그냥 들고 갈 것들만 남았어."

"청소는 제가 할게요."

"아니야, 됐어. 마지막이니까 내 손으로 하고 싶어."

"그래요?"

"응."

아쉬운 표정으로 고개를 작게 끄덕였다.

사랑하는 사람과 함께 시작하는 생활에 대한 기대와 기쁨도 있겠지만 그만큼 불안도 클 것이다. 미래는 보이지 않고 어떤 길을 가야 좋을지 아무도 정답을 알 수 없다. 마냥 좋기만 하던 사람이 갑자기 딴사람처럼 변해 버릴 수도 있다는 사실을 미사코 씨는 과거의 경험을 통해 충분히 알고 있었다. 지난번에 온 미사코 씨의 애인은 폭력을 쓸 사람처럼 보이지 않았다. 그래도 백 퍼센트 확실하다고 장담할 수는 없다. 와카바소에 살면 어느 정도의 행복은 보장된다. 큰 불행이 닥쳐오는 일도 없을 것이다. 이 모든 점을 충분히 알면서도 미사코 씨는 이런 결정을 내린 것이다.

미사코 씨가 행복하게 살기를 진심으로 바란다. 하지만 만에 하나 결과가 좋지 않다면 그때는 나도 곁에서 힘이 되어 줄 수 있는 사람이 되고 싶다.

반년 남짓 짧은 기간이었지만 그 사이 미사코 씨가 해 준 밥을 먹기도 했고, 내 이야기를 털어놓기도 했다. 한 지붕 아래 살면서 어느덧 가족처럼 느껴졌다.

"이삿짐센터 사람한테 먼저 출발하라고 해 줘."

"네."

"그쪽 집에서는 그 사람이 짐을 받아 줄 거라고 해."

"알았어요. 그렇게 말할게요."

1층으로 내려가 바깥으로 나갔다. 이삿짐센터 직원에게 미사코 씨의 말을 전했다. 이삿짐이라고 해 봐야 옷가지와 일용품 말고는 젊은 시절부터 계속 써 왔다는 서랍장과 화장대 정도밖에 없다. 짐이 너무 적어서 전문적인 이삿짐센터가 아니라 도키코 씨의 지인이 경영하는 운송회사에 부탁했다. 이십 대 후반 정도 되는 남자가 혼자 와서 작은 짐차에 짐을 실었다. 마유미 씨와 치나미 씨도 각자 방에 있는데 일하는 중인지 나와 보지 않았다. 하기야 나 혼자만 거들어도 충분하기는 했다.

"아니, 벌써 다 갔어?"

도키코 씨가 현관으로 나왔다.

"짐차만 먼저 보냈어요."

큰길 저쪽으로 멀어지는 짐차의 뒷모습을 가리키며 말했다.

"미사코 씨는 아직 방에 있고요."

"그래."

"날씨가 좋아서 다행이네요."

벚꽃이 핀 이후로 계속 날씨가 끄물끄물하거나 비가 추적추적 내리는 날이 이어졌는데 오늘은 하늘이 맑았다. 파란 하늘 아래 벚꽃잎이 팔랑팔랑 춤추며 떨어졌다.

"올해도 꽃구경을 못 갔네."

벚나무를 올려다보며 도키코 씨가 말했다.

"아직은 상황이 그러네요."

3월 말에 긴급사태 선언을 해제하겠다는 발표가 나오기는 했지만 아직 마음 놓고 지낼 만한 상황은 전혀 아니었다. 벚나무 아래 많은 사람이 모여들어 도시락을 먹고 술을 마시는 꽃놀이 모임은 작년과 마찬가지로 자제해 달라는 권고가 내려졌다.

"저쪽으로 가면 대학이 있잖아?"

"네."

"대학 캠퍼스 안쪽으로 쭉 들어가면 크고 멋진 벚나무가 있거든."

"그래요?"

"아무나 들어갈 수 있는 데라서 휴일이면 학생들 말고도 동네 사람들이 모여서 꽃구경을 하곤 했는데. 그 학교 학생들하고 동네 사람들밖에 모르니까 북적거리지도 않고 딱 좋았어. 대학에서 연구하려고 관찰용으로 심어 놨는지 다른 데서는 쉽게 볼 수 없는 벚꽃도 있고."

"저도 보고 싶네요."

"내년에 미사코 씨도 오라고 해서 다 같이 가 봅시다."

"네."

"기대되네."

도키코 씨가 내 얼굴을 보면서 생긋 미소 지었다.

"그러게요."

나도 도키코 씨를 마주 보았다.

내년 봄에 세상이 어떻게 되어 있을지는 아무도 모르는 일이다. 그래도 희망을 버리기는 싫다. 세상이 점점 나빠지기만 하는 게 아니라 좋아지는 일도 있다고 믿고 싶다.

현관문이 열리면서 미사코 씨가 나왔다.

"어머, 도키코 씨, 여기 계셨네요."

"왜, 나 찾았어?"

"현관 열쇠 돌려드리려고요."

미사코 씨가 도키코 씨에게 열쇠를 건네주었다.

"그냥 가지고 있어도 되는데."

미사코 씨가 손바닥에 얹어 준 열쇠를 도키코 씨가 아쉬운 표정으로 보면서 말했다.

"이 집으로 돌아오는 일이 없도록 하려고요."

"그래도 언제든 놀러 와."

열쇠를 치마 주머니에 넣으며 도키코 씨가 말했다.

"그야 물론이죠."

"벌써 가려고?"

"네."

힘차게 고개를 끄덕인 다음 미사코 씨가 내 쪽을 보았다.

"방을 치운다고 치웠는데 구석구석까지 살펴보진 못했어. 뒷마무리 좀 부탁해도 될까?"

"그럼요."

주고받는 말소리가 들렸는지 마유미 씨와 치나미 씨도 허겁지겁 밖으로 나왔다.

"미사코 씨!"

치나미 씨가 미사코 씨의 손을 덥석 잡았다.

"맛있는 밥 해 줘서 감사했어요. 이제 와카바소의 식생활이 얼마나 초라해질까 벌써부터 걱정이에요."

"본인이 직접 만들어서 잘 챙겨 먹도록 해."

"네."

울먹거릴 듯한 표정으로 끄덕이더니 손을 뗐다. 일하느라 바빠서도 아니고, 도와주기 싫어서도 아니었나 보다. 얼굴을 보니 울음이 터질 것 같아 못 나왔던 모양이다. 마유미 씨도 눈물을 참는 듯한 표정으로 미사코 씨를 바라보고 있다.

"마유미, 정말 고마웠어."

미사코 씨가 말했다.

"잘 살아야 해."

"우리 모두 그래야지. 건강 조심하고."

"힘든 일 있으면 언제든 돌아와."

"그래."

"아무 일 없이 행복한 게 제일이지만."

"그렇지."

한동안 말없이 서로를 물끄러미 바라보았다. 이윽고 미사코 씨가 도키코 씨 앞에 섰다.

"그동안 정말 감사했어요."

웃는 얼굴로 인사한 미사코 씨가 우리 쪽으로 시선을 돌리더니 이내 자기 방이 있던 2층 언저리를 올려다보았다.

"미사코는 우리 집 식구인 거 알지?"

도키코 씨가 말했다.

"네."

"잘 지내고 반갑게 또 봐야지."

"네. 그럼 전 이제 갈게요."

미사코 씨가 손을 흔들고는 역이 있는 쪽으로 걸어갔다. 이사하는 곳은 전철로 두 정거장 떨어진 곳이었다. 먼 곳으로 가는 것도 아니니 언제든 만날 수 있었다. 그런데도 마음속에 퍼져 가는 헤어짐의 아쉬움을 어찌할 수 없었다.

멀어져 가는 미사코 씨의 뒷모습을 숨기려는 듯 벚꽃 잎이 바람을 타고 하늘하늘 춤추며 떨어졌다.

마루야마 씨와 같이 가자고 약속했던 낭독극은 예정대로 공연되었다.

극장에 들어가기 전에 체온을 측정하고 손 소독을 했다. 입구에서 티켓을 담당자에게 보여 준 다음 반을 찢어 건네주었다. 극장 안에서는 마스크 착용이 의무였고 공연 시작 전에도 되도록 대화를 삼가 달라는 안내가 나왔다.

전에도 몇 번 온 적이 있는 이벤트 홀이었는데도 처음 온 낯선 장소 같았다. 로비를 넓게 쓰기 위해 불필요한 간판은 철거된 상태였고 축하 화환은 아예 보내지도 받지도 못하게 되어 있었다. 철저하게 소독된 공간에서 오히려 숨 막히는 답답함이 느껴졌다. 낯선 고요함과 비정상적일 정도의 청결함 때문에 공상과학영화 속의 세계에 살고 있다는 느낌이 들었는데 이게 우리가 사는 현실이었다.

작년에는 모든 공연이 중지되었고 영화관까지 닫는 바람에 전 국민이 집 안에만 있어야 했다. 1년이 지난 지금은 방역을 제대로 한다는 조건으로 행사를 할 수 있게 되었다. 객석 의자 없이 모두 빽빽하게 서서 즐기는 스탠딩 라이브 콘서트 같은 공연은 아직 힘들 것이다. 그래도 갈 수 있는 곳과 할 수 있는 일들이 확실하게 늘고 있다. 하지만 긍정적으로 바뀐 부분을 찾아보려고 마음을 먹어도 이 상황을 진심으로 즐기기는 쉽지 않았다.

공연 전에 카페에서 차 한잔해야겠다는 생각도 들지 않았고, 공연을 마친 다음 나와 보니 대부분의 가게가 벌써 문을 닫은 상태였다. 긴급사태는 해제되었어도 시내는 밀집 지역 중점 방역 조치가 적용되고 있어서 음식점들은 여전히 영업시간에 제한을 받고 있었다. 그런 조치를 따르지 않고 바깥까지 웃음소리가 흘러나오는 술집도 있기는 했지만 그런 곳에 들어가면 안 된다는 거부 반응이 저절로 일었다.

모처럼 마루야마 씨와 둘이서만 아네모네 밖에서 처음 만나는 자리였는데 전철 안과 공연장에서 조금 이야기를 나눴을 뿐이었다. 물론 그것만으로도 큰 진전이고 즐거운 시간이기는 했다. 하지만 학생들의 풋내 나는 데이트 같은 느낌도 들었다. 같은 반 남자애가 같이 놀러 가자고 해서 따라나서긴 했는데 무슨 말을 해야 할지, 어디로 가야 할지도 몰랐던 옛날 기억이 떠올랐다.

돌아오는 길에 탄 전철은 빽빽할 정도는 아니었지만 퇴근하는 사람들로 꽤 붐볐다. 그런데도 말을 하는 사람이 거의 없어서 가볍게 말을 건넬 만한 분위기가 아니었다. 오늘 공연에 대한 감상을 몇 마디 주고받다 보니 금방 마루야마 씨가 내려야 할 역에 도착했다.

"저, 오늘 정말 고마웠습니다."

내가 인사했다.

"아, 그래요."

"그럼 가게에서 또 봬요."

"시간이 많이 늦은 건 아니지만 데려다줄게요."

"네? 괜찮아요."

"부담스러운가?"

마루야마 씨가 고개를 살짝 숙여 내 눈을 들여다보면서 물었다.

"그런 것은 아니지만 젊은 아가씨도 아니니 그러지 않아도 괜찮아요."

"그렇게 방심하면 위험한데."

"아니, 그래도."

"잠깐 하고 싶은 이야기도 있고."

"알겠어요. 그럼 같이 가요."

역에서 와카바소까지는 일하고 돌아올 때 매번 걷는 길이었다. 위험한 일이 생길 만한 곳이 아니었다. 주택가이기 때문에 밤에는 인적이 드물었지만 무섭다고 느낀 적은 없었다. 그래도 바래다주겠다고 했으니 그러기로 했다. 마루야마 씨는 내가 셰어하우스에 산다는 걸 알고 있었다. 잠깐 들어갔다 가겠다는 식의 딴마음을 품고 꺼낸 말은 아니었다. 딴마음이 있으면 있는 대로 나쁘지 않다는 생각도 들었지만, 오늘은 몸도 마음도 거기까지 진도를 나갈 준비가 되어 있지 않으니 사양하고 싶었다.

내가 내릴 역에 도착해서 둘이 함께 전철에서 내렸다. 개찰구를 나와 상점가를 지나서 와카바소 쪽으로 걸어갔다.

"하고 싶다는 이야기가 뭐예요?"

"응?"

마루야마 씨가 내 쪽을 쳐다봤다. 평소에는 마루야마 씨가 앉아 있고 내가 선 상태로 이야기를 하곤 했다. 그렇게 내려다보던 얼굴이 약간 위쪽에 있다는 점 때문에 신선하게 느껴졌다. 마루야마 씨는 남자치고는 약간 키가 작은 편인데도 나보다는 7센티나 8센티 정도 컸다.

"아까 전철에서 그랬잖아요."

얼굴을 올려다보면서 말했다.

"아아. 아네모네는 앞으로 어떻게 되려나 하는 생각이 들어서요. 요즘 들어 사장님이랑 사모님이 나와 있는 일이 거의 없잖아요. 가게 안에서는 물어보기도 뭐해서."

"으음, 그건 아직 발설 금지 사항이라서요."

"그게 뭐야?"

마루야마 씨가 피식 웃었다. 주변에 다니는 사람이 적어져서 아까보다 편하게 이야기할 수 있게 되었다.

"다른 사람들한테는 말하지 않겠다고 약속하면 알려 줄게요."

"아무 말 안 할게요."

"비밀이에요."

"응."

"한동안 문을 닫을 거예요."

"……그렇구나."

"네."

5월 황금연휴가 지나면 아네모네는 임시 휴무에 들어가기로 했다. 리모델링 공사를 마친 다음 가게 간판은 그대로 두고 기바 씨가 새로운 사장님이 되어 다시 오픈한다.

사실 기바 씨는 주변 상황이 좀 더 안정되고 나서 가게를 인수할 작정이었는데 여러 사정 때문에 그렇게 느긋하게 기다릴 수 없게 되었다. 사장님과 사모님이 나오지 못하는 와중에 유키가 4월부로 그만두게 되었다. 금전적으로는 문제가 없다 해도 일할 사람이 없으면 가게를 계속 꾸려 나갈 수 없다. 기바 씨는 체제를 다시 정비하기 위해서라도 한동안 문을 닫는 편이 낫겠다고 결단을 내렸다.

알아도 상관이 없는 범위 안에서 마루야마 씨에게 사정을 설명했다. 사장님도 기바 씨도 가게 인수인계를 결정하기 전에 나에게 말해 주었고, 구라타나 유키와도 몇 번 이야기를 나누었다. 하지만 이 사안을 우리 가게 직원이 아닌 외부 사람에게 이야기하는 것은 처음이었다.

"모치즈키 씨는 괜찮아요?"

"뭐가요?"

"생활이라든지."

이런 말을 해도 되나 싶은 표정으로 물었다.

"그 점은 큰 문제가 없을 것 같아요."

리모델링 공사 전에 계산대 주변과 사무실을 치워야 하고 직원을 새로 채용하기 위한 면접도 봐야 한다. 메뉴도 다시 검토해야 해서 시식회도 할 모양이다. 아네모네가 문을 열지 않는 기간에도 내가 해야 할 일이 적지 않다.

"심리적으로 힘들거나 하지는 않고요?"

"괜찮다고 말하고 싶지만 솔직히 마음이 좀 복잡하기는 해요."

"그야 그렇겠지."

"사장님이랑 사모님을 생각하면 잘한 선택이라고 봐요. 두 분이 영원히 일할 수 있는 것도 아니고 생판 모르는 남한테 가게를 넘기는 것보다야 기바 씨가 이어받아서 해 주면 좋죠. 하지만 상황이 이런 탓에 아직 더 일할 수 있었는데 버티기가 힘들어져서 결단을 내릴 수밖에 없다는 점이 너무 안타깝기도 해요."

"그렇지요."

"그리고 유키 일은 제가 좀 더 일찍 알아차리고 조치를 해 줬어야 했어요."

유키 입에서 "미치루 씨처럼 되고 싶지 않아요."라는 말이 나온 이후로 불편한 분위기가 계속되고 있었다. 그 말을 들은 나보다 그렇게 말한 유키가 오히려 더 상처받은 느낌이었다. 나도 충격을 받기는 했지만 지금 이 생활이 좋다고 진심으로 생각하고 있기에 우울감에 빠지는 일은 없었다.

구라타와 유키 사이에 무슨 일이 있었는지 계속 숨기기 힘든 상황이 되는 바람에 결국 기바 씨도 알게 되었다. 기바 씨는 구라타에게 "당장 때려치우고 나가!" 하고 고함을 질렀다. 그런데 구라타가 "제발 여기서 계속 일하게 해 주세요." 하고 울면서 빌었다. 그것만으로 기바 씨가 금세 용서한 것은 아니었다. 나도 중재에 나섰고, 그러면서 이런저런 이야기를 많이 나누었다. '그만두겠다'는 유키의 결심은 끝내 돌아서지 않았다. 사실 유키 본인의 미래를 생각해 볼 때 붙잡으면 안 된다는 생각도 들었다. 결국 젊은 두 사람의 마음을 존중하는 쪽으로 일이 결정되었다.

일에 지장을 주지 않게 아무리 애써도 종업원들 사이에 문제가 있으면 단골손님들은 금방 알아보는 모양이다. 마루야마 씨는 구라타나 유키와 이야기할 때가 가끔 있기 때문에 어렴풋이 사정을 알고 있었다.

"그 점은 모치츠키 씨가 어떻게 할 수 있는 부분이 아니에요."

마루야마 씨가 말했다.

"나도 구라타랑 유키가 사귀고 있구나, 하고 생각했으니까요. 젊은 두 사람의 일에 모치즈키 씨나 기바 씨가 이러쿵저러쿵 참견할 수는 없잖아요. 구라타가 잘못했다고 생각하지만 젊다 보니 실수를 저지를 수도 있는 거죠."

"마루야마 씨도 실수한 적이 있어요?"

"……없다고는 할 수 없죠."

마루야마 씨는 그렇게 대답하면서 내 시선을 피했다.

"그렇구나."

"모치즈키 씨는 실수를 저지른 적이 없어요?"

"물론 그런 적이 있기는 하죠. 하지만 그랬기 때문에 더더욱 내가 해 줄 수 있는 게 있지 않았을까 싶은 거예요. 두 사람을 어리게만 보고 있었던 것 같아요. 그런데 새삼 생각해 보니 스물셋이면 완전히 어른이라고 할 수는 없어도 그렇게 어린 나이는 아니더라고요. 얼마든지 문제가 생길 수 있는 부분이었는데 외면하고 있었던 셈이에요."

"어른도 아니고 어리지도 않다는 건 모치즈키 씨도 마찬가지 같은데요."

"전 이제 충분히 어른 아닐까요?"

"그런가?"

"마흔이나 됐는데요?"

"그래도 실패할 때도 있고 아직 모르는 점도 많잖아요."

"그야 그렇죠."

아마 앞으로도 많은 잘못을 저지르겠지.

도키코 씨나 마유미 씨, 미사코 씨를 떠올려 보면 내가 아직 애 같구나 싶기도 하다.

"나도 아직 어엿한 어른이라고 하기에는 한참 멀었어요. 고생한 적이 있고 해서 이십 대나 삼십 대 때 같은 잘못은 하지 않지만."

"그러네요."

그런데 어쩌면 실수를 저지를까 봐 아무것도 하지 못하게 된 것 같기도 하다. 안전하게 살 수 있는 자리를 찾으면 거기에서 한 발을 내딛기가 어려워진다.

미사코 씨가 와카바소를 나가겠다는 결심을 한 일도 어른에게는 어려운 결단이었을 것이다.

"난 구라타 같은 실수를 할 마음이 없으니까."

마루야마 씨가 내 눈을 보면서 말했다.

"네?"

"어떻게 할지 마음이 정해지지 않은 상대를 꼬시진 않는다고요."

"아아, 네."

지금 내가 고백을 들은 걸까? 아니면 그 정도까지 깊은 뜻이 담긴 말은 아니었나?

이럴 때 어떻게 대답하고 어떻게 행동해야 하는지 이십 대나 삼십 대 때는 잘 알고 있었던 것 같다. 그런데 지금의 나는 얼빠진 대답이나 하면서 상대방의 얼굴을 멍하니 보기만 할 뿐이다.

"모치즈키 씨가 사는 집이 저기죠?"

앞쪽으로 고개를 돌린 마루야마 씨가 멀리 보이는 와카바소를 가리키며 물었다.

"아, 네. 맞아요."

"분위기 있네요."

"좋게 말하자면 그런 편이죠."

가게에서 주고받던 대화하고 비슷한 분위기가 되었다. 어쩌면 나는 기회를 놓쳐 버린 것인지도 모른다. 하지만 그 사실을 후회하기보다는 오히려 마음이 놓였다.

마루야마 씨와 헤어지고 와카바소로 들어오자 치나미 씨가 부엌에서 차를 마시고 있었다. TV는 켜지 않고 태블릿으로 뭔가를 읽고 있었다. 요즘 들어서 치나미 씨가 식탁 밑에서 웅크리고 있는 일이 없어졌다. 의자에 제대로 앉아서 뭔가를 한다.

"어서 와."

치나미 씨가 태블릿에서 눈을 떼지 않은 채 인사했다.

"다녀왔어요."

마스크를 벗고 손을 씻고 입을 헹궜다. 저녁을 제대로 못 먹은 상태여서 뭔가 먹고 싶은데 일단 한숨 돌리고 나서 움직이기로 했다. 주전자로 물을 끓여 호지차*를 만들었다. 찻잔을 들고 치나미 씨 맞

* 녹차의 한 종류.

은편에 앉았다.

"뭘 보는 거예요?"

"요리책."

"네?"

"요리를 해 보려고."

식탁에 태블릿을 내려놓은 치나미 씨가 머그컵을 들고 일어섰다.

"갑자기? 왜요?"

"미사코 씨가 해 주던 반찬들이 참 고마운 거였구나 싶어서."

컵을 가볍게 헹구더니 내가 녹차를 만들고 남은 뜨거운 물로 허브
티를 만들었다.

"도키코 씨가 해 줄 때도 있지만 마냥 해 달라고 하기에는 미안하
잖아."

"하긴 그렇죠."

"미치루가 연근조림이나 채소 간장조림 같은 밑반찬을 한 냄비 가
득 만들어 놓을 리도 없고."

그러면서 치나미 씨가 다시 의자에 앉았다.

"할 마음만 있으면 못 할 건 없죠."

"근데 안 하잖아."

"솔직히 말하면 너무 귀찮아요."

미사코 씨가 와카바소에서 나간 지 겨우 며칠밖에 지나지 않았는
데도 나와 치나미 씨, 마유미 씨의 식생활은 급격하게 안 좋아졌다.
채소조림이나 각종 절임류 같은 밑반찬을 조금씩 얻어먹었다는 정
도로만 생각했는데 그런 밑반찬 하나 있고 없고가 식사의 질에 엄청

난 차이를 가져다준다는 사실을 깨달았다.

이제까지는 미사코 씨와 도키코 씨가 만들어 놓았기 때문에 냉장고를 열어 보면 항상 충분한 먹을거리가 있었다. 그런데 도키코 씨는 원래 소식을 하는 편이라 만드는 양도 적었다. 도키코 씨는 자취하는 사람들이 모인 이 집의 관리인이자 주인일 뿐, 하숙집을 운영하는 사람이 아니기 때문에 밥이나 반찬을 넉넉히 만들어 달라고 요구할 수도 없었다. 그리고 거기까지 신경을 쓰게 하면 너무 미안해질 것 같다.

반찬이 없으니 파스타나 볶음밥처럼 탄수화물만 가지고 배를 채우는 식사를 하게 됐다. 단백질은 달걀과 낫토와 햄 정도밖에 없고, 채소라고는 약간의 파 정도였다. 아네모네를 리모델링하는 동안에는 출근을 해도 직원 식사가 제공되지 않는 날이 있었다. 뭔가 해결책을 고민해 봐야 할 시점이기는 했다.

"할 수 있는 일을 뭐라도 자꾸 늘리는 편이 나을 것 같고."

"……일자리 찾는 것 때문에요?"

"응."

치나미 씨가 허브티를 마시면서 고개를 끄덕였다.

"학생 때 작가가 되는 바람에 아르바이트도 제대로 해 본 적이 없거든. 글 쓰는 일 말고는 할 줄 아는 게 아무것도 없어. 남보다 공부는 꽤 잘하는 편이기는 했는데 공부 머리를 활용하는 법을 모르니 실생활에서는 도움이 안 된다고 할까. 그리고 마흔 넘어서 옛날에 공부 잘한 게 다 무슨 쓸모가 있겠어?"

"그야 모르지요."

신입 사원이나 이십 대 때가 아니면 학벌이나 학력이 큰 도움이 될 일은 없겠지만 그렇다고 쓸모가 없다고는 생각하지 않는다. 지금까지 내가 일하면서 만난 사람 중에는 4년제 대학을 나온 사람도 있고 고졸이나 전문학교 혹은 전문대 출신도 있었다. 그렇게 다양한 학력을 가진 사람들을 만나면서 학교 다닐 때 제대로 배운 사람이랑 그렇지 않은 사람은 토대부터 다르다고 느낀 적이 많았다. 중학교 때나 고등학교 때 도대체 무슨 재미인지 모르겠다고 투덜대면서 할 수 없이 외웠던 일본 역사나 세계사, 무슨 소리인지 알아들을 수가 없다고 불평하면서도 열심히 읽었던 생물이나 화학이나 물리 교과서, 보기만 해도 머리가 지끈거리는 걸 느끼면서도 어쩔 수 없이 풀었던 수학 문제들. 콕 집어서 그런 공부가 도움이 되었다고 증명할 만한 일을 경험하지는 않았다. 그래도 그런 공부를 통해 외우는 법과 관찰하는 법, 그리고 생각하고 풀어내는 방법과 힘이 길러졌다고 생각한다.

"재테크 같은 거라도 미리미리 잘해 둘걸."

"치나미 씨 성격에는 안 맞는 것 같은데요."

"아니, 오히려 너무 잘 맞아서 안 한 거야."

"그래요?"

"난 내가 재테크니 뭐니 한번 빠지면 거기에 너무 매달릴까 봐 무서웠어. 소설을 써서 벌 수 있는 돈이라고 해 봐야 뻔하거든. 진짜로 돈을 벌고 싶으면 돈과 관련된 일을 하는 게 최고야. 투자로 돈 벌어서 일 안 하고도 놀고먹으며 잘사는 사람들이 이 세상에는 정말 많단 말이야. 그건 나쁜 짓이 아니야. 오히려 현명한 생활 방법이라고

생각해. 그렇지만 나는 소설을 쓰지 않고도 돈이 생기는 그 생활이
행복하지 않을 것 같았어."

"그랬군요."

"그런데 지금 생각해 보면 그런 순진한 소리를 할 게 아니라 돈이
있을 때 그걸 굴려서 더 늘리는 방법을 만들어 뒀어야 했던 거야."

"없어지고 나면 후회해도 아무 소용이 없으니까요."

호지차를 마시면서 내가 말했다.

사실 나도 투자까지는 아니더라도 보험이나 정기적금 같은 금융
상품들을 열심히 연구해서 알아 둘 걸 그랬다는 생각을 한 적이 있
었다. 이십 대에는 그럴 필요가 없다고 생각했고, 매달 그런 데에 붓
는 돈이 아깝기만 했다. 하지만 앞으로 살아갈 인생을 생각하면 일
하지 않고도 들어오는 돈이 반드시 필요하다.

몇 살까지 살지 모르는 일이지만 죽을 때까지 일을 계속해야 하
고, 그럴 작정이다. 하지만 아무리 마음이 있어도 나이를 먹으면 못
하는 일이 점점 늘어 간다.

"지금 남은 돈을 가지고 어떻게든 불려 보려는 건 그냥 투기나 도
박 같은 느낌밖에 안 든단 말이지."

"요리나 지금 당장 그냥 할 수 있는 일만 하고 나머지는 소설이 다
끝난 다음에 생각하는 편이 낫지 않을까요?"

과거를 후회하고 미래에 대해 불안해하는 치나미 씨의 마음을 알
고 있기에 그러려니 하고 이해했다. 그래도 지금은 소설에만 집중했
으면 좋겠다는 생각이 들었다.

"그렇겠지?"

"수프 정도는 만들 수 있는데 같이 드실래요?"

"무슨 수프?"

"글쎄요, 뭐가 좋을까요?"

호지차를 다 마시고 찻잔을 씻은 다음 냉장고와 박스 안에 들어 있는 식료품을 확인해 봤다. 버섯이 몇 가지 있고 양파도 있으니까 어떤 수프든 만들 수 있을 것 같았다. 찬장을 열어 보니 토마토 통조림과 고등어 통조림이 있었다.

"고등어 수프가 좋겠네요."

"그게 뭐야?"

얼굴을 찡그리며 치나미 씨가 물었다.

"먹어 보면 알아요."

"도와줄까?"

"그렇게 복잡한 음식이 아니니까 괜찮아요."

"그럼 기다릴게."

치나미 씨가 태블릿을 다시 들면서 말했다.

"금방 될 거예요."

껍질 벗긴 양파를 반으로 자르고 되도록 얇게 채 썰었다. 버섯은 새송이버섯과 만가닥버섯을 쓰기로 했다. 새송이는 한입 크기로 자르고 만가닥버섯은 밑동을 잘라 버린 다음 가볍게 풀어 놓았다. 냄비를 불에 올리고 올리브오일을 두른 다음 양파와 버섯을 살짝 볶았다. 양파가 익어서 투명해지자 토마토 통조림 하나를 통째로 넣은 다음 빈 캔 가득 물을 채워 냄비에 부었다. 재료가 익도록 바글바글 끓였다.

기다리는 사이에 마루야마 씨한테 메시지를 보낼까 하다가 뭐라고 보내야 할지 몰라서 그만두었다.

　양파가 부드러워지고 난 뒤 고등어 통조림 한 캔을 전부 넣고 더 끓이다가 콩소메 가루와 소금, 후추로 간을 했다.

　"다 됐어요."

　"벌써?"

　치나미 씨가 자리에서 일어나 내 옆에 서서 냄비를 들여다보았다.

　"와, 맛있겠다."

　"그냥 적당히 먹을 만할 거예요."

　"그게 최고지."

　"하긴 그러네요."

　적당한 크기의 그릇이 없어서 우동이나 국수를 먹을 때 쓰는 큰 면기에 담았다.

　"여기에 타바스코 소스를 뿌려서 살짝 매콤하게 해서 먹어도 맛있어요."

　"그럼 난 그렇게 먹어야지."

　치나미 씨가 냉장고에서 타바스코 소스를 꺼냈다. 둘이 마주 보고 식탁에 앉아 "잘 먹겠습니다." 하고 함께 인사했다.

　1층 욕실에서 씻고 방으로 올라왔다. 마루야마 씨한테 메시지를 보내 볼까 하는 생각이 또 들었지만 이번에도 실행에 옮기지 않았다. 핸드폰을 머리맡에 두고 이불 위에 벌러덩 드러누웠다.

　식당 종업원과 단골손님으로서만이 아니라 개인적으로 더 친해지고 싶다는 생각을 항상 가지고 있었다. 친구가 되고 애인으로 발전할 수도 있는 관계가 되었으면 하는 바람이 있었다. 작년에 낭독극에 가기로 했던 약속이 어쩔 수 없이 깨지기 전부터 한 생각이었으니까 1년 넘도록 그런 마음을 가지고 있었던 셈이다. 그런데 둘이서 따로 시간을 함께 보내고 상대에게서 의미심장한 말을 듣고 보니 뭔가 이게 아닌데 싶었다.

마루야마 씨가 아네모네에 오면 마음이 놓인다. 같이 이야기를 하다 보면 기분이 안정된다. 모르는 부분도 아직 많지만 믿음이 가는 사람이라는 생각이 든다. 더 많은 이야기를 나눠 보고 싶고 시간을 같이 보내고도 싶다. 바깥 상황이 더 좋아지면 아네모네가 아닌 다른 곳에서 외식을 해 보고 싶기도 하다. 마루야마 씨를 연애 상대로 좋아하고 있다는 것을 알고 있다. 상대도 같은 마음이라면 기쁜 마음으로 그 품 안에 뛰어들면 되는 일이었다.

그런데 자꾸 망설이게 된다. 연애를 안 한 지 오래되었고, 전 남자친구와 있었던 일이 트라우마가 되어 두렵기도 하다. 어떻게 해야 좋을지 몰라 당혹스럽기도 하다.

하지만 그보다도 누군가와 연인이 되는 일 자체에 의문을 느낀다. 연인이 생기는 순간부터 내가 쓰는 주어는 '내가'가 아니라 '그 사람이'가 더 많아진다. 이제까지는 연애하면서 당연히 그렇게 되어야 한다고 여겼다. 나 자신보다 더 소중한 사람이 생겼다는 사실에 기쁨을 느꼈다. 그 사람을 최우선으로 생각할 필요가 없을 때조차 우리 둘에게 무엇이 가장 좋은지를 따졌다. 무엇을 먹을지, 무엇을 볼지, 무엇을 입을지, 어디에 살지, 그 모든 결정을 혼자서는 할 수 없게 되었다.

연인 덕분에 자기 세계가 더 넓어지기도 한다. 영화나 연극이나 음악 등 연인을 통해 알게 되고 배우는 것도 많았다. 하지만 상대는 내가 좋아하는 것을 보거나 들으려고 하지 않았다.

그건 내가 사귄 사람들의 성격 문제만이 아니었을 것이다. 나는 친구와 함께 있을 때도 내 주장을 강하게 내세우는 편이 아니다. 그래도 친구끼리는 자연스럽게 상대가 무엇을 좋아하는지, 무엇을 하고 싶거나 먹고 싶어 하는지 신경을 쓰고 배려한다. 연인이랑 있을 때도 그렇게 하면 된다고 생각하면서도 상대가 뭐라고 하면 나도 모르게 "알았어." 하고 고개를 끄덕이고 만다.

30년 전, 내가 어렸을 때만 해도 정규직으로 일하는 여자가 흔치 않았다. 엄마는 아빠의 부양가족으로 인정되는 파트타임 정도로만 일할 수밖에 없었다. 친구 엄마들도 비슷하거나 아예 바깥일을 하지 않는 전업주부였다. 풀타임으로 일하는 여자는 집안에서 가게를 하는 경우가 대부분이었고, 그 또한 아네모네의 사모님처럼 남편이나 시댁이 하는 가게를 돕는 느낌이었다. 엄마가 교사거나 회사에서 일하느라 집에 거의 없다고 하는 친구도 있기는 했다. 하지만 아주 드문 경우여서 한 반에 몇 명 있는 정도였다. 엄마 지인 중에 독신이고 계속 일하는 사람이 딱 한 명 있었지만 그 사람은 결혼하지 않았다는 점 때문에 항상 놀림을 당했고, 본인도 자기를 깎아내리는 자조적인 말을 자주 하곤 했다.

어른이 되면 하고 싶은 장래 희망을 말할 때도 여자아이들은 대부분 꽃집이니 케이크 가게 사장처럼 귀여운 직업을 꼽곤 했다. 나 또

한 별다른 생각 없이 어른이 되면 결혼해서 아이를 둘 낳고 빵집에서 일하고 싶다고 말했다.

내가 마흔이 되어서도 독신으로 남아 있으리라고는 생각해 본 적이 없고 여자들의 사회 진출이 이렇게 당연한 일이 되리라고는 상상해 본 적도 없었다. 마유미 씨 같은 사람들이 있어 준 덕분에 여자도 계속 사회에서 일하고 자기주장을 할 수 있는 시대가 되어 가고 있다. 그런 시대적 흐름 속에서 여전히 연인의 그림자처럼 행동하며 남자가 하는 말을 고분고분 따르기만 하는 인생을 사는 건 아깝다는 생각이 든다.

엄마나 사모님처럼 사는 인생이 불행하다고 생각하지는 않는다. 그 사람들은 자신들이 산 시대적 상황 속에서 가장 행복하게 살 수 있는 선택을 했을 것이다. 이십 대와 삼십 대 때의 나도 그 사람들처럼 되기를 바랐고 그런 삶을 동경했다. 어떻게든 결혼해야겠다, 꼭 내 아기를 낳고 싶다는 바람이 있었던 것도 아닌데 그렇게 살지 못하는 나를 패배자, 낙오자로 느낀 적도 있었다.

미사코 씨의 이야기를 들었을 때도 마찬가지였다. 미사코 씨가 여태 경험했던 결혼 생활이 좋기만 한 게 아니었음을 충분히 이해하면서도 지금 사귀는 남성과 인생을 함께하는 것이 제일 행복하지 않을까 하는 생각을 여전히 버릴 수가 없었다. '여자에게 가장 큰 행복은 결혼'이라는 고정관념이 내 안에 뿌리 깊게 박혀 있기 때문이었다. 나는 미사코 씨를 여자가 아닌 사람으로 제대로 보고 있지 않았던 것이다. 미사코 씨는 와카바소에 살면서 이제야 겨우 자립했다고 느꼈다는 말을 한 적이 있다. 그런데 연인이 생겼다고 굳이 상대방이 사는 아파트로 들어가 같이 살아야만 행복한 삶이라는 주위 고정관념 때문에 어딘지 자기가 꿀리는 듯한 억울함을 느낀 것인지도 모른다.

나는 유키에게 '미치루 씨처럼 되고 싶지 않다'는 심한 말을 들었는데도 그 순간에 충격을 좀 받았을 뿐이지 지금 내 마음이 흔들리거나 하지는 않는다. 아마 와카바소에 살기 전의 나였다면, 같은 말을 들었을 때 '나 같은 사람이 살아서 뭐 하나?' 하는 자괴감을 느낄 정도로 심각한 타격을 받았을 것이다. 감당이 안 될 정도의 충격을 받아 자존감은 나락을 헤매고 있으면서도 전혀 그렇지 않은 척, 젊은 친구들에게 추하게 보이지 않기 위해 비실비실 웃으면서 혼자 애쓰다가 더 비참해졌을 것이다.

마루야마 씨와 사귀게 되면 지금의 내 생활도 바뀌게 된다. 영원히 이렇게 살 수 없다는 걸 잘 안다. 변화가 나쁜 것은 아니다. 그러나 그 변화가 앞으로 나아가는 긍정적인 신호라는 생각이 들지 않았다. 연애는 상대가 있어야 성립하는 것이니 혼자서만 고민한다고 될 일은 아니다. 그래도 앞으로 어떻게 할지는 스스로 정해 두어야 한다.

사치코 씨가 방 안에 있는지 얇은 벽 너머로 라디오 소리가 희미하게 들렸다. 씻으러 가는지 치나미 씨가 방에서 나와 종종걸음으로 계단을 내려가는 발소리도 들렸다. 도키코 씨는 벌써 잠들었고 마유미 씨는 방에서 일하고 있을 것이다.

주변의 소리가 점점 멀어지는 것을 느끼면서 잠에 빠져들었다.

점심과 저녁 영업 사이의 빈 시간에 아네모네의 리모델링을 알리기 위해 계산대 옆에 붙일 안내문을 만들었다. 처음에는 컴퓨터로 프린트할 작정이었는데 너무 멋없게 보여서 손 글씨로 쓰기로 했다. 카운터 자리에 앉아 하얀 A4용지에 지금까지의 성원에 감사했다는 점, 완전히 문을 닫는 게 아니라는 점, 다시 오픈했을 때 꼭 찾아 주십사 한다는 점을 되도록 간결한 문장으로 적었다. 그림을 넣거나 하지는 않고 글자의 색과 크기를 바꿔서 중요한 부분을 눈에 띄게 강조했다.

몇 장 그렇게 써 봤는데 어딘지 모르게 '촌스러운' 느낌이 들었다. 리모델링을 하기 위해 문을 닫을 때까지 며칠 동안만 붙여 놓는 것이고 손님들에게 전달할 사항만 적혀 있으면 그만인 안내문이다. 굳이 귀엽고 세련되게 만들 필요는 없다. 그래도 이 정도면 충분하다는 생각이 들지 않았다.

유키가 나에게 퍼부었던 말이 '별로 와 닿지 않는다'고 한 점은 진심인데 그래도 마음속 어딘가에 늘 걸려 있었다. 평소의 행동거지가 아줌마처럼 보이지 않는지, 칠판에 손수 적은 메뉴 글씨에서 나이 먹은 티가 나지 않는지, 말투나 화제가 시대에 뒤떨어지지 않는지 자기 점검을 하면서 자꾸만 젊은 세대의 시선을 의식하게 됐다.

마흔 살이면 명실상부한 아줌마 나이이니 어쩔 수 없기는 하다. 아이돌 가수를 봐도 누가 누군지 모르겠고 얼굴이나 이름을 외울 수가 없다. 유튜버들에 대해서도 아무런 흥미가 생기지 않는다. 사람들이 다 안다는 음악도 지상파 드라마에서 OST로 쓰이거나 하지 않으면 귀에 들어오지 않는다. 예전에는 영화관에서 예술 영화 보는 것을 좋아했는데 요즘 들어서는 주제와 의미를 찾아야 한다는 점에 피로감을 느낀다. 그냥 남들이 다 보는 대중적인 블록버스터가 가벼운 마음으로 즐길 수 있어서 좋다. 방에서 OTT로 드라마나 영화를 볼 때도 너무 잔잔하거나 템포가 느리면 지겹고 졸리다. 핸드폰이나 컴퓨터도 최소한도로 필요한 만큼만 쓰는 상황이라 앞으로 더 진화해서 복잡해지면 어떡하나 싶다.

그냥 내가 젊지 않다는 점을 인정하고 "난 아줌마니까." 하면서 농담처럼 말해 버리는 편이 속 편할 수도 있다. 하지만 그렇게 하면 내가 못 하는 일들이 급격하게 늘어 갈 것 같은 느낌이 든다. 도키코 씨나 마유미 씨, 미사코 씨도 '나이 먹어서' 어떻다는 식으로 자기합리화를 하지도 않고 애써 젊은 척 무리하지도 않는다.

"다 됐어요?"

유키가 옆에 서서 안내문을 들여다보며 물었다.

"음, 어떤 것 같아?"

"괜찮은 것 같은데요?"

"좀 촌스럽지 않아?"

"촌스러운지 어떤지까지 신경 써서 만들어야 하는 건가요?"

"그런 것까지 의식하는 게 오히려 촌스러운 짓인가?"

"전에 제가 했던 말 때문에 그런 거예요?"

"으음."

"죄송합니다."

풀이 죽은 얼굴로 유키가 고개를 숙였다.

"그때는 혼자서 이런저런 생각을 계속하다가 어느 순간 폭발하면서 미치루 씨한테 말도 안 되는 소리를 한 거였어요."

"유키의 상태는 나도 어느 정도 짐작하고 있었어. 그래서 기본적으로는 그 말 때문에 속이 많이 상하거나 그러지는 않았는데 나도 지금 생각이 많은 나이라서."

"그게 무슨 뜻이에요?"

고개를 든 유키가 어리둥절한 표정으로 물었다.

"세 번째 사춘기가 온 느낌?"

"……사춘기요?"

"유키는 지금 두 번째 사춘기 같은 느낌이잖아? 대학을 졸업하기는 했는데 유학도 취업도 뭐 하나 제대로 되는 일이 없고, 그래서 사랑과 장래에 대한 고민이 많은……."

"그렇죠."

"나도 비슷한데 내용이 좀 달라. 마흔이 되고서 나를 돌아보니 아직은 여자로서 출산이 가능할 수 있을지도 모르지만, 그러려면 몸에 부담도 많이 가고, 돈도 엄청 많이 들겠지. 앞으로 혼자 살아갈지 결혼해서 누군가와 함께 살아갈지도 알 수 없고, 아직 기회가 있을 때 아기를 낳아야 하는 건지, 일은 어떻게 해야 할지, 어디서 살아야 할지 등등 생각할 게 끝이 없어. 이십 대나 삼십 대 때보다 미래가 더 분명하게 보일 나이가 되었지. 코로나처럼 어느 날 갑자기 세상이 확 바뀌는 사태가 벌어지기도 하니까 앞으로 세상이 어떻게 변해 갈지 정확하게 알 수가 없어. 그래도 내가 어느 날 갑자기 아이돌이 되거나 할 가능성은 절대 없고, 죽을 때까지 돈 걱정 안 해도 되는 재벌이 되지 않는다는 것도 분명히 알아. 35년 만기 대출로 작은 집을 사서 회사 다니는 남편이랑 자식들이랑 알콩달콩 살면서 휴일에는 아이들이 자전거 타는 연습을 하는 모습을 보고 강아지나 고양이를 키우는 그런 생활을 하게 될 일도 없어. 그러니까 내가 절대로 하지 못하거나 되지 못하는 게 뭔지는 안다는 뜻이야. 그래서 앞으로 어떻게 살아야 할지 더 고민되는 거지."

"아이돌이 되고 싶었어요?"

유키가 내 옆에 앉으며 물었다.

"그런 뜻이 아니야."

고개를 저었다.

"사실 이십 대 후반까지 거의 당연하게 35년 대출로 집을 사고 어쩌고 하는 인생이 내 앞에 펼쳐지리라고 믿고 있었어. 그렇게 되고 싶네, 어쩌네가 아니라 그냥 우리 세대 여자들이 당연하게 여긴 미래의 모습이었으니까."

"으음."

"유키는 어떤 사람이 되고 싶었어?"

"일은 계속하고 싶어요."

유키가 오른쪽 위에 시선을 두고 곰곰이 생각하는 표정으로 이어 말했다.

"아이들한테 항상 웃는 얼굴을 보이고 남편과는 연인 같은 사이로 계속 있을 수 있는 사람. 온오프가 분명하지만 오프일 때도 심플하면서 세련된 옷을 입고 지내는 사람. 가사 노동은 부부가 같이하는 게 당연하고요. 주말에는 둘이 요리하고 아이들도 옆에서 함께 도와주고요. 맞벌이니까 금전적으로 여유가 있어서 우리가 직접 디자인

한 집에 살고 있고요."

"그렇구나."

유키는 전에 잡지를 읽지 않는다는 말을 한 적이 있다. 그런데도 여성지에 나오는 일하는 엄마, 슈퍼우먼 이미지 그대로를 자기 꿈이라고 말한다. 사실 대부분의 여자가 그렇게 될 수 없기에 '정말 멋지다'며 꿈꾸는 것이기도 하다. 모든 면을 똑같이 하지는 못해도 조금이라도 흉내를 내면서 만족해한다. 그렇게 사는 사람이 있다손 치더라도 도쿄나 다른 대도시에 사는 몇몇 소수에 불과할 것이다. 마유미 씨와 비슷한 느낌이지만 마유미 씨는 결혼도 하지 않았고 자녀도 없다.

"불가능할까요?"

유키가 나를 쳐다보며 물었다.

"불가능까지는 아니더라도 상당히 어렵지. 잡지에서나 나오는 판타지 같아."

"하지만 인스타그램 보면 그런 사람들이 많던데요."

"인스타그램에는 정말 다양한 사람들이 헤아릴 수 없이 많은 정보를 올리지. 큰 마트나 수입식품점의 상품 중에 뭘 사는 게 좋다고 권하는 사람도 있잖아. 그렇지만 저렴한 가격에 멋진 식사를 만들어요, 같은 생활을 하는 사람들이 유키가 꿈꾸는 삶의 모습은 아닐 것같은데?"

"맞아요, 그건 좀 아닌 것 같아요."

유키는 혐오감을 보이면서 고개를 저었다.

자기가 꿈꾸는 존재처럼 될 수 있다고 진심으로 믿는 걸까? 혐오감을 느끼는 존재처럼 되지는 않을 거라고 정말 믿을 수 있을까? 무슨 일이든 믿는 것에서부터 시작될 테니 어쩌면 유키는 자기가 꿈꾼 대로 살 수 있을지도 모른다.

하지만 유키가 아무런 망설임 없이 말하는 걸로 보아 이게 요즘 젊은 아이들의 일반적인 인식일 뿐이라는 생각도 들었다. 우리가 아무 생각 없이 '어른이 되면 시집갈 거야'라고 믿었듯이 지금의 이십 대들은 '일과 가정 모두에 완벽한 여성이 되어 잘 살 수 있다'고 믿고 있다.

그건 바람직한 일 같다. 힘들겠다는 생각이 들지만 적어도 우리가 이십 대 때 가졌던 꿈보다는 많은 가능성이 있을 테니까.

"그리고 직장에서 부하에게 인기가 있다는 점도 중요해요."

유키가 반짝이는 눈으로 내 눈을 바라보며 강조했다.

"그렇구나."

"그런 점에서 미치루 씨는 정말 최고예요! 구라타도 저도 미치루 씨가 너무 좋아요!"

"뭐?!"

갑작스럽게 치고 들어온 한마디에 나는 엉겁결에 울음을 터뜨리고 말았다.

"왜 울고 그래요?"

"너무 놀라서 그러지."

"잠깐만요."

자리에서 일어선 유키가 계산대에 가서 티슈 통을 들고 왔다.

"고마워."

티슈 한 장을 뽑아서 눈물을 닦았다. 유키는 자세를 바로잡고 앉아 걱정스러운 표정을 지으면서 내 얼굴을 들여다보았다.

"솔직히 말씀드리면 여기서 계속 일하고 싶은 마음도 있었어요. 구라타와의 일은 제가 잠시 들떠서 착각했던 거니까 이제는 별 상관 없어요. 그보다도 미치루 씨나 기바 씨랑 계속 일하고 싶고 단골손님들을 못 보게 되는 게 너무 싫었어요. 하지만 세상이 어떻게 바뀔지 모르는데 그냥 여기서만 계속 머물러 있다가는 안 될 것 같았어요. 처음에는 지금 당장 움직이지 않는 편이 좋겠다, 아직은 안전한 곳에서 기다려야겠다고 생각했어요. 그렇지만 기다리는 사이에 아까운 시간이 흘러가 버릴 것 같아서요. 이십 대 초반의 지금을 허투루 보내고 싶지 않아요. 아네모네에서 일하는 게 시간 낭비라는 뜻은 아니에요. 여기를 그만둔 걸 언젠가 후회할지도 모르죠. 넓은 세상에 나가면 구라타한테 차인 것보다 훨씬 더 힘들고 상처받는 일도 있을 거예요. 그래도 앞으로 나아가고 싶으니까, 그렇게 해야 한다고 결심했어요."

"응, 응. 그렇지."

이야기를 들으면서 나는 울음보가 또 터졌다.

"심한 말을 해서 정말 죄송해요."

유키가 다시 한번 정식으로 고개를 숙여 사과했다.

"괜찮아, 신경 쓰지 마."

고개를 숙인 유키의 머리를 가만히 쓰다듬었다.

"언제든 밥 먹으러 와. 햄버그스테이크에 오므라이스에 시푸드 그라탱, 유키가 좋아하는 음식들만 모아서 특별 플레이트를 차려 줄 테니까.”

“고맙습니다.”

가는 어깨가 바르르 떨리는 모습을 보니 꽉 안아 주고 싶었다. 하지만 그건 떠나는 날 해 줘야겠다는 생각이 들었다. 이런 식으로 너도나도 울기만 하다가는 일을 할 수 없다.

“이건 사장님이랑 사모님한테 보여 드린 다음에 붙여야겠다.”

안내문을 들고 카운터로 들어가 계산대 옆에 올려놓았다.

“그래야겠네요.”

유키는 눈가를 손으로 훔친 다음 드링크 카운터 주변을 청소하기 시작했다. 기바 씨와 구라타가 주방에서 몰래 내다보는 모습이 흘깃 보였지만 못 본 척했다.

아네모네에서 돌아오니 부엌에 도키코 씨가 있었다. 평소 같으면 방에서 쉬거나 잠들어 있을 시간이었다.

“잘 다녀왔어?”

“네, 다녀왔어요. 무슨 일 있었어요?”

“아니, 차 한잔 마시려고.”

“제가 끓일게요.”

말을 주고받으면서 손을 씻고 입을 헹궜다.

“그럼 좀 부탁할까? 영 피곤하네.”

“어디 외출하고 오셨어요?”

“점심때 역 쪽에 잠깐 다녀온 것뿐인데. 요즘 들어 걸핏하면 피곤해져서. 그렇게 좀 힘들다 싶으면 잠도 잘 안 오고.”

"차가 다 되면 방으로 갖다드릴게요. 안에서 쉬고 계세요."

"그럼 그래야겠네."

도키코 씨는 부엌에서 나가 자기 방 쪽으로 천천히 걸어갔다. 나는 일단 내 방으로 올라가서 겉옷과 가방을 내려놓은 다음 부엌으로 다시 내려와 물을 끓였다.

도키코 씨는 언제나 녹차나 호지차를 마신다. 밤에 녹차를 마시는 경우가 많은데 그러면 잠이 더 안 올 것 같았다.

찻잔을 두 개 꺼내서 하나에는 녹차를 따르고 또 하나에는 치나미 씨가 전에 마시던 허브티를 만들었다. 도키코 씨가 어느 한쪽을 마시면 나머지는 내 차지다.

찻잔을 올려놓은 쟁반을 들고 도키코 씨 방문을 노크했다.

"네, 들어와요."

"실례합니다."

"아이고, 고맙네."

이부자리는 아직 깔려 있지 않았고, 도키코 씨는 테이블 앞에 앉아 있었다.

"녹차랑 허브티, 어느 쪽을 드실래요?"

"두 가지 다 만들어 온 거야?"

"네. 녹차는 밤늦은 시간에 마시면 안 좋을 것 같아서요. 나머지 하나를 제가 마실게요."

"그래, 그럼 허브티로 마셔 봐야겠네."

"여기요."

찻잔을 도키코 씨 앞에 놓았다.

"향기 좋네."

"치나미 씨가 마시는 건데 심신을 차분히 안정시켜 준다고 하더라고요."

티백이 들어 있는 상자에 잠자기 전에 마시면 좋다고 적혀 있었다. 캐모마일이나 스피어민트가 들어 있는 모양이다.

"괜찮으면 미치루도 여기서 마시고 가지?"

"네, 그럼 저도 여기서 마실게요."

녹차가 든 찻잔을 테이블에 올려놓고 도키코 씨 맞은편에 앉았다.

"미치루는 녹차 마셔도 괜찮은 거야?"

"전 잠이 안 오는 일이 거의 없어서요. 게다가 아직 씻지도 않은 상태라 자려면 좀 있어야 해서 괜찮아요."

"그래."

"네."

창밖은 어두웠고 주변은 고요했다. 도키코 씨와 둘이서 조용히 차를 마시고 있으려니 깊은 숲속에 있는 느낌이 들었다.

"방 안이 더 넓어진 것 같네요?"

내가 물었다.

전에 방에 들어왔을 때보다 물건이 더 줄어든 것 같았다.

"조금 정리했지. 예전에 입던 기모노를 지인한테 줬거든."

"기모노를요?"

"아까워서 계속 가지고 있었는데 이제는 입을 일이 없으니까. 기모노를 입을 때 필요한 도구랑 장식품도 같이 챙겨서 잘 입어 줄 만한 사람한테 넘겼어. 미치루나 치나미는 기모노 안 입잖아?"

"그렇지요."

기모노는 어릴 적 신사에서 의식을 치렀을 때랑 성인식 때 말고는 입어 본 적이 없다. 유카타(浴衣)*도 고등학교 때나 대학교 다닐 때 축제에 가거나 불꽃놀이 때 입은 게 다였다. 그래도 도키코 씨나 미사코 씨가 입는 법을 가르쳐 주면 입어 보고 싶기는 했다. 남에게 준 게 아까워서 진작 말할 걸 그랬다는 생각도 들었지만 소중한 기모노를 물려받을 정도로 간절하지는 않았다.

차를 마시면서 나도 모르게 서랍장 위에 있는 액자에 자꾸 눈길이 갔다.

"전에도 그 사진을 유심히 보던데?"

도키코 씨가 물었다.

"아, 죄송해요."

"그게 미안할 일인가?"

"소중한 사진 같아서요."

"괜찮아. 남에게 보이기 싫은 사진이었으면 거기 두지도 않았을 테니까."

미사코 씨는 도키코 씨 방에 들어와 자주 이야기를 나누는 것 같았고 마유미 씨나 치나미 씨가 들어와 있는 경우도 있었다. 사치코 씨도 다른 사람들이 모여 있을 때는 끼지 않지만 이 방에서 도키코 씨랑 둘이 이야기하는 경우는 가끔 있는 모양이었다.

* 여름에 간편하게 입을 수 있는 기모노의 일종.

"언제쯤 찍은 사진이에요?"

"내가 여기 온 지 얼마 안 됐을 무렵일 거야. 그때는 아직 학생들이 자취하는 집이었고 그 사람은 가끔 놀러 오기만 했지."

"여기서 살기도 한 분이었다죠? 치나미 씨한테 들었어요."

"인생의 마지막 몇 년 동안만 있었지."

미소 짓는 얼굴로 사진을 바라보며 도키코 씨가 말했다.

"정말 친한 친구분이었나 봐요?"

"아니야."

도키코 씨가 대답하면서 고개를 가볍게 저었다.

"네?"

"연인이었어."

"……."

"놀랐지?"

도키코 씨가 내 얼굴을 쳐다보았다.

"아니, 그게, 그러니까……."

"그런 게 용납되던 시대도 아니었고 그런 마음을 믿어 주지도 않던 시대였으니까."

성적 취향의 다양성이라고 해서 점점 이해하는 사람이 늘기는 했어도 여전히 비판적인 눈초리로 바라보는 사람들이 많다. 도키코 씨가 살아온 시대에 그런 관계가 어떤 식으로 여겨졌을지 잘은 몰라도 충분히 상상이 갔다.

머리로는 그런 게 아니라는 사실을 알면서도 요즘 시대에서나 볼 수 있는 일이라는 식으로 여기고 있었다. 하지만 동성을 좋아하는 사람은 옛날부터 있었을 것이다.

"난 젊은 나이에 결혼했어."

"그랬군요."

"부모님이 정해 주신 사람이었는데 결혼 전에 딱 한 번 본 게 다였지. 그런 게 당연한 시대였으니까. 저 사람하고는 십 대 때부터 친구로 지냈는데 처음 봤을 때부터 좋아했어. 하지만 그런 마음을 드러낼 수는 없었어. 어차피 좋아하는 사람과 함께 살 수도 없고, 워낙 엄한 집안이어서 부모님께 반항하는 건 꿈도 못 꿨으니 아무 말 없이 시집을 갔지. 시댁 식구들은 다 좋은 분들이어서 나름 행복하게 살 수 있었어. 그러다가 아들 하나를 낳았지. 그런데 이제 가족을 이뤄서 살아가면 되겠구나 하는 시점에 내 마음이 무너져 버렸어. 팽팽하게 당기고 있던 줄이 뚝 끊어진 것처럼."

"무슨 일이 있었어요?"

"아니, 전혀."

먼 곳을 바라보는 눈길로 도키코 씨가 이야기를 이어 갔다.

"의무를 다했다는 마음이 드니까 갑자기 내 인생이 텅 비어 버린 것 같았어. 시댁 식구들은 내가 아니라 집안의 대를 이을 아들을 낳아 줄 여자가 필요했을 뿐이었지. 그 의무를 다했으니 나는 이제 쓸모가 없는 존재였던 거야. 그렇다고 당장 차갑게 대하거나 할 사람들은 아니었지만 나 혼자 외톨이가 된 기분이었어. 그런데 지금 와서 생각해 보면 그것도 내 피해망상이었던 것 같아. 가족을 이룬다는 걸 스스로 계속 거부하고 있었던 거야. 남편을 사랑하는 마음은 도무지 생겨나지 않았고, 내가 낳은 자식도 사랑스럽지 않았어. 아기를 보면 귀엽다는 생각은 드는데 뭔가 아주 나쁜 짓을 하는 기분이 들었지. 집안의 대를 이을 아들의 엄마일 뿐인 나는 과연 어떤 존재인지 스스로도 알 수 없었고. 정신적으로 심각하게 힘들어지면서 몸도 안 좋아졌어. 지금은 우울증이니 하는 정신병을 다들 알고 있지만 그 시절에는 그런 걸 몰랐으니까."

"네."

"아무것도 하지 못하니 결국 시댁에서 쫓겨나듯이 이혼을 당했지. 친정으로 돌아왔는데 이혼하고 돌아온 딸내미가 남부끄러워서 못 보겠다면서 부모님이 유배 보내듯이 여기로 보냈어. 원래 여기는 우리 친정이 소유한 부동산이었으니까."

"그랬군요."

"비슷한 시기에 그 사람도 고생하고 있었어."

도키코 씨가 사진을 보며 말했다.

"결혼해서 자식을 둘이나 낳았는데 남편한테 딴 여자가 있었던 거야. 게다가 남편이 처자식에게 주먹을 휘두르기도 했어. 그 당시는 훈육한다고 매를 들거나 때려도 누가 뭐라고 하지 않을 때였으니 저 사람도 그냥 참고 살았지. 다른 여자를 두는 것도 잘난 남자의 훈장처럼 여겨지는 시대였고. 저 사람도 나처럼 남편을 사랑하지 않았어. 그래서 더 참는 방법밖에 없었던 모양이야. 그런데 어느 날 술에 취한 남편한테 맞아서 귀가 멀어 버렸지. 내 자식들도 이런 꼴을 당하게 하면 안 되겠다는 생각이 들었다면서 여기로 도망쳐 왔어. 그렇게 나에게 와 줘서 나는 정말 기뻤고."

"이 사진은 그때 찍은 건가요?"

둘 다 온화하게 웃고 있었지만 그 미소 뒤에 많은 고생이 가려져 있었다.

"그렇지."

"그럼 그 뒤로 저분은 계속 여기서 사셨나요?"

"아니."

도키코 씨가 고개를 저었다.

"이혼이 결정되면서 친정으로 돌아갔어. 다행히 저 사람 친정은 우리 집처럼 가부장적이지는 않았거든. 부모님께서는 그렇게 나쁜 곳으로 시집보냈던 걸 많이 후회하고 미안해하셨어. 이곳으로 돌아온 건 부모님을 다 보내드리고 자식들도 다 커서 제각기 자리 잡은 다음이었지. 물론 여기서 살기 전에 종종 놀러 온 적도 있었고, 그러는 사이에 우리는 연인이 되었어. 서로 같은 마음을 품고 있었다는 사실을 확인할 때까지 정말 오랜 시간이 걸렸지. 하지만 우리가 젊었을 때 그 사실을 알았다고 해도 계속 함께 있지 못했을 거야. 자기 마음도, 상대방의 마음도 받아들이기가 쉬운 일이 아니었으니까. 저 사람의 자녀들이 모두 결혼해서 어머니를 모시겠다고 나선 적도 있는데 그래도 나랑 함께 있는 쪽을 선택해 주었어."

"여기서 돌아가셨죠?"

"그래."

도키코 씨가 조용히 끄덕였다. 도키코 씨는 무척 행복한 표정을 짓고 있었다. 떠올리기만 해도 행복해질 정도로 그 사람을 여전히 사랑하는 모양이었다. 살짝 부끄러워하는 모습이 꼭 십 대 소녀처럼 보였다.

"미치루는?"

고개를 든 도키코 씨가 나를 보았다.

"요전에 데이트한 거 아니었나?"

"데이트라고 할 정도는 아니었고요."

"요즘 여자들은 일이다 취미다 하며 워낙 바쁘게 살아서 사랑이 으뜸은 아닐 수도 있겠네."

"그렇죠."

차를 홀짝 마시며 맞장구를 쳤다.

"그래도 누군가를 사랑한다는 건 정말 좋은 거야. 사랑하는 사람과 함께 있으면 인생이 밝게 빛나니까."

"네."

마루야마 씨와의 관계에 대해서는 여전히 망설이고 있었다. 그래도 그 사람과 함께 있을 때면 온 세상이 밝게 빛나는 느낌이 드는 것만은 확실했다.

쉬는 날이라 점심 무렵까지 늦잠을 자 버렸다. 나이 때문인지 요즘 들어 잠을 오래 못 잔다. 그러니까 간만의 늦잠은 괜찮다고 스스로 용인했다.

잠옷 차림으로 복도로 나가 화장실에 갔다가 방으로 다시 돌아와 세수를 했다. 파카와 청바지로 갈아입고 빨래를 넣은 바구니를 들고 1층으로 내려갔다. 아침나절에 빨래를 돌리려고 했는데 늦어 버렸다. 그래도 날씨가 좋아 금방 마를 것 같았다.

창밖으로 파란 하늘이 드넓게 보이고 여름이 왔나 싶을 정도로 강렬한 햇빛이 쏟아졌다. 층계참의 창문으로 햇살이 환하게 비쳐들었다.

"지금 일어났어?"

부엌에서 치나미 씨가 나오며 물었다.

"늦잠을 자 버렸어요. 그래서 그런지 머리가 좀 지끈거리네요."

"세탁기는 사치코 씨가 쓰고 있던데. 야근이라 조금 전에 들어왔거든."

"아아, 그럼 기다렸다 할게요."

빨래 바구니를 세탁기 앞에 내려놓고 부엌에 가서 차가운 보리차를 따라 마셨다. 치나미 씨는 도키코 씨에게 볼일이 있는지 복도 안쪽으로 갔다.

사치코 씨의 빨래가 다 되기를 기다리는 동안 나는 아침을 먹기로 했다. 평소처럼 낫토에 밥을 먹을까 하다가 모처럼 휴일인데 뭔가 특별한 게 먹고 싶어졌다. 냉동고에 랩으로 싼 식빵 두 쪽이 있었다. 아마도 마유미 씨가 사다 놓은 모양이었다. 마유미 씨는 요즘 주로 재택근무를 하는지 항상 방 안에 있었다. 식빵을 먹어도 되는지 물어보고 싶은데 방해가 되지 않을까 싶었다. 한참 망설이고 있는데 치나미 씨가 부엌으로 돌아왔다.

"도키코 씨는 방에 안 계시는 모양이야."

"어디 외출하셨나 보네요."

"장 보러 가셨나?"

"이 빵, 먹어도 될까요?"

"그거 뭔지 몰라도 비싼 식빵이라던데."

"비싼 식빵?"

"유명한 빵집 거래."

"아아."

"우리 한 쪽씩 먹어 볼까?"

"마유미 씨한테 먼저 물어보는 편이 낫지 않을까요?"

"내 시리얼이나 허브티는 마음대로 먹거나 마시면서 마유미 씨 음식은 왜 그래?"

"나중에 그만큼 돈 드렸잖아요."

미리 말하지 않고 치나미 씨의 음식을 먹을 때도 있지만 나중에 꼬박꼬박 돈을 냈다.

"이것도 나중에 말하면 되잖아."

"그런데 비싼 빵이라면서요?"

"마유미 씨한테는 아무것도 아닐 텐데, 뭐."

"우리 돈으로 낼 수 있을 만한 가격일까요?"

"우리 돈으로 낼 수 없을 정도로 비싼 식빵이 어디 있어?"

식빵을 두고 갑론을박하고 있자 사치코 씨가 부엌으로 들어왔다.

"저기, 세탁기 다 썼어요."

"아, 땡큐!"

나는 식빵은 나중에 생각하기로 하고 일단 세탁기를 돌리러 부엌에서 나왔다. 마침 타이밍 좋게 마유미 씨가 방에서 나와 부엌 쪽으로 걸어왔다.

"식빵 얘기가 들려서 나온 거예요?"

"무슨 소리야?"

마유미 씨가 미간을 찌푸리며 물었다.

"냉동고에 있는 고급 식빵 먹어도 돼요?"

"아아, 마음대로 해."

"고맙습니다. 돈은 나중에 드릴게요."

"그보다 도키코 씨 일어나셨어?"

"방에 안 계신다고 하는 거 보니 외출하신 모양인데요?"

"밖에는 안 나가셨을 텐데. 아침부터 방에서 일하고 있었는데 움직이는 소리가 전혀 안 들렸거든."

와카바소는 벽이 얇아서 옆방에서 나는 소리는 귀를 기울이지 않아도 어지간히 들리고 문 여닫는 소리는 분명히 들리니 방에 있는지 없는지 바로 알 수 있었다.

"아직도 주무시는 걸까요?"

"이 시간까지?"

"그건 아니겠죠?"

나랑 마유미 씨가 동시에 부엌 쪽으로 고개를 내밀어 벽에 걸린 시계를 봤다. 벌써 12시가 다 되어 갔다. 어젯밤 도키코 씨는 평소보다 늦은 시간까지 깨어 있었다. 아무리 그래도 이 시간까지 자고 있을 리는 없었다.

"왜 그래?"

치나미 씨가 부엌에서 나왔고 사치코 씨도 궁금해하는 얼굴로 우리 쪽을 쳐다보았다.

"내가 방에 가 볼게."

마유미 씨가 그렇게 말하더니 복도 안쪽으로 가서 도키코 씨의 방

문을 노크했다. 세 번 이어서 노크했는데도 아무 대답이 없었다.

"저 들어갈게요."

마유미 씨가 천천히 문을 열었다. 나랑 치나미 씨는 뒤에서 방 안을 들여다보았다. 걱정스러운 얼굴로 사치코 씨도 따라왔다.

"주무시네."

마유미 씨가 말했다. 바닥에 펴 놓은 이부자리에 도키코 씨가 누워 있었다. 일단 마음이 놓이기는 했지만 한편으로 뭔가 이상한 느낌이 들었다.

사치코 씨가 우리 사이로 비집고 들어가 도키코 씨 옆에 앉았다. 이불을 젖히고 도키코 씨의 목과 팔을 만져 봤다.

"확실한 건 아니지만……."

사치코 씨가 우리 쪽을 돌아보며 말했다.

"돌아가신 것 같아요."

쓰레기봉투를 들고 방에서 나와 복도 안쪽 화장실과 세면실의 쓰레기와 합쳐서 1층으로 들고 내려갔다. 마찬가지로 1층 화장실과 세면실을 확인하고 욕실에도 들어가 본 다음, 부엌에 있는 커다란 쓰레기통에 한꺼번에 집어넣었다. 싱크대의 음식물 거르는 망 등 잊어버린 부분이 없는지 확인하고 나서 쓰레기봉투 입구를 묶어 집 앞에 내놓았다.

아침이니 아무것도 없겠지만 그래도 우편함을 일단 확인해 봤다. 늦은 밤이나 새벽에 돌렸는지 역 건너편에 새로 생긴 지압 마사지업소 전단지가 들어 있었다. 방금 내놓은 쓰레기봉투를 열고 함께 버렸다. 봉지를 연 김에 현관에서 빗자루를 들고 나와 집 주변을 가볍게 쓸고 쓰레기를 쓰레받기에 담아 같이 버렸다.

집 안으로 들어와 부엌에서 손을 씻었다. 찬장을 열어 쌀과 녹차와 파스타가 얼마나 남아 있는지 살폈다. 얼마 안 남은 물품은 메모지에 적어 냉장고에 붙여 놓았다.

싱크대도 청소하고 싶었지만 먼저 아침을 챙겨 먹기로 했다. 냉동고에 보관해 둔 밥을 꺼내서 전자레인지에 돌렸다. 기다리는 동안 냉장고에서 낫토를 꺼내 소스와 겨자를 뿌렸다. 계단을 내려오는 발소리가 들리더니 사치코 씨가 부엌으로 들어왔다.

"좋은 아침이에요."

"좋은 아침."

"쓰레기 버려 줘서 고맙습니다."

"오늘 일하는 날이야?"

"휴일이에요."

"쌀이 다 떨어졌는데 사다 줄 수 있어?"

"네."

"돈은 마유미 씨한테 받으면 돼."

"알았어요."

이야기를 주고받으면서 사치코 씨는 물을 끓여 티백으로 홍차를 만들었다. 사치코 씨의 머그컵에는 어릴 때 읽던 그림책에 나오는 생쥐 캐릭터가 그려져 있었다.

"냄새 좋네."

사과나 복숭아 향이 들어간 차인지 달콤한 향기가 났다.

"일하는 데에서 받은 거예요. 드실래요?"

"좋지."

"어느 컵에 드려요?"

"아무거나 상관없어."

"그럼 이걸로."

사치코 씨는 그릇장을 열고 내가 항상 쓰는 하얀 컵을 꺼냈다.

"고마워."

"여기요."

내 컵에도 홍차를 만들어 준 다음 사치코 씨는 2층으로 다시 올라갔다.

도키코 씨가 돌아가시고 한 달이 지났다. 나와 치나미 씨가 멍하니 넋을 놓고 있는 사이에 마유미 씨와 사치코 씨가 여러 가지 필요한 절차와 일들을 맡아 주었다. 원래부터 도키코 씨는 와카바소에 관한 자금 문제를 마유미 씨와 의논하고 있었고, 본인의 건강 문제나 혹시라도 간병이 필요하게 될 경우에 대해서는 사치코 씨와 의논했던 모양이다. 너무나 갑작스러운 일이어서 나도 치나미 씨도 어떻게 해야 할지 몰라 당황하고만 있었는데 두 사람은 침착하고 냉정하게 일을 처리했다.

나는 마유미 씨의 부탁으로 과거에 와카바소에서 살던 사람들에게 부고 전화를 돌렸다. 울음을 터뜨리는 사람, 조용히 받아들이는 사람 등 부고를 접한 이들의 반응은 다양했고 그중에는 이미 고인이 된 사람들도 있었다. 마유미 씨가 "여기는 내가 직접 연락할게."라고 한 곳은 도키코 씨의 연인이었던 분의 유족 같았다. 도키코 씨의 가족이나 친척에게는 연락을 하지 않았고 빈소와 장례식 때도 아무도 오지 않았다.

사회적인 상황을 고려해서 조문도 최소한으로 받고 장례식도 와카바소에 살고 있는 우리와 근방에 사는 분들만 참석해서 조촐하게 치렀다. 유골은 새하얀 항아리로 된 유골함에 담아 도키코 씨 방에 모셔 두었다. 조만간 방도 치워야 하지만 사십구재까지는 그대로 두기로 했다. 유골함 옆에는 도키코 씨와 연인이 함께 찍은 사진을 놓아두었다.

사십구재를 치른 다음 바로 옆 동네에 있는 묘원의 1인용 묘소에

납골함을 안치할 예정이었다.

도키코 씨네 부모님과 형제들은 모두 돌아가셔서 연락을 안 한 게 아니라 와카바소를 상속하면서 인연을 끊었기 때문에 연락하지 못했다는 이야기를 마유미 씨한테서 들었다. 결혼과 이혼, 그 뒤의 연애에 이르기까지 가족들은 도키코 씨가 '우리 집안의 수치'라면서 계속 책망했던 모양이다. 그렇게 점점 관계가 나빠지면서 차라리 서로 인연을 끊는 게 낫겠다고 생각했고, 그러다 결국 도키코 씨는 아버지로부터 "와카바소를 네 몫으로 줄 테니 다시는 우리 집안에 발을 들여놓지 말아라."라는 선고를 받았다고 한다.

그런 시대였으니까 어쩔 수 없다고 생각하면서도 마음을 다잡을 수 있는 일이 아니었다.

처음 와카바소로 이사 왔을 때 도키코 씨가 여기서는 성이 아닌 이름으로 서로를 부른다면서 "사람마다 사정이 있으니까."라는 말을 했다. 같은 성을 가진 집안과 가족으로부터 멀어지고 싶었는데도 완전히 마음을 접을 수 없다는 것을 느끼면서 살아왔기 때문에 그런 말을 했으리라는 짐작이 갔다. 미사코 씨처럼 과거의 결혼이나 이혼 때문에 신분을 숨기고 싶어 하는 사람도 있었을 테다. 그러나 표면적으로 아무리 숨긴다 해도 보이지 않게 따라다니는 게 있다. 사치코 씨가 이사를 왔을 때 미사코 씨가 '가짜 이름일 수도 있다'고 했다. 예전에 살던 사람 중에는 가명을 쓴 사람도 있었을 테고 지금도 있을 수 있다. 만약에 있다고 해도 그 가명을 그 사람이 선택한 진짜 이름이라고 생각해 주고 싶다.

낫토 얹은 밥을 다 먹고 사치코 씨가 만들어 준 홍차를 마시면서 멍하니 뉴스를 봤다. 여전히 코로나에 대한 뉴스만 줄기차게 나오고 있었다. 작년에 연기된 하계 올림픽경기를 올해는 예정대로 개최하기로 결정했는데 반대하는 사람들이 많다고 한다.

도키코 씨는 전쟁을 경험한 세대였다. 전쟁 당시에는 어땠는지, 종전 후에는 어떻게 살았는지, 이전 도쿄 올림픽 때는 사람들이 어떤 반응을 보였는지, 그리고 격변하는 지금 시대를 어떻게 생각하는지. 좀 더 많은 이야기를 들어 둘 걸 그랬다.

아네모네는 예정대로 연휴가 끝나자마자 문을 닫고 리모델링을 시작했다. 전면적으로 다 고치는 게 아니라 계산대 주변과 드링크 카운터의 선반을 사용하기 쉽게 다시 짠다거나 주방에 새 오븐을 들여놓는다거나 낡은 의자나 테이블을 교환하는 정도였다. 벽지와 바닥은 지저분한 곳만 깨끗이 닦고 그대로 두기로 했다. 기본적인 부분이 그대로인데도 다른 가게가 되어 버린 것처럼 보였다.

손님 자리는 앞으로의 코로나 상황에 따라 테이블을 옮겨서 혼자 온 손님도 받고 단체 손님도 받을 수 있도록 만들었다. 예전 가구들과 비슷한 느낌의 디자인으로 골랐다. 계산대에 최신 장비와 태블릿을 들여서 현금과 신용카드 외에도 모든 전자 결재가 가능해졌다. 화장실만큼은 전면적으로 뜯어고쳤고 벽지도 새로 발랐다. 물탱크가 없는 온수 비데를 설치했기 때문에 청소가 한결 수월해질 것이다. 사무실 내부도 깔끔해졌다. 가게가 처음 문을 열었을 때부터 지금까지 버리지 못하고 쌓아 두었던 직원들의 분실물 등을 비롯한 지저분한 물건들을 정리했고, 개인 물품을 보관하는 선반도 새로 만들어서 쓰기가 편해졌다.

손님에게도 직원에게도 편리한 방향으로 고치는 것인데도 이상하게 마음이 적적하고 쓸쓸했다.

새로운 계산대의 사용법을 연습하면서 가게 안을 둘러봤다. 지금까지는 일이 생길 때마다 사장님이나 사모님한테 말하면 그만이었는데 이제부터는 그럴 수 없다. 두 사람은 한동안 지금 사는 집에 그대로 있다가 사회적인 상황과 본인들의 건강이 조금 회복되는 대로 도쿄를 떠나 지방으로 이사할 예정이었다. 지금껏 쉬지도 못하고 일만 하면서 살아왔으니 이제 좀 느긋하게 지내고 싶은 모양이었다.

그동안 나는 아르바이트 신분이기는 해도 나름 책임을 느끼면서 일해 왔다. 하지만 지금까지 내가 느꼈던 책임은 아무것도 아니었다. 이제부터는 사장님도 사모님도 없고, 기바 씨도 홀에 대해서는 잘 모르니 내가 정신을 차리고 일해야 한다. 새로 들어오는 직원이 유키처럼 친하게 지낼 수 있는 사람이면 좋겠지만 모든 일이 내 마음대로 되지는 않을 것이다.

"미치루, 잠깐 시간 되나?"

기바 씨가 주방에서 나와 나를 불렀다.

"왜요?"

"할 얘기가 좀 있어서."

"네."

영업을 하는 게 아니니까 손님 자리에서 이야기해도 되는데도 기바 씨가 손짓으로 부르는 탓에 주방으로 들어갔다. 나랑 교대하는 것처럼 구라타가 주방에서 나오는 걸 보고 새로운 계산대 사용법을 확인해서 알아 두라고 당부했다. 주방에도 새 사람이 들어오기 때문에 구라타가 상급자 위치가 된다. 사실 주방에서 요리하는 사람은 홀에 나오지 않는 편이 바람직하다. 그래서 사장님도 홀에 나오지 않았고, 계산대 쓰는 방법도 몰랐다. 하지만 가게 운영이 새롭게 자리 잡힐 때까지 구라타는 주방과 홀을 드나들면서 두루 챙겨야 한다.

구라타는 무슨 일이든 군말 없이 신나게 해 주기 때문에 큰 힘이 된다. 그렇다고 해서 한 사람에게 너무 많은 일을 시키고 의지하는 것은 노동착취다. 구라타가 불만을 느끼는 부분이 있다면 충분히 들어주고 고쳐야 한다.

"무슨 일인데요?"

주방 안쪽에 있는 휴게실로 갔다. 이곳 역시 새로 정비했다. 전에는 언제부터 있었는지도 모르는 낡은 만화 잡지가 쌓여 있었고 켜지지도 않는 브라운관 TV가 놓여 있었는데 전부 치워 버렸다. 테이블과 의자도 중고 물품점에서 사 오거나 접이식으로 된 허름한 것들이었는데 모두 처분하고, 예전 손님 자리에서 사용하던 것들로 교체했다.

"뭐 좀 먹으면서 이야기할까?"

기바 씨가 나에게 물었다.

"아직 괜찮아요."

벽에 걸린 시계를 보니 오후 2시가 넘은 시간이었다. 평소 같으면 점심 영업을 마치고 오늘 직원 점심으로 뭐가 나올지 그 생각만 하던 시간이지만 지금은 배가 고프지 않았다. 선반도 정리하고 이리저

278

리 움직이기는 했어도 평소만큼의 운동량은 아니었다.

기바 씨는 나를 보더니 숨을 크게 들이마시고는 어렵게 입을 열었다.

"진짜로 여기서 계속 일하기로 한 거야? 그렇게 알고 있어도 되는 거지?"

"네?"

"예전에도 말했듯이 미치루가 계속 일해 주면 나로서는 더 바랄 것이 없어. 하지만 그건 그냥 내 욕심일 수도 있다는 생각이 들어서. 이 가게가 앞으로 어떻게 될지 아무도 모르는 일이야. 그러니까 미치루가 여기서 계속 일한다고 해도 최소한 한동안은 지금까지처럼 최저 임금을 받는 아르바이트로 있어야 한다는 뜻이지. 그럼 미치루 개인한테는 너무 손해가 아니냐는 소리야. 앞으로의 생활이나 장기적으로 봤을 때 좀 더 여러 가지로 보장이 되는 일자리를 찾아보는 게 낫지 않겠어?"

"으음, 그렇기는 하죠."

와카바소에서 계속 살 수 있으면 한동안은 걱정이 없겠다고 생각했다. 그런데 도키코 씨가 돌아가셔서 앞으로 그 집도 어떻게 될지 알 수 없게 되었다. 지금은 일단 예전처럼 살고 있기는 하지만 사십구재가 지나고 도키코 씨의 방을 정리한 다음에는 어찌 될지 모른다. 낡은 건물이니 아예 허물어 버릴 수도 있었다.

"그만두고 싶다거나 다른 일을 알아보고 싶다면 솔직하게 말해도 괜찮아."

"솔직히 망설이고는 있어요."

내 생각을 있는 그대로 말했다.

"그렇군."

"하지만 하고 싶은 일이 따로 있는 건 아니에요. 가능하면 아네모네에서 계속 일하고 싶어요. 그래도 앞으로의 인생을 생각하면 좋아하는 일만 하면서 살 수는 없지 않나 싶기도 해요. 아무리 나 혼자만건사하면 된다고 해도 안심하고 살아갈 수 있을 정도의 보장은 반드시 필요하니까요."

내일모레 나는 마흔한 살이 된다. 작년, 마흔 살 생일에는 외출을철저하게 통제하고 집 안에서만 머물라고 했던 엄격한 긴급사태가풀린 지 얼마 안 된 때여서 축하할 기분이 들지 않았다. 생활에 불안감을 느끼면서 정신적으로도 상당히 침체된 상태였기 때문인지 나이를 먹는다는 점에 공포감마저 느꼈다. 그런데 와카바소에 들어가도키코 씨나 마유미 씨, 미사코 씨와 이야기를 나누면서 나이를 먹는다는 것이 두려워할 일이 아니라는 것을 깨닫게 되었다. 지금 나는 1년 전 같으면 상상도 하지 못했던 생활을 하고 있다. 그런 걸 보면 앞으로 살면서 무슨 일이 일어날지 알 수 없었다. 그런데도 요즘들어 기분이 가라앉는 날들이 다시 늘고 있었다.

"오월병(五月病)*에 걸렸나?"

내가 중얼거리자 기바 씨는 미간을 찌푸리면서 무슨 소리를 하는지 모르겠다는 표정을 지었다.

---

* 4월에 새로운 환경에 들어간 신입생이나 신입 사원에게 5월에 나타나는 환경 부적응 증상.

"오월병이 맞는 것 같아요."

단정적으로 말했다.

"신입생이나 신입 사원이 아니더라도 봄은 뭔가 변화가 많은 계절이잖아요. 아네모네가 휴업하고 리모델링해서 다시 문을 여는 거니까 저도 신입 사원이나 다름없는 셈이죠. 변하는 환경에 대한 기대도 있지만, 동시에 불안하기도 한 거예요. 더구나 저는 생일이 5월이기도 해서 매년 이맘때가 되면 컨디션도 좋지 않거든요. 지난 1년 동안 도대체 뭘 하고 살았을까 하는 생각이 자꾸 들어서요."

생각나는 대로 말을 늘어놓았는데 뭔가 초점이 맞지 않는 듯한 느낌이 들어 마음은 오히려 더 찜찜해졌다.

"일단 여러 가지로 고민 중이라는 점은 알았어."

기바 씨가 말했다.

"……네."

"나나 구라타의 눈치를 본다거나, 사장님과 사모님이나 이 가게에 대한 의리네 정이네 그런 것에 얽매이지 말고 미치루는 자기가 어떻게 하고 싶은지만 생각해서 행동해 줬으면 해."

"네."

"혹시 오해할까 봐 하는 말인데 나는 미치루가 아네모네에 꼭 필요한 인재라고 생각하고 있고, 그만두기를 바라지 않는다는 점만 분명히 알아 둬."

"네, 알고 있어요. 고맙습니다."

이야기가 끝나서 자리에서 막 일어서려는데 구라타가 주방으로 들어와 휴게실에 얼굴을 들이밀었다.

"미치루 씨, 손님이 찾으세요."

"누군데?"

"마루야마 씨요."

"아, 네. 지금 나가요."

예상치도 못한 사람의 방문에 놀란 나머지 구라타에게 존댓말로
대답해 버렸다.

마루야마 씨는 가게 안으로 들어와 계산대 앞에 서 있었다.

"안녕하세요."

내가 인사하자 마루야마 씨는 어색하게 손을 흔들었다.

둘이서 공연을 보러 다녀온 날 이후에도 마루야마 씨는 몇 번 밥
을 먹으러 와서 얼굴을 보는 일은 있었지만, 다른 손님들을 상대하
거나 리모델링 관련 업자와 연락하는 일 때문에 분주해서 제대로 이
야기를 해 본 적이 없었다. 가게 문을 닫은 이후로는 전혀 만나지 못
했다. 이대로 가다가는 둘이서 함께했던 시간까지 없던 일이 되어
버릴 것 같아 메시지라도 보내야 하나 계속 망설이며 생각만 하고
있었다.

"갑자기 찾아와서 미안해요."

마루야마 씨가 말했다.

"아니에요, 괜찮아요."

"공사가 많이 진행됐네요."

"그렇지요. 이제 선반들 정리하고 새로운 메뉴만 정하면 다시 오
픈할 수 있어요."

"그렇군요."

"네."

"아, 이건 여기 분들하고 같이 드시라고 가져왔어요."

마루야마 씨가 들고 있던 하얀 종이봉투를 건넸다.

"음식점에 과자를 들고 오는 게 좀 이상한가 싶기는 했는데. 혹시 여기서 드시기 그러면 집에 계신 분들하고 드세요."

"고맙습니다."

종이봉투를 받았다. 연보라색 포장지로 잘 포장된 과자가 들어 있었다. 유키가 있었으면 같이 먹었겠지만 기바 씨나 구라타는 별로 내켜하지 않을 것 같다. 두 사람한테 물어보고 와카바소에 가지고 가야겠다.

"그럼 이만 가 볼게요. 오픈하면 다시 봐요."

"네? 벌써 가게요? 좀 더 있다가 가요."

바로 돌아가려는 마루야마 씨를 엉겁결에 붙잡았다.

"응? 일하고 있던 거 아니에요?"

"저 아직 점심 휴식 시간을 안 썼기 때문에 괜찮아요. 오늘 꼭 해야 할 일도 끝낸 상태고요. 걱정하지 않아도 돼요."

"그렇군요."

"2층 카페로 가요!"

"그래요."

"잠시만요."

주방으로 가서 기바 씨와 구라타에게 잠깐 나갔다 오겠다고 말하고 사무실에 가방을 가지러 갔다. 마루야마 씨에게 받은 과자는 선반에 올려놓았다. 오늘은 선반을 정리하고 청소만 하면 된다는 생각에 티셔츠와 청바지 바람으로 나왔다. 티셔츠는 몇 년 전에 라이브 콘서트에 갔다가 현장에서 구매한 것인데 가슴에 가수 이름이 커다랗게 박혀 있었다. 이럴 줄 알았으면 좀 더 괜찮은 옷을 입고 나올걸.

하지만 이게 나다. 관계에 대해 주저하는 마음은 있어도 마루야마 씨를 보면 너무 좋다. 지금까지와는 다른 방식으로 이 사람을 사귀기 위해서는 나라는 사람의 모습을 있는 그대로 보여 줘야 한다.

"기다리게 해서 미안해요."

사무실에서 나와 계산대 앞으로 돌아왔다.

"괜찮아요."

"너무 꾀죄죄한 꼴이라 민망하네요."

"내 옷차림도 거기서 거긴데요, 뭐."

마루야마 씨는 하얀 티셔츠에 검은 슬림 바지를 입고 있었다. 운동화도 검정색이었다. 심플하면서도 멋스럽게 보이는 차림새여서 나와는 다른 느낌인데 굳이 그런 이야기를 길게 늘어놓을 필요는 없을 것 같았다.

가게 앞문 바로 옆에 있는 계단을 올라갔다. 5월밖에 안 되었는데 벌써 여름 날씨 같았다. 밖에 잠깐 나온 것뿐인데도 후끈한 열기가 온몸을 감쌌다.

카페는 한산했다. 비즈니스 미팅을 하는 것으로 보이는 남자 두 명이 한 테이블에 앉아 있었고 책을 읽고 있는 여자 한 명이 있을 뿐이었다. 카운터에서 신문을 읽고 있던 주인에게 인사하고 창가 자리에 앉았다.

"점심은 드셨어요?"

마루야마 씨에게 물었다.

"아아, 응."

"그렇겠네요."

"모치즈키 씨는 아직이죠? 뭐 좀 먹어요."

"으음, 그래야 하나?"

내 마음을 있는 그대로 드러내야 한다고 머리로는 생각하면서도 자꾸만 눈치를 보게 된다.

"나는 케이크를 하나 먹을까 하는데."

"그렇게 하세요. 전 핫케이크 시키려고요."

마루야마 씨는 뜨거운 커피와 치즈케이크를 주문하고 나는 아이스티와 핫케이크를 부탁했다.

"많이 피곤해요?"

마루야마 씨는 아주 잠깐 마스크를 벗고 물을 마시면서 물었다.

"……조금요."

"리모델링이 보통 일이 아닌가 보네."

"리모델링 자체는 그렇게 힘들거나 하지 않아요. 저야 공사하는 사람들이 왔을 때 옆에 있거나 주변에 있는 것들을 치우거나 하는 정도라서요. 체력적인 부분보다 환경 변화 때문에 피곤한 것 같아요."

"그렇구나."

"미안해요. 너무 애매한 표현이죠?"

"이해한다고 할 정도는 아니지만 대충 짐작은 가요. 지난 1년 동안 내 주변에도 참 많은 변화가 있었으니까. 마흔 넘으면서 그냥 이렇게 계속 살아가겠구나 했는데, 그러지 못할 수도 있다는 사실을 뼈저리게 느끼게 되었어요. 좋아진 부분도 있고, 안 좋아진 부분도 있고. 이십 대나 삼십 대 때까지만 해도 일이라든지 인간관계가 변하는 게 당연한 일이었는데. 사십 대가 되었다 해도 변화는 마찬가지일 텐데 그걸 받아들이는 속도가 느려졌어요. 그래서 갑작스러운 변화가 생기면 피로감을 느끼는 거죠."

"맞아요."

파견사원이나 계약직으로 일하던 시절에는 2~3년에 한 번씩 업무 자체가 완전히 바뀌었고, 이사도 여러 번 다녔다. 그런 이동에 따라 인간관계도 변하곤 했다. 그때마다 힘들었지만 새로운 환경에 적응할 힘이 있었기에 물 흐르듯이 모든 일들이 흘러갔다.

"표면적으로는 이사나 일터의 리모델링 때문이라고 할 수 있지만 사실 모치즈키 씨 마음속에서 뭔가 더 많은 변화가 있어서 그런 것 아닌가?"

"……네."

"그것 말고도 뭔가 일이 있었어요?"

"그러니까…….'

어떤 식으로 설명해야 하나 생각에 빠져 있는데, 주인이 음식을 들고 왔다.

"주문하신 음식 나왔습니다."

그렇게 말하며 나랑 마루야마 씨 앞에 각자 주문한 것들을 내려놓고는 조용히 카운터로 돌아갔다.

"핫케이크가 맛있어 보이네요."

마루야마 씨가 웃는 얼굴로 말했다.

"사실 핫케이크 정도는 저도 만들 수 있는데 여기 것은 특별해요. 폭신폭신한 식감이 기가 막힌데 그게 얼마 전까지 유행하던 수플레 팬케이크처럼 속이 빈 게 아니라 아주 꽉 찬 느낌이에요."

"한입 먹어 보고 싶기는 한데 달라고 말하기 힘든 세상이 되어 버렸네요."

"그러네요."

맞장구를 치면서 핫케이크를 잘라 시럽을 뿌렸다.

"그렇게 할 수 있는 사이도 아니고요."

"그렇게 할 수 있는 사이가 되고 싶다는 뜻인가요?"

"……으음."

마루야마 씨는 미간을 찌푸리며 신음하더니 창밖을 내다보았다.

"대답하기 난처한 질문인가요?"

"모치즈키 씨에 대한 마음은 틀림이 없어요."

내 얼굴을 쳐다보면서 마루야마 씨가 말했다.

"밥 먹으러 자주 가는 식당의 종업원과 단골손님이라는 관계일 뿐이지만 지금까지 여러 가지 대화를 나눴고, 앞으로도 더 많은 이야기를 하고 더 많이 알아 갔으면 해요. 둘이서 같이 어디를 가거나 이렇게 이야기하고 있으면 마음이 편안해져요. 하지만 어떤 사이가 되고 싶은지는 잘 모르겠어요. 조금 전에도 이야기했다시피 변화에 피로감을 느끼는 부분도 있어요. 남자로서 좀 더 분명한 태도를 보여야겠지만 그 생각이 과연 올바른지 의심이 되기도 해요. 어느 한쪽이 무리하면 그 관계는 계속 이어지기 힘들어지니까요."

"네."

고개를 끄덕이면서 마스크를 벗고 아이스티를 한 모금 마셨다.

"저도 망설이고 있어요. 마루야마 씨를 만나면 정말 좋고, 이야기도 더 많이 하고 싶어요. 그런데도 연애를 하고 싶은가 생각해 보면 그건 또 아닌 것 같아요. 3년 전쯤이었으면 결혼해서 아이를 낳는다는 미래의 모습까지 떠올려 봤겠지만, 이제는 아니구나 싶어요. 신체적으로는 아직 가능할 수도 있겠지만, 금전적인 부분이라든지 그런 것까지 감안하면 도저히 안 되겠다는 결론이 나오는 거죠. 그리고 애초에 결혼이나 출산을 위해 누군가를 사귀는 것도 아니잖아요. 하지만 그럼 무엇을 위해 연애하나 싶기도 해요. 내 마음대로 생활하고 싶어도 연인이 있으면 그렇게 못할 수도 있잖아요. 무언가를 얻으려면 무언가를 포기해야 한다고 머리로는 생각하면서도 지금 생활을 버리기는 싫거든요."

주저리주저리 말을 이어 가는 나를 보고 마루야마 씨가 피식 웃었다.

"죄송해요, 횡설수설해서. 그렇게까지 깊이 들어갈 이야기가 아니었던 거죠?"

"아니, 그래서가 아니라……."

마루야마 씨가 설레설레 고개를 저었다.

"나도 비슷한 생각을 하기는 했어요."

"그래요?"

"음식 식겠어요. 먹으면서 이야기합시다."

"네."

핫케이크를 한입 먹었다.

"지금은 나 하나 정도는 먹고 살 정도의 수입이 있어요. 하지만 앞으로 어떻게 될지는 아무도 모르죠. 프리랜서라서 아무런 보장이 없어요. 세상 돌아가는 상황이 바뀌면 어느 날 갑자기 일이 뚝 끊길 수도 있고요. 그렇게 되었을 때 나 혼자면 몸을 쓰는 일을 하든, 하루 벌어 하루 먹는 생활을 하든 어떻게든 살아갈 수 있어요. 하지만 가족이 있으면 내가 뭘 어떻게 해 주지 못할 수도 있어요. 사귀는 사람이 생긴다고 해서 결혼이나 자녀를 가질 생각을 하기는 어려워요. 그러려고 사귀는 게 아니라고 해도 그런 부분을 전혀 고려하지 않을 수도 없지요. 그래서 나름 혼자서도 잘 살고 있으니 이걸로 충분하다고 생각했었어요. 작년에 코로나 사태가 심각해지기 전에 모치즈키 씨랑 낭독극을 보러 갈 약속을 했을 때는 친구처럼 좀 더 친하게 지낼 수 있으면 좋겠다 싶었어요. 그러는 편이 더 오랫동안 관계를 이어 갈 수 있을 것 같았고, 더 많은 것을 바라면 더 힘들어질 수도 있으니까."

"네."

핫케이크를 한입 먹기는 했지만 더 들어가지 않아 포크를 든 채로 이야기를 들었다.

"그런데 세상이 너무 많이 변했고 내일 무슨 일이 벌어질지 모르게 되었지요. 그런 상황이 되니까 내 진심이 무엇인지 알게 되었어요. 내가 좋아하는 일을 하면서 사랑하는 사람과 함께하고 싶다는 마음이 강해진 거죠."

"네."

"남들처럼 평범한 연인 관계가 되지 않아도 상관없어요. 그냥 우리 둘이 머리를 맞대고 어떻게 하면 서로 편하고 좋은 관계를 만들어 갈 수 있을지 생각해 봤으면 좋겠는데, 너무 과한 욕심일까요?"

"……."

내 눈을 똑바로 바라보며 묻는 마루야마 씨에게 어떻게 대답해야 할지 몰라 아무 말도 하지 못했다.

"뜬금없이 엉뚱한 얘기를 해서 미안해요."

"아니, 그런 게 아니에요. 그러니까……."

"왜요?"

"저도 좋아요."

머리를 살짝 끄덕이고서 그대로 눈길을 아래로 둔 채 말했다.

"오만가지를 고민하고 생각하고 하는 성미라 힘들게 하는 점도 많겠지만 저도 마루야마 씨랑 함께하고 싶어요."

"……다행이다."

마루야마 씨는 안도의 한숨을 크게 내쉬더니 기뻐하는 표정으로 웃었다. 내 생각에만 정신이 팔려서 알아차리지 못했는데 마루야마 씨도 나만큼 긴장했던 모양이다.

중학생들보다 진도가 더 느릴지도 모르고 관계가 금방 깨질 수도 있다. 그래도 지금은 우리 관계에 대해 같이 고민해 보자는 이 사람과 함께하는 길을 택하고 싶었다.

"먹읍시다."

포크를 잡고 마루야마 씨가 치즈케이크를 먹었다.

"저도 먹을게요."

핫케이크를 먹었다.

"아까 뭔가 하려다 만 얘기가 있지 않아요?"

"네?"

"음식 나오기 전에 뭔가 얘기하려고 했잖아요."

"아아, 맞아요."

핫케이크를 꿀꺽 삼킨 다음 아이스티를 한 모금 마셨다.

"우리 집의 주인이자 관리인이었던 분이 돌아가셨어요."

"언제?"

"4월 말이요."

"그랬구나."

"연휴 때는 빈소도 차려야 하고 장례도 치러야 하고 아네모네도 리모델링에 들어가기 직전이고 해서 정말 정신없이 지냈어요."

"그렇군요."

"이제 겨우 정신을 차렸는데 제가 사는 집이 앞으로 어떻게 될지 모르는 상태예요. 가족도 없는 분이어서 누군가에게 팔리거나 하면 건물을 허문다고 할 수도 있고요."

"으음."

"그냥 단순히 살 곳을 찾아보는 정도라면 어떻게든 해결할 수 있지만 그게 다가 아니거든요."

"응."

"도키코 씨, 돌아가신 집주인 이름이 도키코 씨인데, 그분하고 좀더 이야기도 하고 싶었는데……. 그리고, 지금 같이 있는 사람들하고도 계속 함께 살고 싶어요."

마음에 담아 두었던 생각을 털어놓았더니 나도 모르게 눈물이 뚝 떨어졌다.

검은 그림자가 창밖을 휙 지나쳤다.

소중한 사람들과 함께 살면서 좋은 일터에서 일하고 있고 나를 좋아한다고 하는 사람도 있다. 더 바랄 것이 없는 상태인데도 어째서 나는 이렇게 불안하기만 할까?

마루야마 씨는 내 울음이 멎을 때까지 가만히 기다려 주었다.

기바 씨와 구라타가 만들어 준 샌드위치와 마루야마 씨한테서 받은 과자가 든 종이봉투를 들고 와카바소로 돌아왔다. 부엌을 들여다봤지만 아무도 없었다. 식탁에 샌드위치와 과자를 올려놓고, 배낭은 의자 등받이에 걸어 놓은 다음 손을 씻고 입을 헹궜다.

샌드위치에는 삶은 달걀과 수제 마요네즈로 만든 달걀 샐러드라든지 돈가스, 혹은 햄버그 같은 볼륨감이 있는 내용물이 들어 있었다. 코로나 사태로 인해 얼떨결에 시작해서 지금까지 그냥저냥 유지해 온 아네모네의 테이크아웃 메뉴에 좀 더 많은 힘을 쏟자는 방침이 정해졌다. 그래서 요즘 테이크아웃 메뉴에 대한 의논과 개발이 한창 진행 중이었다. 오늘의 테마는 샌드위치였고, 양식당다운 샌드위치에 중점을 둔 결과 칼로리 폭탄이라고 할 만한 메뉴들이 나오게 되었다. 모든 종류를 우리끼리 시식해 보기가 너무 힘들어서 각자 집으로 들고 가기로 했다. 기바 씨네 딸들은 십 대이고, 신혼인 구라타의 와이프는 이십 대, 와카바소 사람들은 사십 대와 오십 대다. 이 사람들에게 두루 먹어 보게 하면 모든 연령층에 대한 시장조사를 자연스레 할 수 있는 셈이다.

돈가스 샌드위치와 햄버그 샌드위치를 전자레인지에 가볍게 돌렸다. 데우는 동안에 보리차를 따랐다.

사치코 씨가 쌀을 사 왔는지 영수증과 잔돈이 든 작은 봉투가 냉장고에 붙어 있었다. 휴일이라고 했고 현관에 운동화가 있는 걸 보면 자기 방에 있을 것이다. 샌드위치 먹을 생각 없냐고 물어볼까 생각하고 있는데 2층에서 내려오는 발소리가 들렸다.

부엌으로 들어온 사람은 사치코 씨가 아니라 치나미 씨였다. 원고를 쓰고 있었는지 앞머리는 클립으로 대충 집은 채 피로에 찌든 얼굴이었다.

"다녀왔어?"

"네. 좀 전에 왔어요."

"……."

치나미 씨가 뭔가 할 말이 있는 얼굴로 샌드위치를 바라봤다.

"먹고 싶으면 먹고 싶다고 해요."

"요즘 맨날 얻어먹기만 해서……."

"치나미 씨한테 줄 양까지 고려해서 만들었으니 괜찮아요."

기바 씨네 딸들이나 구라타의 와이프는 "늦은 시간에 이렇게 살찌는 음식은 먹기가 좀……."이라고 하면서 꺼리는 모양이었다. 아마 무슨 음식이든 제일 반기고 맛있게 먹어 주는 사람은 치나미 씨일 것이다.

"먹고 싶어!"

피로가 단숨에 날아갔는지 표정이 환해졌다.

"여기요."

샌드위치를 접시에 담아 식탁에 차렸다.

"마실 것은 뭐로 드릴까요?"

"보리차면 돼."

"네."

치나미 씨한테 줄 보리차를 물컵에 따랐다. 내 몫의 돈가스 샌드위치와 햄버그 샌드위치를 데운 다음 치나미 씨 맞은편에 앉았다.

점심을 카페에서 핫케이크로 때웠기 때문에 저녁 간식으로 가게에서도 샌드위치를 먹었다. 달걀 샐러드가 든 샌드위치는 시간이 지나도 맛있지만 돈가스 샌드위치나 햄버그 샌드위치는 아무래도 바로 만든 것이 맛있는 것 같았다.

"맛은 어때요?"

평가를 물었다.

"그냥 평범하게 맛있는데."

"시제품이니까 좀 더 참고할 만한 이야기를 해 주세요."

"햄버그 샌드위치는 햄버거랑 차별화가 될 만한 무언가가 있으면 좋겠어. 요즘 하도 여러 가지 햄버거가 나와서 내용물만 다르게 한다고 차별화하기는 힘드니까 빵을 다른 걸로 쓰는 방법도 괜찮을 것 같아. 이 빵은 맛있기는 한데 그냥 보통 식빵 느낌이니까."

"이건 편의점이나 마트에서 팔고 있는 평범한 식빵이에요."

"그렇지?"

"으음. 빵까지 구워야 하는 거면 거의 샌드위치 가게를 새로 여는 느낌이란 말이지. 연구할 게 많을 테니 오픈 때까지는 맞출 수가 없을 것 같은데. 그렇다고 빵집에서 사면 원가가 안 맞을 테고."

배낭에서 노트를 꺼내서 메모했다.

"돈가스 샌드위치는 머스터드소스가 풍미를 더해 줘서 맛있네."

"그래도 역시 방금 만든 게 맛있더라고요. 테이크아웃 메뉴로 하려면 식어도 맛있게 만들어야 하거든요. 가게에서 먹는 것보다 간을 더 세게 할 수밖에 없어요."

"염분이 너무 많으면 별로 좋지 않은 거네."

"그러니까요."

소스에 머스터드를 섞으면 어른들은 좋아하겠지만 아이들 입맛에는 어떨지 모르겠다.

"미치루는 요즘 일하는 게 재미있어 보여."

치나미 씨가 보리차를 마시면서 말했다.

"그래 보여요?"

"응."

작게 고개를 끄덕였다.

"하지만 최저 시급을 받으면서 일하는 아르바이트 직원이 집에 온 다음에도 계속 일해야 하는 건 좀 아니지 않나?"

"최저 임금이라는 것도 알아요?"

"그 정도는 나도 알아."

치나미 씨가 입술을 비죽 내밀면서 볼멘소리를 했다.

"경험은 없어도 지식은 있으니까. 게다가 와카바소에 살다 보면 자연히 그런 부분까지 생각하지 않을 수 없잖아."

"그렇죠."

"앞으로는 미치루가 홀 책임자가 되는 거잖아?"

"책임자라고 할 것까지는 없지만요."

"그래도 여태 하던 것보다는 일이 늘어나잖아."

"네."

"지위랑 업무에 비해 임금이 전혀 안 맞는데."

"그렇기는 해요."

아네모네에서 일하기 시작했을 무렵에는 사장님이랑 사모님이 시키는 대로 움직이면 그만이었다. 때가 되면 직원 식사도 무료로 먹을 수 있었고 최저 시급이어도 괜찮다고 생각할 정도의 일만 하면 됐다. 그러다 서서히 맡은 일들이 늘어 갔지만, 시급은 도쿄의 최저 임금 기준이 올랐을 때 몇 엔 단위로 올랐을 뿐이었다. 하지만 그게 싫으면 이직을 하는 수밖에 없다. 파견사원이나 계약직으로 일하는 편이 시급도 좋고 복리후생 같은 것도 제대로 갖춰져 있다.

"가게에서 이런 이야기도 해?"

"새로운 사장님도 신경을 쓰고는 있어요."

"그렇구나."

"하지만 메뉴 개발에 참여하는 건 그냥 좋아서 하는 일이에요."

내가 거절하면 기바 씨나 구라타가 강요하거나 하진 않을 것이다.

"좋아서 한다는 부분이 문제라는 거야."

"그렇죠."

"나야 매일 같이 맛있는 걸 먹을 수 있으니 좋지만."

"어쩌면 그것도 착취라고 할 수 있겠네요."

치나미 씨가 좋아하면서 먹어 준다는 점이나 나랑 사이좋게 지낸

다는 점을 이용해서 상품 평가를 거저 받으려고 하는 셈이다. 원래 가게 직원 이외의 사람에게 시식을 부탁하고 평가를 받으려면 그에 합당한 자리를 만들어야 한다.

"못 먹게 되면 나도 좀 곤란한데."

입을 크게 벌리고 달걀 샌드위치를 먹으면서 치나미 씨가 말했다.

"음식 평가만 해 주면 공짜로 얻어먹을 수 있다는 점을 나도 이용하고 있는 셈이잖아. 서로 착취하고 있으니까 일단은 공평한 걸로 하지, 뭐."

"혹시라도 하기 싫어지면 꼭 말해 주세요."

"알았어."

"따뜻한 차 한잔 마실까요?"

도키코 씨와 미사코 씨가 있었을 때는 식후에 꼭 차를 만들어 줬는데 그래서인지 어느새 습관처럼 되어 버렸다.

"고맙다는 뜻으로 내가 만들어 줄게."

치나미 씨가 일어나서 물을 끓였다.

"허브티 괜찮아?"

"네."

차를 기다리는 동안 다 먹은 접시를 씻고 마루야마 씨에게 받은 과자를 꺼냈다. 안쪽 포장도 옅은 보라색이었고 건포도 크림을 사이에 끼워 샌드위치처럼 만든 러스크가 들어 있었다.

"이건 뭐야?"

"누가 주셨어요."

"누가?"

"손님이요."

"손님?"

치나미 씨가 의심스럽다는 눈초리로 내 얼굴을 들여다보며 되물었다.

"왜요?"

"왜 목소리 톤이 달라졌나 해서?"

"남자 친구예요."

그렇게 말한 순간 온몸이 화끈 달아오르며 얼굴이 새빨개지는 게 느껴졌다. 생전 처음 남자 친구가 생긴 중학생이나 고등학생도 아닌데 이게 뭔가 싶었다. 그냥 아무렇지도 않은 듯 쿨하게 말하고 싶었는데. 그러나 다 큰 어른이고 마흔씩이나 되었기에 더욱 부끄러운 것인지도 모른다.

"어? 남자 친구가 있었어? 언제부터? 전에 연극인가 뭔가 같이 간 그 남자?"

"그 사람이랑 오늘부터 사귀기로 했어요."

"아, 그랬구나."

치나미 씨는 시큰둥한 얼굴로 말하면서 자리에 앉아 러스크를 먹었다.

"아직 먹어도 된다는 말 안 했는데요."

"벌써 입을 댔는데?"

"네, 그럼 드세요."

나도 앉아서 허브티를 마셨다.

"금전적인 부분은 좀 모자라지만 일도 재미있게 하는 것 같고, 거기에 사귀는 사람까지 생겼으면 인생이 만사형통으로 잘나가는 느낌이겠네?"

"그게 그렇지도 않다고 해야 하나, 뭔가 불안하단 말이죠."

"어째서? 너무 행복해서 죽을 것 같은 느낌이야?"

"그런 게 아니에요."

"그럼 어떤 건데?"

"으음."

고민하면서 러스크를 입에 넣었다.

"뭔가 발밑이 탄탄하지 않고 허술한 느낌?"

"그게 무슨 뜻이야?"

"지금 하는 일이 재미있고 좋기는 하지만 어디까지나 아르바이트 직원이에요. 식당이 리모델링 후에 다시 문을 열었을 때 얼마나 잘 될지는 아무도 모르고요. 단골손님들이 지금까지처럼 계속 와 준다는 보장도 없고, 새로운 손님들도 계속 확보해야 하죠. 코로나가 여전히 심각한 상태여서 음식점들이 다들 죽는소리를 내고 있는 와중에 우리 가게도 장사가 안돼서 폐업할 가능성도 있는 거고요. 사귀는 사람이 생기기는 했지만 결혼처럼 미래를 약속하거나 한 건 아니에요. 서로가 편하게 사귀어 보자고 그렇게 말해 준 점은 마음이 놓이지만 그러다 보면 관계가 너무 약해질 것 같은 느낌도 들고요. 이제 막 사귀기 시작한 시점이니까 그 정도가 당연하다고 생각은 하면서도 뭔가 찜찜한 느낌이 자꾸 들어요. 그리고 여기 와카바소도 앞으로 어떻게 되는 건가 싶고."

"확실한 게 아무것도 없는 느낌인가?"

치나미 씨가 그렇게 한마디 던지더니 허브티를 마셨다.

"그렇죠."

"하지만 확실한 무언가를 쥐고 사는 사람은 아무도 없잖아?"

"네."

"난 소설이 제일 소중하고 그것만 있으면 된다고 생각했었어. 내 인생에서 유일하게 확실한 게 바로 소설이라고 믿었거든. 그런데 조금 있으면 그걸 내려놓을 수밖에 없어. 그 후에도 인생이 계속된다고 생각하니까 너무 무서워. 다른 일을 찾을 수 있을지도 모르겠고, 남자 친구는커녕 친구도 거의 없고, 미치루처럼 여기 와카바소에 대해서도 불안을 느끼고 있어. 그런데 미래 같은 건 어차피 오리무중이고 아무도 알 수 없다는 걸 지난 1년 사이에 뼈저리게 실감했어. 타임머신을 타고 재작년에 사는 나한테 가서 조금 있으면 생전 처음 듣는 이름의 전염병이 전 세계적으로 퍼져서 엄청난 사람들이 죽어 나갈 거라고 이야기해 준다면 어떨 것 같아? 아마 무슨 공상과학영화 찍냐고 코웃음을 치고 말 거야. 하긴 나만 그런 게 아니라 전 세계의 모든 사람이 그러겠지."

"네."

"아무리 발버둥을 쳐 봐도 미래는 보이지 않아. 열심히 노력한다고 꿈을 이뤄 줄 정도로 신은 자상하지 않기 때문에 열심히 쌓아 올린 공든 탑이 한순간에 와르르 무너져 내릴 수도 있지. 그래서 앞으로 어떻게 사나 생각하면 누구나 불안해지는 거야."

"그렇겠죠."

"코로나가 한창 난리였을 때 뭘 어떻게 해야 할지 몰라서 사람들이 갈피를 못 잡고 어쩔 줄을 몰라 했어. 올바른 정보가 필요한데 사람마다 하는 말이 다 달랐지. 만약 당시에 내가 여기 살지 않고 혼자지냈으면 정신적으로 정말 위험했을 거야. 힘들어지면 아무래도 안 좋은 생각만 자꾸 떠오르게 되니까."

"제가 그때 혼자라 딱 그런 상태였어요."

작년 생일에는 긴급사태가 해제되기는 했어도 마음대로 돌아다닐 분위기가 아니었다. 집 안에 혼자 갇혀 사는 상태가 너무 답답하고 괴로워서 가족들과 친구들, 예전에 사귀던 전 남자 친구의 연락처까지 멍하니 쳐다보곤 했다. 아무에게도 연락하지 않은 이유는 그럴 기력조차 없었기 때문이다. 한정된 시간 동안만 영업할 수 있고 도시락만 판매할 수 있었던 시기도 있었지만, 그래도 아네모네에서 일하고 다른 사람들과 이야기를 할 수 있어서 간신히 제정신을 붙잡고 살 수 있었다.

처음 긴급사태가 선포되고 외부 출입이 엄격하게 규제되던 당시의 일을 머릿속에 떠올리면 아직도 가슴이 답답해지고 숨이 막힌다. 손에 꼽을 수 있는 정도의 사람들만 드문드문 돌아다니는 시부야역 앞 횡단보도 영상을 보면서 세상의 종말을 느끼던 시기였다.

"그래도 모르면 모르는 대로 그냥 두는 편이 좋은 거야. 억지로 알려고 하면 무언가 잘못되게 되어 있어."

"네."

숨을 깊게 들이쉬고 허브티를 한 모금 마셨다.

"사실 나도 일이 제대로 되지 않는 데다 돈은 점점 빠져나가고 이대로 가다가는 생활이 안 되겠다는 생각이 들었을 때 진짜 힘들었어. 여기 오기 전에 살던 집은 1층 현관에 제철에 피는 꽃들이 장식되는 고급스러운 아파트였는데 난 거기를 참 좋아했어. 집도 넓고 채광이 좋아서 환하고, 거기에 내가 좋아하는 가구점에서 산 가구들을 들여놓고, 책들도 보기 좋게 꽂아 놓았거든. 거기서 혼자 책을 읽거나 영화를 보기만 해도 충분히 행복했어. 물론 돈 때문에 부모랑 사이가 틀어지는 힘든 일도 겪었지만."

"그랬군요."

"그래도 나한테는 소설이 있었어. 가족도 없고, 친구도 없고, 연인도 없지만, 책들에 둘러싸여 있기만 해도 행복할 수 있었지. 그런데 거기에서 나온다는 건 그 모든 걸 포기해야 한다는 뜻이었어. 아파트나 옷이나 가구보다도, 그 무엇보다도 나한테는 책이 제일 소중했어. 그걸 전부 버려야 한다고 생각하니까 숨이 제대로 쉬어지지 않았어. 그래서 과호흡으로 쓰러진 적도 많아. 이대로 있다가는 몇 달 안에 돈이 다 떨어지겠다 싶을 정도로 막판까지 가서야 어쩔 수 없이 담당 편집자 소개로 이 와카바소에 들어왔지. 책이랑 컴퓨터, 내가 들 수 있을 만큼의 옷이랑 신발을 제외하곤 몽땅 버리고. 저 책들이 많아 보여도 원래 있던 양에 비하면 상당히 줄이고 온 거야."

"그럼 전에는 책을 얼마나 가지고 있었던 거예요?"

"지금의 세 배에서 네 배 정도."

"넓은 집이 필요하긴 했겠네요."

마유미 씨는 넓은 아파트에 혼자 살다 보니 만사가 허무한 느낌이 들더라는 말을 했다. 나도 전에 원룸에서 혼자 살 때는 외로웠다. 치나미 씨는 책만 있으면 혼자라는 생각이 안 들었던 모양이다. 그런 책들을 버리는 것은 자기의 일부를 도려내는 일이나 마찬가지였을 것이다.

"여기를 소개해 준 담당 편집자가 부모님 집에 책을 맡기면 되지 않냐고 했는데 그런 걸 부탁할 수 있는 집안이 아니거든. 자가가 아닌데다 집도 크지 않고, 부모하고 완전히 인연을 끊은 정도까지는 아니더라도 딱 필요한 연락만 하고 사니까."

"저도 마찬가지예요. 사이가 나쁜 건 아니지만 그래도 짐을 맡길 수는 없어요."

부모님 집에서 내가 쓰던 방은 지금 조카 방이 되었다. 대학에 들어가기 위해 독립했을 때만 하더라도 내 침대랑 책상은 보관해 주었는데 오빠가 결혼할 때 '네 짐은 다 처분하기로 했다. 필요한 물건이 있으면 가지러 오거라'라는 문자가 왔다.

"도쿄를 벗어나면 좀 더 싼 집세로 넓은 집에 들어갈 수도 있었겠지만, 생판 모르는 곳으로 이사할 정도의 기력이 없었어."

"기력이 없을 때 중요한 결정을 내리는 건 위험한 일인 것 같아요."

"그래서 일단은 여기서 살아 보자는 생각에 와카바소에 들어온 거야."

"네."

"내 최악의 침체기는 여기로 이사 올 무렵이었어. 그냥 잠깐 있다가는 곳이라고 생각해서 처음에는 사치코 씨처럼 아무하고도 말을 섞지 않았지. 그렇지만 지금은 여기가 정말 좋고 여기서 사는 게 즐거워."

"저도 처음에 집을 보러 왔을 때 바깥에서 건물을 보고는 이런 데에서는 못 살겠다고 생각했어요."

"그런데 들어오니까 금방 익숙해졌지?"

"맞아요."

여기 살기 전에는 '이런 데에 도대체 누가 살까?' 하고 생각했다. 그런데 지금은 앞으로도 계속 여기 살고 싶다.

"사치코 씨도 요즘에는 말수가 좀 늘지 않았어?"

"그런 것 같아요."

"우리가 친해지고 싶은 마음을 가지고 있었다고 해도 처음부터 억지로 사치코 씨한테 다가가려고 했으면 아마 곧바로 튕겨 나가 버렸을 거야. 와카바소에는 남에게 말하고 싶지 않은 사연을 지닌 사람들이 들어오는 경우가 많고 단체로 움직이는 것을 꺼리는 사람도 있어. 어떤 사람인지 궁금하기도 하고, 한 지붕 아래 사는 사람의 정체를 모른다는 게 좀 두려울 수도 있지. 그래도 여기서는 아무도 억지로 알려고 하거나 참견하지 않아. 사치코 씨도 자기가 편해졌을 때 우리한테 다가오면 돼. 물론 그러지 않아도 상관없고."

"솔직히 말하면 좀 아니라고 느낀 적도 있었어요. 물론 지금은 그런 느낌이 전혀 없지만."

"원래 다 그런 거야."

"네. 그런 것 같아요."

"사귄 지 얼마 되지도 않은 남자 친구가 갑자기 '결혼하자!' 하고 덤비면 당황스럽고 겁도 좀 나잖아?"

"그야 그렇죠."

만약 마루야마 씨가 그런 기세로 달려들었으면 아마 단칼에 거절

해 버렸을 것이다. 약간 애매한 느낌이 있는 관계이지만 지금의 나에게 딱 맞는다는 생각이 들었다. 함께 생각해 보자고 했으니 이런 저런 이야기를 많이 하면서 서로 맞춰 가면 된다.

"물론 지금 인생이 삐거덕거리는 사람도 많아서 앞날을 미리 대비해 놓을 필요가 있기는 하지만."

"그 생각을 하면 또 고민이 된단 말이죠."

"나도 그래. 그때 여기로 이사 오지 않았으면 완전히 망해서 거리에 나앉았을지도 몰라."

"저도 마찬가지예요."

인터넷이나 TV에서는 날이면 날마다 '빈곤'에 관한 뉴스나 특집 기사가 나온다. 돈도 없고 살 곳도 잃어 노숙자가 되어 버린 사람이 많은 모양이다. 견디지 못해 극단적인 선택을 하는 사람도 있었다. 이런 현상은 코로나 때문만은 아니다. 오래전부터 우리 사회가 진지하게 고민하고 해결했어야 할 문제들인데 그동안 외면하고 있었을 뿐이다.

"그런 가운데서도 확실하게 손에 잡히는 것도 있어."

"그게 뭔데요?"

궁금해서 치나미 씨의 얼굴을 쳐다봤다.

"나랑 미치루의 우정만큼은 확실하잖아."

치나미 씨가 농담처럼 웃으면서 말했다.

"네?"

"혹시 여기서 나가게 되어도 계속 친하게 지내자. 취직자리 알아볼 때도 좀 도와주고."

"그 정도야 얼마든지 해 드릴 수 있죠."

"요즘 들어 나보다 사치코 씨랑 더 친하게 지내는 것 같아서 나 외롭단 말이야."

"아직 그렇게 친해진 건 아니에요."

허브티를 마시면서 치나미 씨와 이야기하고 있으니까 마유미 씨가 부엌으로 들어왔다.

"오붓한 분위기에 끼어들어 미안하지만 얘기해야 할 것들이 있어. 지금 말했으면 하는데 괜찮아?"

"네, 알겠습니다."

치나미 씨와 나는 자세를 바로 잡고 앉으면서 고개를 끄덕였다. 사치코 씨까지 네 명 전부 부엌에 모여 앉았다. 마유미 씨가 안쪽에 앉고 그 대각선 맞은편으로 치나미 씨와 사치코 씨가 앉았다. 나는 치나미 씨 옆에 앉았다.

"도키코 씨 사십구재가 끝난 다음에 이야기를 꺼낼까 했었는데……."

마유미 씨가 입을 열었다.

"앞으로의 일에 다들 불안할 테니 미리 이야기하는 편이 나을 것 같아서."

"네."

우리를 대표하듯이 치나미 씨가 대답하면서 고개를 끄덕였다.

"와카바소를 내가 인수하기로 했어."

"네?"

나랑 치나미 씨는 엉겁결에 큰 소리를 냈고, 사치코 씨도 놀란 표정이었다.

"도키코 씨는 자신이 떠난 후의 일을 항상 걱정했어. 권리와 돈 같은 게 결부된 문제라서 안 입는 기모노를 남에게 주듯이 간단하게 누군가에게 넘겨줄 수는 없으니까. 이곳을 인수해 주지 않겠냐는 부탁을 처음 받았을 때는 사실 그런 이야기를 왜 벌써 꺼내나 싶었어. 그런데 생각해 보니 도키코 씨의 나이를 고려하더라도 미리 정리해 두어야 할 문제였지. 인연을 끊었다고는 해도 가족들이 있으니 돌아가신 다음에 생판 모르는 누군가가 불쑥 나타나서 이 땅을 가져가겠다고 나설지도 모르니까. 이만한 크기의 땅덩어리가 수도권 안에 있는 거라서 땅값만 쳐도 적지 않은 금액이거든."

"그렇죠."

사치코 씨가 말했다.

유산이니 상속 문제니 해도 나로서는 드라마에서 본 것밖에 떠오르지 않는다. 그런데 간병 시설에서 일하는 사치코 씨는 그런 문제로 아옹다옹하는 가족들의 모습을 많이 봐 왔을지도 모른다. 치나미 씨도 돈 때문에 가족들과 트러블이 있었다고 했으니 짐작 가는 부분이 있는 모양이었다.

"어떻게 해야 할지 고민을 많이 했는데 어쩌면 이렇게 되려고 내가 와카바소에 오게 된 것 아닌가 하는 생각이 들더라고."

마유미 씨가 우리 얼굴을 하나씩 둘러보았다.

"여기는 아무래도 금전적으로 힘든 여자들이 모이게 마련이지. 세입자 중의 누군가한테 나중 일을 부탁한다 해도 그 사람이 빈손으로 이곳을 물려받을 수는 없는 일이잖아. 매매를 위한 절차를 어떻게 밟아야 하는지 전혀 모르는 사람도 많아. 반면에 나는 돈도 있고, 이런 경우에 어떻게 해야 하는지 당장은 몰라도 알아보고 행동할 정도의 힘도 있어. 도키코 씨가 처음부터 그런 부탁을 하려고 나를 여기 살게 해 준 건 아니겠지만 같이 있다 보니 의지하고 부탁해도 되겠다는 믿음이 생겼겠구나, 하는 생각이 들더라고. 그래서 같이 의논했고, 매매 절차를 밟아서 내가 사들였어. 나한테 팔아서 생긴 돈은 도키코 씨가 여성을 위한 시설에 기부했어. 미사코한테도 이야기해서 그 사람이 전에 의지했던 여성보호소를 소개받아 몇 군데 시설을 골라 나눴지. 만에 하나 도키코 씨네 가족이 뭔가 이의를 제기하려고 해도 나는 정당한 금액을 지불하고 이곳을 인수했으니 꼬투리를 잡을 만한 게 없어. 도키코 씨가 소유한 물건은 방 안에 있는 옷가지랑 잡화, 그리고 몇 달 치 생활비 정도의 현금밖에 안 남아 있어."

"네."

내가 고개를 끄덕였다.

돌아가시기 전날 밤 도키코 씨의 방에서 함께 차를 마셨을 때가 떠올랐다. 기모노뿐만 아니라 돈이 될 만한 물건들은 모조리 누군가에게 넘겨주고 난 다음이었을 것이다. 평생 아끼면서 쓰던 손때 묻은 물건들을 모두 처분하고 소중한 사람과의 추억만이 남아 있는 방에서 도키코 씨는 나에게 시간을 내준 셈이다.

"그러니까 와카바소가 사라지는 일은 없을 거야."

"네."

그 말에 마음이 놓여 나와 치나미 씨, 사치코 씨는 큰 한숨을 내쉬듯이 대답했다.

"다만 한 가지 앞으로 달라질 부분이 있어."

"그게 뭔데요?"

사치코 씨가 물었다.

"집세를 올리겠다는 말이 아니니까 그 점은 걱정 안 해도 돼."

"네."

치나미 씨와 내가 대답하면서 고개를 끄덕였다.

"난 회사에서 다달이 월급이 나오니까 여기 월세를 가지고 생활할 생각은 없어. 공과금이나 각종 유지 관리비를 빼고도 우리가 같이 먹는 식료품과 공동으로 쓰는 생활용품에 들어가는 예산이 지금보다 더 많아질 거야. 그런데 난 어디까지나 집주인일 뿐 도키코 씨처럼 관리인이 될 생각은 없어."

"아아, 그런 뜻이군요."

내가 말하자 치나미 씨와 사치코 씨는 신기해하는 표정으로 나를 쳐다보았다.

"그게 무슨 소리야?"

치나미 씨가 내게 물었다.

"도키코 씨가 돌아가신 이후로 조금이기는 하지만 사치코 씨랑 제가 하는 집안일이 늘었어요."

내가 설명했다.

"그동안 의식하지 못했어도 지금까지 도키코 씨가 해 주던 집안일이 생각보다 자잘하게 많았던 것 같아요. 부엌이나 욕실의 비품 관리부터 시작해서 현관 앞 청소와 집 안에 손 봐야 할 곳이 없는지 살피는 등. 이것 말고도 많을 거예요. 지금 당장은 일시적으로 마유미 씨가 돈 관리를 해 주고 있지만 그런 일도 누가 해야 할지 다 같이 의논해서 정해야겠죠."

"미안. 난 전혀 모르고 있었어."

치나미 씨가 말했다.

"괜찮아요. 치나미 씨는 소설 쓰느라 바빴잖아요. 하지만 어쨌든 그런 일들이 있다는 거죠. 지금까지는 도키코 씨가 관리인으로 있어 줬기 때문에 우리는 가끔 청소나 쓰레기 버리기 같은 일만 도와주면 나머지는 맡기고 잊어버려도 됐어요. 그런데 앞으로는 그럴 수가 없다는 뜻이에요."

"바로 그거야."

마유미 씨가 끄덕였다.

"도키코 씨가 쓰던 방을 치우고 관리인이 되어 줄 사람을 찾아서 입주하게 할까 하는 생각도 했는데 그건 뭔가 아닌 것 같더라고. 누군가를 채용하는 식이 되잖아."

"그렇죠."

세 사람이 함께 고개를 끄덕였다.

나는 아네모네에서 일할 때 말고는 집 밖으로 나가는 일이 거의 없었다. 앞으로는 마루야마 씨를 만나러 외출할 때도 있겠지만 그래봐야 가끔일 것이다. 야간 근무까지 있는 사치코 씨에 비하면 생활도 규칙적인 편이다. 아네모네에서도 비슷한 입장이고 그런 일이 싫은 것도 아니니까 관리인을 맡아도 무방하다. 하지만 그렇게 단순한 문제가 아닌 것 같았다. 같은 공간에서 매일 생활하는 것이기 때문에 배려심이나 선의만 가지고는 해결할 수 없는 일들이 있었다.

"얘기가 잠깐 옆길로 새는데 괜찮지?"

마유미 씨가 우리에게 물었다.

"네, 괜찮아요."

"난 지금 있는 회사에서 끝까지 버틸 작정이야. 남녀평등이 어쩌고 다들 입으로는 그러는데 실상은 전혀 아니거든. 내가 납득하고 수긍이 될 때까지 열심히 버티면서 어떻게 되는지 두고 보려고. 그래도 얼마 후면 부장직도 내려놓아야 하니까 앞으로는 지금까지처럼 바쁠 일은 없을 것 같아. 그때가 되면 다른 일도 시작해 보고 싶어. 회사에서도 부업을 금지하고 있지는 않으니까."

"네."

사치코 씨가 고개를 끄덕였다.

"와카바소처럼 독신 여성이 마음 놓고 생활할 수 있는 장소를 더 만들고 싶어. 원래는 국가나 지자체 같은 공공 기관에서 그런 사람들을 도와주는 게 제일 바람직하겠지. 하지만 지금 일본을 보면 그런 도움을 기다리는 사이에 몇십 년이 후딱 지나가 버릴 거야. 그러는 동안 자기 혼자의 힘으로 살아갈 수 없는 사람들이 점점 늘어 갈테고. 가족 관계에 문제가 있다거나 이혼한 남편으로부터 도망쳐야 한다거나 여러 문제가 있어서 보호를 받지 않으면 살 수 없는 사람들도 있지. 그런데 그런 문제 없이 건강하고 평범하게 살아왔는데도 점점 살기 힘들어지고 앞날에 불안을 느끼는 여자들이 늘어나고 있어. 확실한 문제가 있으면 여성보호소 같은 시설에 들어갈 수도 있고 공공 기관에 도움을 청할 수도 있어. 하지만 그런 문제가 없어도 힘들게 사는 사람들이 요즘 정말 많아졌잖아. 남편이 없고 자식이 없다는 것 때문에 마치 이 세상에 존재하지 않는 사람처럼 취급당하는 일도 있지. 물론 힘들게 사는 남자들도 있겠지만 내가 모든 사람을 다 도울 수는 없잖아. 내가 할 수 있는 일은 비슷한 처지인 여자들이 살 곳을 마련하고, 그걸 늘려 가는 일이야. 서로 적절한 거리를 두고 살면서 비상시에는 도움을 주고받을 수 있는 여기 같은 공간이 앞으로 점점 더 필요해질 거야."

"……와아, 정말 대단해요."

나도 모르게 감탄사가 나왔다.

나도 전에 비슷한 생각을 한 적은 있지만, 누군가가 어떻게든 해결해 주기를 바랐을 뿐 내가 나서서 행동할 생각은 꿈에도 하지 못했다.

"고마워."

마유미 씨가 나를 보면서 말했다.

"그런데 그러자면 여기가 일종의 사업 모델이 되어야 하거든. 도키코 씨도 비슷한 생각을 했기 때문에 이 와카바소를 사십 대 이상의 독신 여성 전용 셰어하우스로 만들었지. 하지만 그런 곳을 늘려가는 것까지는 생각하지 않았어. 사업 모델로 삼으려면 아까 얘기한 관리인의 업무 같은 부분도 명확하게 정해 두어야 하지. 지금까지는 그럭저럭 별문제 없이 돌아가던 일들도 앞으로는 그러지 못하게 될수 있으니까."

"그렇겠네요."

치나미 씨가 맞장구를 쳤다.

"현재 이 와카바소의 주인은 나지만 모든 것을 내 마음대로 바꿀 생각은 없어. 반대 의견을 내거나 해도 세 사람을 내쫓거나 하는 일은 없을 거야. 도키코 씨와 미사코가 있던 방에 새로 세입자를 들이고 가사를 분담해서 꾸려 나가는 방법도 고려해 볼 수 있어. 그래도 돈 관리만큼은 누군가에게 부탁해야겠지만."

"네."

세 사람이 동시에 고개를 끄덕였다.

나로서는 마유미 씨의 구상에 전적으로 동의하고 정말 멋지다고 생각한다. 그 일을 돕고 싶은 마음도 있다. 아네모네에서 계속 일하면서도 함께할 수 있는 부분이 있을 것이다. 정확하게 정해지기만 한다면 관리인 같은 일을 맡아서 해도 다른 사람들의 눈치를 보거나 할 필요가 없어진다. 그런데 한편으로는 지금까지처럼 속 편하게 살 수 없다는 점에서 숨이 막히는 것 같기도 했다. 치나미 씨는 그런 숨 막히는 상황을 달가워하지 않을 테고 사치코 씨도 본인 나름의 생각이나 원하는 생활이 있을 것이다.

"지금 당장 대답하지 않아도 되니까 천천히 생각해 봐."

"알았어요."

내가 대답했고 치나미 씨와 사치코 씨도 고개를 끄덕였다.

"나 먼저 씻을게."

마유미 씨가 자리에서 일어나 부엌에서 나갔다.

"네, 편하게 쓰세요."

치나미 씨가 말했다.

세 사람만 남게 되자 긴장이 풀린 듯 각자 심호흡을 했다. 뭔가 마음이 진정되지 않는 같아서 차 한 잔씩 더 마시기로 했다. 주전자에 물을 끓여 도키코 씨가 좋아하던 녹차를 만들었다. 그날 밤이 마지막이 될 줄 알았으면 평소처럼 녹차를 드릴 걸 그랬다는 생각이 들었다.

"어떡할 거야?"

치나미 씨가 옆에 서서 내게 물었다.

"어떻게 하는 게 좋을까요?"

"그러게. 어떻게 할까?"

치나미 씨가 싱크대 앞의 작은 환기창을 열었다. 바람이 불어 들어와서 무거웠던 공기를 휘저었다. 어디선가 달콤한 향기가 풍겨 오는 듯했다.

"미치루의 달이네."

허리를 굽혀 창밖을 내다보면서 치나미 씨가 밤하늘에 둥실 떠 있는 달을 가리켰다.

"아, 정말 그러네요."

나도 비슷한 자세로 바깥을 내다보았다. 밤하늘에 둥근 달이 떠 있었다. 내 성인 '모치즈키(望月)'도 내 이름인 '미치루*'도 보름달을 뜻한다.

그런데 내 인생은 내 이름처럼 행복으로 가득 찬 적이 거의 없었다. 한순간 가득 찼다 싶어도 다음 순간에는 금방 빠져나가 버렸다.

---

* 가득 차다는 뜻.

도키코 씨의 유골을 봉안하는 일은 지금 와카바소에 사는 사람들과 미사코 씨만 참여해서 진행하기로 했다. 묘원 안쪽에 커다란 벚나무가 있고 그 나무를 에워싸듯이 1인용 묘지가 늘어서 있었다. 연인이 살아 있을 때 함께 사 두었는지 도키코 씨 옆에는 그분의 묘가 있었다. 그분에게는 부모님과 자녀가 있었으니 가족묘도 어딘가에는 있을 테고, 가족묘로 들어가지 않는다는 결정을 내리는 게 쉬운 일은 아니었을 것이다. 그런데도 그분은 도키코 씨 옆에 있는 쪽을 선택했다.

"같은 묘가 아니라 바로 옆이라 오히려 더 좋다."

미사코 씨가 말했다.

"같은 묘라도 괜찮잖아요?"

치나미 씨가 물었다.

"따로 있는 게 홀로서기가 잘된 느낌이잖아."

"그건 그러네요."

내가 끄덕이며 맞장구를 쳤다.

우리가 이야기하는 동안 마유미 씨가 묘원 사람의 설명을 들으면서 묘소 안에 유골함을 넣었다. 검은 옷은 입고 왔지만 비교적 편안한 분위기에서 진행됐다. 사찰에 의뢰하면 스님이 와서 경을 외기도 하고 계명(戒名)에 대한 설명을 해 주기도 하겠지만 도키코 씨는 최소한으로 간략하게 치를 것을 원했던 모양이다. 묘 앞에는 향로와 물동이가 기본적으로 갖춰져 있었는데 묘 자체가 워낙 작아서 경문 구절을 적은 나무판자를 세워 둘 만한 자리는 없었다.

마유미 씨의 뒷모습을 바라보며 미사코 씨가 이야기를 계속했다.

"결혼하고 나니까 제일 중요한 게 자신에 대한 믿음이라는 사실을 새삼 깨달았어."

"상대방이 아니라 자신에 대한 믿음이요?"

사치코 씨가 물었다.

"그래."

미사코 씨는 고개를 크게 끄덕인 다음 우리 쪽을 보았다.

"남편의 수입에 의존하지 않아도 살아갈 수 있다, 만에 하나 이혼하게 되더라도 혼자 살 수 있다, 그 사람이 어느 날 갑자기 세상을 떠나도 내 인생이 완전히 뒤집히지는 않는다. 그런 믿음이 있기에 안심하고 결혼 생활을 할 수 있다는 말이지. 물론 배우자에 대한 믿음도 필요하지. 하지만 가장 중요한 건 자신을 믿는 거야. 물론 나 같은 경우는 여차하면 와카바소로 돌아가면 된다는 마음이 있어서 느긋하게 생각할 수 있는 거지만."

"미사코 씨는 자격증도 있으니까 별문제 없지 않나요?"

그렇게 말하면서 치나미 씨가 향을 나누어 주었다.

"조제 사무 자격증을 가진 사람은 얼마든지 있어."

미사코 씨가 반론했다.

"자격증을 갖고 있다는 것만으로 마음을 놓을 수는 없는 일이죠."

사치코 씨가 치나미 씨에게서 향을 받으며 거들었다.

"요양사는 지금 당장 사람이 필요한 곳도 많고, 앞으로 지금보다 더 인력이 필요해질 일이기도 해요. 그런데도 지금 일하는 곳에서 잘리면 다른 일자리를 바로 찾을 수 있을지 불안을 느낄 때가 있어요. 면접 보러 오는 사람들 모두 자격증도 있고 경험이 많기 때문에 그중에서 뽑힐 만한 무언가가 필요하거든요. 그래서 나이가 젊으면 역시 유리하겠다는 생각도 들어요."

"그렇구나."

치나미 씨가 고개를 숙이며 손에 든 향을 꽉 쥐었다.

"같은 조건이면 대개 젊은 쪽을 뽑으니까."

미사코 씨가 옆에서 거들었다.

"물론 바람직한 현상은 아니지만 말이야."

미사코 씨가 한마디 덧붙였다.

"으음."

이야기를 들으면서 나도 모르게 신음이 새어 나왔다.

"왜 그래?"

치나미 씨가 고개를 들고 내 쪽을 보면서 물었다.

"제가 아르바이트하는 가게에서도 젊은 사람을 우선해서 채용한 것 같아서요."

지난 주말에 아네모네는 리모델링을 마치고 다시 오픈했다. 홀 서빙 아르바이트 직원 두 사람을 새로 채용했는데 스무 살 학생과 곧 서른이 된다는 주부였다. 면접을 보러 온 사람 중에는 나와 같은 세대는 고사하고 칠십 대인 사람도 있었다. 나이 많은 남자도 있었는데 부엌일을 못하는 사람은 얼굴만 보고 바로 탈락이다. 코로나 사태로 일자리를 잃은 사람들뿐만 아니라 나이 문제로 일하지 못하는 사람이 많다는 사실을 다시금 느꼈다. 분주한 점심때와 손님의 연령층을 고려하면 건강하고 발랄한 분위기로 빠릿빠릿하게 움직일 수 있는 여자 직원이 좋겠다고 판단해서 뽑았는데 과연 제대로 내린 결정인지 고민하게 되는 부분도 있었다.

평균수명을 생각하면 많은 사람이 여든 혹은 그 이상을 산다. 도키코 씨처럼 부동산을 가지고 있어서 월세 수입이 있는 사람이나 마유미 씨처럼 대기업에서 일해서 퇴직금이나 연금을 두둑이 받을 수 있는 사람들만 있는 게 아니다. 미사코 씨나 치나미 씨나 나는 일흔이나 여든 살이 되어서도 일을 해야 살 수 있을 것이다. 하지만 일할 수 있는 곳은 한정되어 있다.

"수다만 떨지 말고 빨리 향을 피워야지."

묘를 덮은 다음 마유미 씨가 일어서며 말했다.

"네."

다들 한목소리로 대답했다. 그러고는 미사코 씨, 치나미 씨, 나, 사치코 씨 순으로 향을 올린 다음 손을 모아 명복을 빌었다.

1인용 묘소에는 몇 가지 타입이 있는지 화단으로 둘러싸인 돌판만 있는 곳도 있었다. 향이나 꽃을 올릴 수 있는 자리가 없는 만큼 가족이나 친척이 굳이 찾아와서 관리하지 않아도 된다. 청소 같은 관리도 묘원 담당자가 해 주는 모양이었다. 누군가 묘소 안에 유골을 봉안해 주기만 하면 끝인 셈이다. 부모님이나 오빠 가족과 함께 친가 가족묘에 들어가기도 좀 어색한 느낌이 들 테니 저 정도 묘소가 나한테 딱 알맞을지도 모르겠다.

"나도 내 묫자리 알아봐야지."

작은 목소리로 치나미 씨가 말했다.

"아직 이르잖아요."

내가 반론했다.

"그렇지 않아. 내일 당장 급사할 수도 있잖아."

"하긴 그러네요."

"우리 친가 가족묘에 들어가고 싶지는 않으니까."

"저도 비슷한 생각을 방금 하던 참이에요."

"만약 내가 내일 당장 죽으면 미치루가 봉안해 줘."

"알았어요. 제가 먼저 죽으면 그때는 치나미 씨가 봉안해 주세요."

"걱정 마."

농담처럼 이야기했지만 반쯤은 진심이 담겨 있었다. 치나미 씨도 마찬가지일 것이다.

미사코 씨가 말한 대로 자기 자신에 대한 믿음은 아주 중요하다. 하지만 사람은 혼자서 인생을 마감하는 게 불가능하다. 죽은 다음 내 몸이 어떻게 될지 알 수 없을 테니 상관없다는 생각도 든다. 그래도 조카들한테 내 뒤처리를 억지로 떠맡게 하고 싶지는 않다. 누군가 친한 사람이 알아서 해 주려니 의지할 수 있으면 안심하고 살 수 있다.

"이제 돌아가자."

마유미 씨가 말하더니 앞서 걸어갔다. 그 뒷모습을 쫓아가듯이 모두가 넓은 묘역을 지나 출구로 향했다.

묘원에는 작은 1인용 묘소부터 친척들까지 모조리 들어갈 수 있을 만한 커다란 것까지 많은 묘소가 늘어서 있었다. 묘비도 위아래로 길쭉한 모양뿐 아니라 옆으로 긴 모양이나 둥근 모양까지 다양했다. 새로운 묘에는 제각기 특색 있게 보이기 위해 시도한 흔적이 엿보이기도 했다. 성이나 이름이 아니라 좌우명 같은 글귀가 새겨진 묘비도 있었다. 가족묘 옆에 반려동물용 작은 묘가 나란히 있는 곳도 있었다.

장마가 시작되어 비가 오거나 날씨가 흐린 날이 계속되고 있었다. 오늘도 날씨가 흐릴 줄 알았는데 하늘이 맑게 갰다. 묘원 부지 안 여기저기서 나무나 꽃들이 자라고 있었다. 바람이 불자 파란 나뭇잎들이 살랑살랑 흔들렸다. 이곳에는 불에 타서 재만 남은 뼛가루가 있을 뿐임을 알고 있으면서도 죽은 사람들의 넋이 서려 있는 것 같아 꼭 천국에 있는 듯한 기분이 들었다. 이런 곳에 잠들 수 있다면 죽는 것도 나쁘지 않겠다는 생각이 들었다.

와카바소로 돌아와 검은 옷을 벗고 티셔츠와 바지로 갈아입은 다음 역 앞 상점가로 장을 보러 나갔다. 마유미 씨한테 와카바소를 앞으로 어떻게 할지에 대해 들은 이후로도 와카바소 안에서는 아무런 변화나 진척이 없었다. 청소와 쓰레기 버리기, 장보기는 적당히 돌아가면서 하는 당번제 그대로였고 돈 관리는 여전히 마유미 씨한테 맡겨 놓은 상태였다. 별문제 없이 잘 돌아가고 있으니 이대로 가도 괜찮겠다는 생각도 들었다. 하지만 새로운 세입자가 들어오면 이런 식으로 돌아갈 수 없을지도 모른다. 내가 이곳에 들어온 뒤로는 건강하게 일하는 사람들만 살고 있지만, 예전에는 편찮아서 누워만 있던 사람도 있었고 기초생활수급자로 지원금을 받아 살던 사람도 있었다고 했다. 각자 생활에서 할 수 있는 일과 하지 못하는 일이 있을 테니 그 부분을 분명하게 해 두어야 불만이 생기지 않을 것이다.

화장실 휴지와 욕실 청소용 세제를 사기 위해 생활용품점으로 갈 작정이었지만 그 전에 주류 가게에 들렀다. 메구미 씨가 있나 싶어 살짝 들여다보니 계산대 카운터에서 심각한 표정으로 노트북을 노려보고 있었다.

"안녕하세요."

유리문을 열고 가게 안으로 들어갔다.

"아, 오랜만이네."

메구미 씨가 노트북에서 고개를 들고 인사했다.

"그렇지도 않은데요."

주류 가게를 찾은 건 오랜만이었지만 메구미 씨가 아네모네로 주류 배달하러 왔을 때 얼굴을 봤다. 리모델링을 하면서 주류 메뉴도 살짝 바꿨기 때문에 그와 관련해서 이런저런 상담도 했다.

"여기서 만나는 거랑 아네모네에서 만나는 거랑은 분위기가 다르니까."

"그런가요?"

"아네모네에서 만날 때는 좀 더 각 잡힌 얼굴을 하고 있거든."

"그럼 다른 때는 확 풀어진 얼굴이란 말이에요?"

"그런 건 아닌데."

메구미 씨가 웃으면서 계산대 옆에서 의자 하나를 꺼내 주었다.

"실례합니다."

의자에 앉아 가방에서 손수건을 꺼내 땀을 살짝 닦았다.

"한잔 마실 거야?"

"아니요. 저녁때 일하러 가야 해서요."

"제대로 쉬면서 하는 거야?"

"아니, 그게, 좀⋯⋯."

홀에 대해 완벽하게 아는 사람이 나뿐이라 아네모네가 다시 오픈한 이후로는 전혀 쉬지 못하고 있었다. 오늘은 도키코 씨의 유골을 봉안하는 날이라 쉴 작정이었지만, 점심나절에 봉안이 끝나 바쁜 저녁 영업시간에 맞춰 출근하기로 했다. 내가 없는 사이에 무슨 일이 있으면 전화나 메시지로 연락을 주기로 되어 있어 쉬고 있을 때도 마음이 편하지 않았다.

프랜차이즈 식당 같으면 쉴 수 있는 날도 정해져 있을 테고 그게 지켜지지 않으면 개선해 달라고 요구할 수도 있다. 아르바이트 직원이 이렇게까지 일할 필요도 없다. 개인이 경영하는 작은 가게이니까 어쩔 수 없다고 생각은 하면서도 뭔가 아닌 것 같다는 느낌이 자꾸 쌓여만 갔다.

내일 출근도 저녁부터 하는 걸로 정했고, 한 달 정도만 지나면 어느 정도 쉴 수 있게 될 것이다. '그때까지만 힘을 내야지' 하고 생각했지만 너무 길게 느껴졌다. 그러나 지쳐 있을 때는 이런 생각을 안 하는 편이 좋다. 쉬고 싶은 마음이 너무 강해져서 자칫 잘못된 결정을 내리기 십상이다. 식당 분위기가 어느 정도 안정되고 새로 들어온 사람들도 일이 손에 익으면 기바 씨나 구라타와 차분히 이야기해 봐야겠다.

"주스 정도는 괜찮지 않아?"

"그렇겠네요."

페트병으로 된 음료수가 나란히 늘어선 냉장 코너로 가서 포도 맛 탄산음료를 골랐다. 돈을 낸 다음 다시 의자에 앉았다. 마스크를 벗고 한 모금씩 마셨다.

"도키코 씨는 좋은 곳에 잘 모셨어?"

"네, 무사히 잘 끝났어요."

"와카바소는 앞으로 어떻게 되는 거야?"

"그냥 지금까지처럼 살면 돼요."

"그래?"

"세입자 중 한 명이 도키코 씨한테서 와카바소를 사들였거든요."

마유미 씨한테 들은 이야기를 메구미 씨에게 그대로 했다. 와카바소 사람들 이외의 제삼자에게 설명하다 보면 객관적으로 볼 수 있을 것 같았다.

와카바소 같은 장소가 필요한 사람은 아주 많을 것이다. 코로나가 심각해지는 가운데 '빈곤'이 사회문제로 떠오르고 있다. 그러나 이 문제는 코로나 사태가 벌어지기 전부터 존재하고 있었다. 사회적 상황이 이렇다 보니 수면 위로 드러났을 뿐이다. 코로나에 대한 걱정이 없어진다 해도 세상이 예전처럼 돌아가지는 못한다. 다양성을 부르짖으면서 가족을 만들지 않고 사는 사람이 늘어나고 있었다. 나이가 많아 일하지 못하는 사람도 있다. 자기가 그런 인생을 선택했다고 해도 죽을 때까지 혼자서 살아갈 수는 없는 일이다.

비슷한 셰어하우스를 늘려 간다면 와카바소를 사업 모델로 하기 위해서라도 관리인이 해야 하는 여러 가지 일들을 누가 어떻게 할지 세부적인 부분까지 정해 두는 편이 낫다. 그러나 세입자들은 그 일을 직업으로 하는 게 아니니까 부담을 많이 줄 수는 없는 노릇이다.

가족들과 함께 살면서도 나름의 규칙은 있었다. 친가에 살 때는 아직 십 대 때여서 집안일을 대부분 엄마에게 의존했다. 가끔 심부름하거나 일을 돕기는 했어도 엄마가 시키는 대로 장을 보러 간다든지 저녁 준비를 하는 정도였다. 아빠나 오빠도 비슷했다. 책임을 모두 떠맡은 엄마는 힘들었겠지만, 그 대신 모든 일을 엄마가 정했기 때문에 일이 제대로 돌아갈 수 있었을 것이다. 만약 가족 네 명이 제각기 자기 고집을 내세웠다면 집안일이 제대로 되지 않았을 게 뻔하다. 오빠가 결혼하고 부모님과 함께 산 지 얼마 안 되었을 무렵, 오빠는 엄마와 와이프의 의견이 자꾸 충돌해서 힘들다는 하소연이 담긴 메시지를 나한테 보낸 적이 있었다.

"사업으로 만들어 간다는 생각은 괜찮다고 봐."

메구미 씨가 말했다.

"저도 기본적으로 그게 맞다고 생각해요."

"우리 집처럼 방이 남는 집도 있을 테고, 낡은 빌라 같은 곳은 세입자를 찾지 못하는 데도 많아. 그런 집에 세입자를 소개해 주는 일 같은 것도 할 수 있지 않을까?"

"그러네요."

"지금도 그런 사업을 하는 곳이 있을 거고 셰어하우스 같은 임대 물건도 예전부터 있었어. 그런데 아무래도 젊은 사람들을 대상으로 하는 느낌이거든. 아니면 정말 생활고에 시달리는 사람들이 들어가는 곳이거나. 그 정도는 아닌 미치루 같은 사람들이 안심하고 살 수 있는 곳이 앞으로는 더 많이 필요할 거야."

"저 같은 사람이요?"

손으로 내 얼굴을 가리키면서 물었다.

"그래. 한마디로 요약하자면 건강하고 일도 할 수 있는데 수입이 많지 않아서 자칫하다가는 생활이 파탄 날 수도 있는 그런 사람."

"……네."

"말이 좀 심했네. 미안해."

"아니에요. 정확한 지적인데요, 뭐. 괜찮아요."

"한번 그렇게 생활이 파탄 나면 원래대로 다시 돌아오기가 아주 힘들어지지. 사십 대 정도면 아직 일할 나이라면서 기초수급대상자가 되지 못하는 경우도 많고. 집이 없어서 노숙자라도 되면 지원 단체에 도움을 청할 수도 있지. 하지만, 그보다는 서로 도울 수 있는 사람끼리 만나서 정상적인 생활을 잘 유지하는 편이 낫잖아."

"그렇죠."

나는 금전적으로도 정신적으로도 그렇게 궁지에 처해 있지 않은데 와카바소에 살 자격이 있을까 생각한 적이 있다. 하지만 나와 비슷한 상황에 있는 사람이 한두 명이 아닐 것이다. 최저 임금을 받으면서 일하고, 월급이 기초수급 대상 기준보다 아주 조금 많아서 공적인 보호도 받지 못한 채 사회에서 떨어져 나가지 않으려고 생활에 매달려 하루하루 안간힘을 다해 발버둥 친다. 그렇게 매달리는 힘을 아주 조금 빼도 되는 곳이 와카바소였다.

"요즘은 여자들이 선택할 수 있는 길이 너무 많다는 점이 빈곤의 원인일 거야."

"많은가요?"

"예전에는 여자로 태어나면 결혼해서 전업주부가 되는 게 당연했지. 그런데 지금은 전업주부도 있고, 정규직으로 회사에서 계속 일하는 사람도 있고, 파견사원이나 계약직이나 아르바이트로 생활을 꾸리는 사람도 있어. 결혼을 하는 사람, 안 하는 사람, 자녀가 있는 사람, 없는 사람, 이혼한 사람. 정말 다양하잖아."

"프리랜서도 많아졌죠."

"혼자 살면서 파견사원이나 계약직이나 아르바이트로 일해도 살아갈 수는 있어. 그런데 계속 그렇게 일하다가는 앞으로 생활이 어려워질 수도 있다는 거지."

"맞아요."

"그런데도 그런 생활을 하는 여자들이 아주 많아. 남편의 피부양자 자격이 인정되는 정도로만 일하는 주부도 많고. 그런 사람들은 이혼하면 생활이 되지 않는다고 생각하게 마련이지. 사회적인 문제고 이대로 방치하고 있을 수만은 없다는 말은 예전부터 나왔어. 조금씩 변하고는 있지만 크게 개선될 가능성은 희박해. 왜냐하면 그런 여자들이 없으면 이 사회가 돌아가지 않을 테니까."

"진짜 그래요."

포도 맛 음료를 반 정도 마시고는 뚜껑을 닫아 버렸다.

"제가 전에 파견사원이나 계약직으로 하던 일들은 정규직 사원을 채용해서 시킬 정도의 일이 아니었어요. 누군가가 출산휴가나 육아

휴직을 하는 동안에만 파견사원이나 계약직을 부르는 회사도 있었고요. 이쪽 사정으로 정규직만큼 일하지 못하는 경우도 있어요. 정규직 사원이 되면 의무나 책임이 많아지는데 육아 중이거나 가족을 간병해야 하는 사람이면 감당이 안 되는 수가 있으니까요. 백화점이나 쇼핑몰 점원으로 일하는 사람 중 태반이 여자들이에요. 그 사람들 모두를 풀타임 정규직으로 채용하는 방식은 서로 바라는 바가 아닐 거예요."

"그래서 이런 방식으로도 세상이 잘 돌아갔는데 앞으로는 그러지 못할 가능성이 많아진 거지."

"맞아요."

"반대로 남성들이 빈곤해지는 원인은 선택할 수 있는 길이 너무 적어서란 말이야. 정규직이 되거나 육체노동을 하는 사람이 되거나, 둘 중 하나지."

"그런 것 같아요. 여자들은 마흔이나 오십을 넘어도 고용 형태라든지 임금을 따지지만 않으면 나름 즐겁게 일할 수 있는 일들이 많이 있죠. 하지만 남자들은 그런 곳을 찾기 어려운 것 같아요."

내가 남자였다면 일자리를 잃었을 때 무엇을 할 수 있을까 상상하자 눈앞이 캄캄해졌다. 마루야마 씨도 '힘을 쓰는 일이나 일용직 노동자가 되어서라도'라는 말을 했다. 그런 일이 싫거나 나쁘다는 뜻이 아니다. 하지만 체력적인 부분을 생각했을 때 나이와 상관없이 계속할 수 있는 종류의 일은 아니다.

그러나 우리 세대에서 정규직 사원으로 채용되는 비율은 남자가 압도적으로 높았다. 지금도 일본은 성차별 지수가 안 좋은 나라라고 한다. 점점 바뀌고 있다고는 해도 아직 남녀의 채용 비율이 비슷하다고 하기는 어렵다.

어느 한쪽이 좋다 나쁘다의 문제가 아니다. 여자도 남자도 제각기 안고 있는 문제가 있는데 그 성질이 다를 뿐이다. 원래는 정치권에서 해결해야 할 일일 것이다. 하지만 그렇게 되기를 기대할 수 있는 나라가 아니라는 사실도 잘 알고 있다. 목소리를 낼 필요가 있다. 변하기를 기다리기만 할 게 아니라 우리 힘으로 서로 돕는 방법을 고민해 봐야 한다.

"미치루는 아네모네에서 일하고 와카바소에서 살고 있으니까 실제로 경험하고 있잖아. 그러니까 실제 경험을 바탕으로 그런 종류의 일을 해 보는 것도 괜찮지 않아? 불안해하는 사람들도 미치루가 이야기를 들어 주면 그것만으로도 안심할 수 있을 것 같은데."

"저 같은 사람이 그럴 수 있을까요?"

"그럼, 충분히 가능하지. 좋은 의미에서든 나쁜 의미에서든 아주 평범한 느낌을 주니까 이야기하기도 쉽고."

"지금 그거 놀리는 거예요?"

"아니, 칭찬하는 건데?"

"어디가요?"

"미치루는 사람의 눈을 보면서 이야기를 듣고, 일방적인 의견을 말하지도 않고, 자기 고민도 망설임 없이 그대로 드러내잖아."

"아무래도 놀리는 게 맞는 것 같은데."

"다양한 사람들이 친근감을 가질 수 있다는 뜻이야."

"고맙습니다."

마유미 씨가 하려는 일을 돕고 싶다는 생각이 들었지만 나 같은 사람에게는 무리가 아닐까 싶어 말을 꺼내지 못하고 있었다. 그런데 메구미 씨의 말을 들으니 할 수 있겠다는 용기가 생겼다.

아니, 하고 싶은 마음이 더 커졌다.

계산대를 마감하고 가게 안을 확인하고 있는데 유리문 두드리는 소리가 들렸다. 소리 나는 쪽으로 눈길을 돌리자 마루야마 씨가 서 있었다. 방금 잠근 자물쇠를 다시 돌려 유리문을 열었다. 밤이 되어 기온이 떨어지기는 했지만 습도는 오히려 높아진 느낌이었다. 내일 은 또 비가 올지도 모른다.

"안녕하세요."

"안녕하세요."

고개를 숙여 인사하고는 서로의 얼굴을 바라보았다. 사귀기 시작 한 지 한 달 가까이 지났는데도 주변 상황 때문에 어디 함께 외출하 기도 어려웠다. 그뿐만 아니라 내가 바쁘게 일하는 탓도 있어서 데 이트다운 데이트를 하지 못했다. 아네모네에 밥 먹으러 오면 그때 잠깐 이야기하거나, 메시지를 주고받거나, 전화로 떠드는 정도였다. 딱 한 번, 둘이서 점심을 먹으러 나간 적이 있는데 그때도 친한 친구 라는 느낌밖에 들지 않았다.

"웬일이에요?"

내가 물었다.

"슬슬 가게 문을 닫을 시간이구나 싶어서."

"네."

"보고 싶어져서요."

"……아아."

쑥스러워서 퉁명스러운 대답이 나왔다.

"미안. 내가 눈치 없이 왔나 보네요."

"아니에요, 아니에요. 저도 좋아요. 진짜예요."

"다행이다."

마루야마 씨가 안도하는 표정으로 웃었다.

"갈 채비를 하고 올 테니까 잠깐만 기다려 주세요."

가게 안으로 들어가 유리문을 다시 잠갔다. 주방은 아직 뒷정리 중이지만 홀의 마감 작업은 마친 상태였다.

사무실로 들어가 앞치마를 벗고 블라우스에서 티셔츠로 갈아입은 다음 거울을 보며 머리를 다시 묶었다. 가방을 들고 주방에 있는 기바 씨와 구라타에게 인사한 뒤 뒷문으로 나갔다. 앞문 쪽으로 갔더니 마루야마 씨가 서 있다가 웃는 얼굴로 손을 흔들었다.

"집에 바래다줄게요."

"네?"

"굳이 밥을 먹을 필요는 없으니까. 열린 곳도 없고."

"그렇겠네요."

긴급사태 선언이 발표된 이후로 사회적 통제는 여전하고 음식점 영업시간도 단축된 상태였다. 아네모네도 저녁 8시에 가게 문을 닫는다. 점심 영업과 리모델링 기간에 연구한 테이크아웃 메뉴로 간신히 매상을 유지하고 있었다.

"아니면 우리 집에 올래요?"

마루야마 씨가 내 눈을 보며 물었다.

"으음."

만나러 와 준 시점에서 그런 제의를 기대하는 마음도 있었지만 막상 실제로 그러니까 긴장이 됐다. 경험이 전혀 없는 것도 아니고 뒤로 빼거나 할 일도 아니었다. 하지만 마지막에 한 게 몇 년 전인지 기억도 나지 않을 정도라서 제대로 할 수나 있을지 의심스러웠다.

"아니, 그게, 뭐 이상한 뜻은 아니고."

당황한 얼굴로 마루야마 씨가 말했다.

"네, 아니, 그 이상한 뜻이어도 상관은 없는데……."

"진짜로?"

"음, 어떨지 모르겠네요. 어쩌면 안 될지도?"

"안 되는 건가?"

"뭐랄까, 어떤 식으로 시작하는지, 무드나 분위기나 그런 걸 어떻게 내는지 이제는 생각도 안 나서요."

"그게 무슨 뜻인지?"

마루야마 씨가 미간을 찌푸리면서 물었다.

"아니, 우리가 사귀자고 하고 만나는 거니까 좀 더 달달하게 스킨십도 하고 싶은 마음은 있는데 어떻게 해야 할지 도무지 감이 안 잡혀서요."

"그러니까 내가 싫어서 안 된다는 뜻은 아닌 거죠?"

"그건 아니에요. 싫은 게 절대 아니에요."

"그럼 됐네. 다행이다."

"오늘은 일단 손을 잡는 정도까지만 하는 걸로요."

"알았어요."

마루야마 씨는 웃으면서 손을 내밀었다. 가늘고 긴 손가락에 펜을 잡은 흔적이 보였다. 들고 있던 가방을 다른 쪽 손으로 옮긴 다음 그 손을 잡았다. 땀과 체온이 느껴졌다.

그대로 와카바소 쪽으로 걸어갔다. 마루야마 씨네 집으로 가자고 할 걸 하고 약간 후회했지만 급하게 서두르지 않아도 괜찮을 것 같았다. 서로 무리하지 않고 편하게 지내면서 만나는 편이 낫다. 그러다가 틀어지면 인연이 딱 거기까지인 거다.

"미안해요. 이상하게 말해서."

마루야마 씨가 말했다.

"아니에요. 신경 쓰지 마세요."

"천천히 조금씩 같이해 나가요."

"네."

"서서히 가까워지는 느낌으로."

"그럼 서서히 그날을 준비할게요."

"뭘 준비하는데?"

"마음가짐이라든지 몸이라든지."

손을 잡은 채 마루야마 씨는 약간 거리를 두고 내 몸을 머리끝에서 발끝까지 쳐다보았다.

"몸을……."

작은 소리로 따라 말했다.

"저기, 지금 너무 창피한데요."

"본인이 이상한 소리를 하니까 그렇죠."

"죄송해요."

"굳이 준비할 필요는 없는데."

"안 돼요. 완전히 푹 퍼져 있단 말이에요."

"나도 비슷할 텐데."

"으음."

나도 약간 떨어져서 마루야마 씨를 머리끝에서 발끝까지 쳐다보았다. 가늘고 살집은 없는데 운동을 하는지 어깨가 벌어져 있었다.

"이건 성희롱인데."

"누가 먼저 시작했는데요?"

"부끄러운데."

"훨씬 부끄러운 짓도 할 거잖아요."

"흐흐, 기대해 봐야겠네."

마루야마 씨가 여유를 부리며 씨익 웃었다.

"안 돼요. 테크닉이고 뭐고 하나도 없단 말이에요."

"테크닉!"

한밤중 조용한 주택가에 마루야마 씨의 웃음소리가 울려 퍼졌다.

"조용히 해요!"

"미안."

함께 말을 주고받기만 해도 티키타카가 너무 재미있어서 이것만으로도 충분하다는 느낌이 들었다. 그렇지만 역시 만지고 싶고, 만져 줬으면 하는 마음도 있다. 사귀는 사람이 없을 때는 스킨십이 그렇게 소중하다는 생각이 들지 않았다. 그래서 더 많은 사람과 여러 가지를 경험해 볼 걸 후회하기도 했다. 그런데 키스도 섹스도 사랑하는 사람과 함께 나누기에 특별한 경험인 것이다.

"가끔 이런 식으로 만나러 와도 되나?"

"네. 한동안 마감 시간에는 있을 거예요."

"그러다가 괜찮다 싶은 때가 되면 우리 집으로 와요."

"나만 좋은 타이밍이면 안 되잖아요."

"내 타이밍도 맞춰야 한다면…… 괜찮을 때만 만나러 갈게요."

"그렇게 되면 만나러 올 때마다 하고 싶은 건가 하고 생각하게 될 텐데."

"그런가?"

"그렇죠."

"아까부터 이야기가 이상한 쪽으로만 자꾸 흘러가서 미안해요."

"아니에요. 중요한 부분이니까."

전에 사귀던 남자 친구와는 이런 식으로 이야기하지 못했다. 이십 대 때는 여자인 나에게는 성욕이 없는 것처럼 행동해야 한다는 강박이 있었다. 삼십 대 때도 상대방이 원할 때는 거부하면 안 된다고 생각했다. 항상 어딘가 무리하는 부분이 있어서인지 그 행위를 그다지 좋아할 수 없었다. 어쩌면 처음부터 망설이지 말고 여러 가지 이야기를 나누어야 했는지도 모른다.

"그리고 우리 언제까지 존댓말로 이야기하나?"

"그것도 천천히 바꿔요. 아무래도 손님이라는 느낌이 아직 남아 있어서."

"알았어요."

"아까부터 나는 계속 안 된다는 소리만 하네요."

"그런 것 같네."

"미안해요."

"괜찮아요. 나한테 맞추려고 무리하는 게 훨씬 안 좋은 거니까."

"고맙습니다."

"천만에요."

주변에 사람이 없으니 키스 정도는 할 법도 한 분위기인데 마스크를 하고 있어서 그럴 수도 없었다. 세상의 연인들은 어떻게 스킨십을 하는 걸까?

역 쪽으로 돌아가는 마루야마 씨의 뒷모습이 사라질 때까지 보고 있다가 와카바소의 현관문을 열었다.

"다녀왔습니다."

부엌에 누군가 있는 것 같아서 그쪽에 대고 인사했다.

"어서 와."

치나미 씨가 한 손에 나무 주걱을 들고서 얼굴을 내밀었다.

"뭐 만들어요?"

"카레."

"그런데 웬 나무 주걱?"

그렇게 말하면서 운동화를 벗고 부엌으로 갔다.

"양파 볶고 있었어."

가스레인지에 놓인 큼지막한 법랑 냄비 안에 볶은 양파가 넘칠 만큼 가득 들어 있었다. 주변에는 냄비에서 흘린 것으로 보이는 양파 조각이 여기저기 떨어져 있었다.

"도대체 얼마나 많이 만들 작정이에요?"

"물을 안 넣고 양파에서 나오는 수분만 가지고 만들고 싶어서."

"이 냄비로 그렇게 만들면 눌어붙을 수도 있어요."

손을 씻고 입을 헹군 다음 나무 주걱을 받아서 양파를 들추고 냄비 밑바닥을 살펴보니 벌써 거뭇거뭇해진 상태였다.

"그래?"

"불 조절을 계속하면서 조심스럽게 쓰면 괜찮기는 하죠. 그래도 카레를 오래 끓일 거면 테플론 가공이 된 냄비를 쓰는 쪽이 초보자한테는 더 편하고 안전해요."

"그렇구나."

망설이는 표정으로 치나미 씨가 냄비를 쳐다봤다.

"그런데 왜 카레를 만들어요?"

"일단 할 수 있는 것부터 해 보려고."

"카레 정도는 만들 수 있다고 전에 그랬잖아요?"

"그래도 너무 오랜만이라서."

"그런 거면 거창하게 이것저것 시도하지 말고 카레 포장지 뒷면에 적힌 설명대로 만드는 게 좋을 거예요."

"그렇겠다."

싱크대 아래쪽에서 테플론으로 가공된 큼직한 냄비를 꺼내 볶은 양파들을 옮겼다.

"고기나 다른 채소는 안 넣어요?"

"돼지고기 넣을 거야."

치나미 씨는 따로 볶아 놓은 삼겹살이 담긴 접시를 식탁에서 집어

들었다.

"그것 말고는요?"

"양파 볶을 때 생강하고 마늘은 벌써 들어갔어."

"당근이랑 감자는요?"

"안 넣으려고."

치나미 씨가 고개를 젓는다.

"심플하네요."

"이것저것 넣으면 뭉그러져 엉망이 될 것 같아서."

"그런 생각은 했네요."

"응."

치나미 씨가 어린아이처럼 천진한 얼굴로 고개를 크게 끄덕였다. 그 얼굴을 보니 공연히 참견하지 말고 좀 떨어져서 지켜보는 편이 낫겠다는 생각이 들었다.

"그럼 계속하세요."

"다 되면 같이 먹자!"

"네."

"원래 미치루가 돌아오는 시간에 맞춰 완성해 놓으려고 했는데."

치나미 씨는 양파와 돼지고기를 한데 합쳐 살살 휘저으면서 볶아 나갔다.

"무슨 현모양처처럼 그러지 않아도 돼요."

내가 마루야마 씨네 집에 갔으면 이 카레는 치나미 씨의 헛수고가 되었을 수도 있다. 외박하지 않고 돌아오길 잘했다.

"이거, 물을 좀 넣는 편이 낫겠지?"

치나미 씨가 물어봐서 내가 냄비 안을 들여다보았다.

"그러네요."

물 없이 하기에는 수분이 너무 적은 느낌이었다.

"지금 넣어도 되나?"

"네. 괜찮아요."

"이 정도?"

물컵으로 한 잔 정도의 물을 냄비에 부었다.

"이렇게 좀 끓이다가 고형 카레를 넣으려고."

"스마트 쿠커 같은 게 있으면 좋겠네요."

"스마트 쿠커?"

보리차를 들고 카레가 끓는 동안 식탁에 마주 앉아서 이야기했다.

"압력 밥솥이랑 비슷하게 생겼는데 끓이거나 조리는 기능 외에 볶는 기능도 있다고 하더라고요. 재료를 넣고 타이머만 세팅해 두면 끝이래요."

"아아, 어디선가 들어 본 적 있어."

"이렇게 냄비를 지켜보는 시간도 음식 만드는 즐거움일 수 있겠지만 우리에게는 편리함도 필요하니까요."

혼자 살 때는 스마트 쿠커가 있어도 1인분을 만들기에는 너무 과하다는 느낌이 있었다. 그런데 이곳이라면 양을 많이 만들어 놓아도 누군가가 먹을 수 있다. 예전에는 도키코 씨나 미사코 씨가 음식을 만들어 줬기 때문에 필요성을 느끼지 못했지만 앞으로는 스마트 쿠커 하나쯤 있어도 괜찮겠다는 생각이 들었다.

"난 아직 그런 걸 사용한다는 상상조차 못 하는 수준이야."

치나미 씨는 보리차를 마시며 피곤한 표정을 지었다.

"카레도 스마트 쿠커를 쓰면 만들기 쉬울 거예요."

"내가 혼자서도 만들 수 있다는 자신감을 갖고 싶어서 그래."

냄비 쪽으로 눈길을 주면서 치나미 씨가 말했다.

"그렇군요."

그렇게 한동안 말없이 냄비를 바라보았다. TV를 켜지 않아서 바글바글 음식 끓는 소리만 조용히 들렸다. 생강과 마늘을 넣어서 그런지 약간 매콤한 향이 부엌 안에 퍼졌다.

"소설은 다 썼어요?"

내가 물었다.

"응."

치나미 씨가 냄비에서 시선을 떼지 않은 채 고개를 끄덕였다.

"언제요?"

"어젯밤에."

"그래서 카레 만들 생각을 한 거예요?"

"응."

"소설은 어떻게 할 거예요?"

나도 냄비를 바라보며 물었다.

"그냥 두려고."

"그렇군요."

읽어 보고 싶다든지, 책으로 만들어야 하지 않겠느냐라든지, 기다리는 독자가 분명히 있을 거라든지, 하고 싶은 말은 많았지만, 왠지 해서는 안 될 것 같은 느낌이었다. 마지막이라는 각오로 쓴 글이니까 그것을 어떻게 할지 결정할 수 있는 사람은 오로지 치나미 씨 한 사람뿐이었다.

"이제 슬슬 카레를 넣어도 되려나?"

치나미 씨가 자리에서 일어나 냄비 뚜껑을 열어 보더니 나에게 물었다.

"어느 정도 익었어요?"

나도 일어나서 냄비 안을 들여다보았다. 양파가 녹으면서 투명한 갈색 수프가 되어 부글부글 끓고 있었다.

"어때?"

"괜찮을 것 같아요."

"카레는 그냥 평범한 거야."

치나미 씨는 그렇게 말하면서 초콜릿처럼 생긴 고형 카레를 부러 뜨려서 냄비에 넣었다. 국자로 천천히 젓자 카레가 녹으면서 수프가 카레로 바뀌어 갔다.

"맛있겠네요."

"이렇게 좀 더 끓여야지."

"밥은 다 됐고, 샐러드나 좀 만들까요?"

"좋지."

"토마토가 있으니까."

냉장고 채소 칸을 열어서 토마토와 양상추와 양배추를 꺼냈다. 손으로 잘게 찢은 양상추 위에 얇게 채 썬 양배추를 가볍게 얹고 반달 모양으로 자른 토마토를 나란히 올린 다음 일본식 유자 간장 맛 드레싱을 끼얹었다. 둘이서 먹기에는 샐러드 양이 너무 많은가 싶었는데 현관문 열리는 소리가 들렸다.

"어서 와요."

얼굴을 내밀어 현관 쪽을 봤더니 사치코 씨가 돌아온 참이었다.

"다녀왔어요."

"일 다녀왔어?"

"원래는 비번이었는데 손이 모자란다고 잠깐만 나와 달라고 해서요."

부엌으로 들어온 사치코 씨가 손을 씻으며 대답했다.

"힘들었겠다."

"카레 어때?"

신이 난 표정으로 치나미 씨가 사치코 씨에게 물었다.

"아, 그게……."

"억지로 안 먹어도 돼."

내가 옆에서 말해 주었다.

"근데 샐러드를 너무 많이 만들었지 뭐야. 좀 거들어 주면 고마울 것 같기는 해."

"그럼 조금만요."

"마유미 씨도 부를까요?"

내가 치나미 씨에게 물었다.

"지금 없어."

치나미 씨가 고개를 저으며 말했다.

"아침에 도키코 씨 유골을 봉안하고 나서 미사코 씨네 집에 놀러 갔다가 아직 안 들어왔어."

"그렇구나."

세 명이 먹을 카레라이스와 샐러드를 식탁에 차렸다. 누가 무엇을 해야 한다는 식으로 정하지 않아도 알아서 필요한 것들을 차렸다. 치나미 씨는 냉장고를 열어 병에 든 반찬용 채소 절임과 락교를 꺼냈다.

"이거 언제 산 거야?"

치나미 씨가 사치코 씨에게 물었다.

"채소 절임은 최근에 샀을 거예요. 락교는 언제인지 모르겠네요."

둘이서 락교 병을 열고 냄새를 맡더니 인상을 찌푸렸다.

"뭐야? 상한 거야?"

내가 물었다.

"애매하네요."

사치코 씨가 병을 내 쪽으로 내밀었다.

"이건 아닌 걸로."

확실하게 상한 느낌은 아니었지만 원래 냄새가 아닌 시큼한 향이 났다.

"그럼 버려야겠네요."

사치코 씨가 병뚜껑을 도로 닫더니 싱크대에 놓았다.

이런 식료품 관리도 전에는 도키코 씨가 해 주던 일이었다. 평소에 우리가 얼마나 무심하고 게으르게 생활했는지 깨달았다. 와카바소 전체를 관리하는 것은 결코 간단한 일이 아니었다.

치나미 씨와 내가 나란히 앉고 우리 맞은편에 사치코 씨가 앉았다.

"잘 먹겠습니다."

세 사람이 한목소리로 인사했다. 치나미 씨가 긴장한 듯한 눈길로 뚫어지게 쳐다보고 있어서 사치코 씨와 나는 우선 카레부터 한입 먹어 봤다.

"맛있어요."

사치코 씨가 말했다.

"맛있네."

나도 말했다.

"진짜로?"

의심스럽다는 투로 치나미 씨가 물었다.

"진짜예요. 그 재료랑 방법으로 만들었는데 맛없기가 힘들잖아요."

"양파가 많이 들어가서 그런지 적당히 단맛이 나서 좋아요."

"공연히 이것저것 넣지 않아서 맛이 깔끔하네요."

"다행이다."

치나미 씨도 카레를 한입 먹었다.

"평범한데 맛있네."

"네, 평범해도 맛있어요."

"맞아요. 평범하지만 맛있어요."

"고마워."

마음이 놓인다는 표정으로 그렇게 말하는 치나미 씨의 옆얼굴을 바라보고 있으려니 눈물이 날 것 같았다. 절대로 티를 내면 안 된다는 생각에 필사적으로 눈물을 참으며 토마토를 입에 넣었다.

씻고 욕실에서 나와 부엌으로 가 보니 마유미 씨가 돌아와 있었다. 핸드폰을 보면서 하이볼을 마시는 중이었다.

"다녀오셨어요?"

"다녀왔어."

"미사코 씨네 집에서 저녁 드시고 온 거예요?"

보리차를 따라 마유미 씨 맞은편에 앉으며 물었다.

"응."

"오늘 치나미 씨가 카레를 만들었어요."

"그랬어?"

핸드폰에서 얼굴을 들었다.

"냉동고에 들어 있으니까 내일에라도 맛을 봐 주세요."

"내일 점심때 먹으면 되겠네."

"소설은 다 쓴 모양이에요."

"이제 다음 단계로 넘어가야지."

"네."

보리차를 한 모금 마시며 대답했다. 아까 셋이서 카레를 다 먹은 다음 치나미 씨는 "먼저 씻을게." 하고는 부엌에서 나갔다. 2층에 올라가서 수건이랑 잠옷을 챙겨 욕실로 들어가 씻고 나오더니 그대로 자기 방으로 돌아가 버렸다. 사치코 씨는 듣고 싶은 라디오 프로가 있는지 곧바로 자기 방으로 들어갔다. 나는 TV를 보면서 치나미 씨가 내려오지 않을까 싶어 부엌에서 잠시 기다렸다. 평소처럼 보이기는 했어도 폭발해 버릴 듯한 무언가를 꾹꾹 누르고 있는 느낌이었다. 치나미 씨는 책 더미에 둘러싸인 방 안에서 어떤 마음으로 이 시간을 보내고 있을까?

"미치루는? 어떻게 할 거야?"

마유미 씨가 내게 물었다.

"뭘요?"

"계속 여기서 살 거야?"

"앞날이 어떻게 될지는 저도 잘 모르겠어요. 그래도 한동안은 여기 있고 싶어요."

"혹시 나가고 싶어진다고 해도 치나미나 사치코는 걱정하지 않아도 돼."

"네."

"치나미는 이제부터 힘든 시간을 보내야 할 거야. 마흔이 넘은 나이에 밖에서 일해 본 경험이 전혀 없는 사람을 채용해 줄 만한 곳은 드물 테니까. 누구보다 열심히 일해 왔어도 프리랜서 작가라는 커리어가 오히려 마이너스로 작용할 가능성도 있고. 머리가 좋은 사람이고 심지도 굳으니까 잘 극복해 나갈 수 있을 거라 믿고 있어. 물론 섬세하고 민감하고 약한 부분이 남보다 많아서 좀 걱정이기는 하지만."

"그렇죠."

힘든 일이 있을 때 전처럼 부엌에서 말없이 웅크리고 있었으면 좋겠다. 그러면 농담하듯이 가볍게 "또 무슨 일이에요?" 하고 물어볼 수가 있으니까.

"사치코는 워낙에 저런 성격이라 사람들하고 친해지기 힘들지. 혼자 힘으로 살기로 마음먹고 자기 딴에는 꽤 애쓰는 모양이기는 한데 말이야."

"사치코 씨도 요즘 들어서는 말수가 많이 늘었어요. 일도 꼬박꼬박 나가고, 라디오를 좋아한다면서 취미 생활도 하니까 많이 걱정할 필요는 없을 것 같아요."

"이대로 좋은 쪽으로 계속 나가 줬으면 좋겠네."

"아마 별문제 없을 거예요."

사치코 씨가 어떤 환경에서 살아왔고, 어떤 마음으로 와카바소에 들어왔는지 나는 아직 모른다. 언젠가는 자기 이야기를 해 줄 수도 있고, 어쩌면 그냥 이렇게 계속 지낼 수도 있다. 어느 쪽이든 큰 문제는 없다. 처음 이 집에 들어왔을 때만 해도 우리랑 눈도 마주치지 않으려 했는데 요즘 들어서는 인사도 하고 몇 마디 말을 주고받기도 한다. 사치코 씨의 지금을 알기에 앞으로 어떻게 변해 갈지 지켜보고 싶었다.

"미치루라고 만사형통으로 편하게 산다고 생각하지는 않아."

마유미 씨가 하이볼을 한 모금 마셨다.

"그래도 저 두 사람하고는 상황이 좀 다르잖아. 가족들하고도 별문제 없는 것 같고, 최근에는 사귀는 사람까지 생겼으니까. 그나저나 그 사람하고 동거할 생각은 없는 거야?"

"이제 막 시작하는 단계라서요."

"그렇구나."

"앞으로 어쩌면 그 사람이랑 살게 될지도 모르고 그냥 혼자 나가서 살고 싶다고 생각하는 때가 올 수도 있어요. 어디론가 멀리 떠나고 싶어서 외국으로 이민 가겠다고 나설 수도 있고요. 하지만 어디로 가든, 어디에 살든 와카바소와의 인연은 계속 이어 가고 싶어요."

"그래."

"전에 여기 살던 사람들처럼 이사한 다음에도 채소나 과일 같은 걸 보내는 식이 아니라 일하는 사람으로 관여하고 싶다는 뜻이에요."

"그게 무슨 소리야?"

마유미 씨가 내 눈을 뚫어지게 바라보며 물었다.

"마유미 씨가 하려는 일을 돕고 싶어요."

생각하던 바를 분명한 말로 내뱉었다. 그 순간 내 안에서 흔들리던 의지가 확실하게 굳어지는 느낌이 들었다.

"술을 마시면서 들어도 되는 이야기인가?"

"날이 밝으면 기억이 나지 않을 정도로 취한 상태라면 다음에 할게요."

"미사코네 집에서는 입에도 안 댔어. 이게 첫 잔이니 괜찮아."

"그럼 이야기해도 될까요?"

"그래."

마유미 씨의 말에 나는 자세를 똑바로 고쳐 앉았다.

"와카바소 같은 곳을 늘려 가는 일에 저도 동참하고 싶어요. 돕는다고 했지만 그렇게 가볍게 생각할 일이 아니라는 점은 알고 있어요. 여자들이 가진 차별이나 빈곤 문제는 역사도 오래되고 뿌리가 깊어서 간단하게 해결할 수 있는 일이 아니니까요. 고령화도 진행 중이어서 문제는 더 늘고 있어요. 모르는 척 외면하고 살아가는 쪽이 편할 수도 있겠죠. 하지만 이미 알아 버렸고, 그 문제에 대해 고민하게 됐어요. 그래서 도망치고 싶지 않아요."

"응."

"그리고 나 자신을 믿을 수 있게 되었으면 좋겠다는 생각도 해요."

"미사코하고도 그런 얘기를 했지?"

"네. 여기 오기 전까지는 내 인생을 남에게 맡기면서 살았어요. 혼자 사니까 독립해서 산다고 생각했는데 전혀 그렇지 않았어요. 파견된 회사나 계약직으로 일하던 회사, 아르바이트하는 가게 상황에 제 생활이 좌지우지되었죠. 삼십 대 때는 당시 사귀던 남자 친구가 결혼해 주기만 하면 금전적으로 편해질 수 있겠다고 생각한 적도 있어요. 그보다 어린 이십 대 때는 그런 인생이 여자로서 당연하다고 여겼고요. 그러면서도 결혼하자는 말을 먼저 하지 못하고 프러포즈받기만을 기다리다가 결국에는 차였죠. 그런 식으로 살아왔기 때문에 이번에 코로나 사태가 터졌을 때 심각하게 불안해진 것 같아요. 이제는 누가 나를 위해 뭔가 해 주기만 바라는 게 아니라 내가 먼저 움직이는 사람이 되고 싶어요."

"그래."

"이 세상에 확실한 건 아무것도 없어요. 내일 아침에는 세상이 완전히 바뀌어 있을지도 모르죠. 일터가 사라져 버릴 수도 있고, 사랑하는 사람을 만나지 못하게 되는 일이 다시 일어날 수도 있어요. 그렇지만 죽을 때까지 나는 나랑 항상 함께 있어요. 무슨 일이 일어나든 그 점 하나만은 확실하죠. 나는 내가 하고 싶다고 느끼는 일을 하면서 나 자신을 신뢰할 수 있는 사람이 되어 가고 싶어요."

"으음."

마유미 씨는 생각에 잠긴 얼굴로 술잔에 남았던 하이볼을 홀짝 다 들이켰다.

"안 될까요?"

"아니."

고개를 저었다.

"미치루가 함께 일해 줄 수 있으면 나로서는 큰 힘이 될 거야. 그런데 좀 냉정하게 물어보자면 그 정도 의욕이 있다면 차라리 본인이 직접 사업을 하지 그래?"

"아아, 그건……."

그러고 싶은 마음도 있지만 아무래도 불가능하다. 지금까지의 내 사회 경험을 돌아보면 총무나 경리 업무는 그럭저럭 가능하다. 손님 응대도 할 수 있다. 하지만 기획력이나 영업력이 약한 데다 인맥이 너무 한정적이었다.

"힘들겠지?"

"그렇죠. 혼자서는 아무것도 못 하면서 큰소리를 친 셈이네요."

"그런데 사실은 나도 꼭 할 수 있다고 생각하는 건 아냐. 하지만 큰소리라도 미리 쳐 놓지 않으면 시작할 계기조차 생기지 않을 거 아냐?"

"네."

"우선은 이 와카바소를 어떻게 꾸려 갈지부터 정해야 하고, 그다음은 천천히 하나씩 늘려 가면 되니까 나를 도와주면서 미치루도 공부해 보는 건 어떨까?"

"네, 좋아요!"

"업무 중 일부를 해야 하면 거기에 맞는 보수도 지급하도록 할게. 지금 아네모네에서 하는 일이 힘들겠지만 가능하면 계속해 줘. 그 힘든 일이 나중에 반드시 도움이 될 거야."

"네!"

"힘들다 싶으면 절대 무리하지 말고. 건강이 제일 중요하니까."

"네!"

"그럼 우선 와카바소에 대해서 의논해 볼까?"

"돈 관리를 저한테 맡겨 주셨으면 해요. 이건 세입자로서 하는 일이니까 보수는 따로 필요 없어요."

"정말?"

"그럼요."

"다른 일들은 어떡할까?"

"부엌의 식료품 관리나 수리가 필요한 곳을 확인하는 일 등은 누가 할지 정기적으로 함께 상의하는 자리를 만드는 게 좋을 것 같아요. 앞으로 새로 세입자가 들어올 경우, 그냥 눈치껏 알아서 하거나 누군가가 정한 대로 따르는 방식이면 불만이 나올 가능성이 있어요. 이런 이야기를 힘들어하는 사람도 있을 테고, 자기 일이나 신체적인 사정이 있어서 참여하지 못하는 사람이 있을 수도 있으니까 그건 그때마다 상황을 봐서 유동적으로 하면 되지 않을까요? 의무는 적을수록 좋으니까요."

"좋네."

"자율적으로 참여하는 분위기를 만들어서 여럿이 함께 있더라도 한 사람 한 사람이 즐겁게 살아갈 수 있는 공간이 되었으면 해요."

"……."

마유미 씨는 말없이 내 얼굴을 빤히 쳐다만 봤다.

"왜요?"

"평범한 것 같으면서도 알고 보면 굉장히 좋은 비즈니스 파트너를 구한 건지도 모르겠다는 생각이 들어서."

"평범은 좀 실례 아닌가요?"

"칭찬만 골라서 들어."

"그럼 평범이니 뭐니 하지 말고 칭찬만 하면 되잖아요."

"아니, 평범이라는 말도 칭찬이야."

"어디가요?"

"그러니까……."

마유미 씨가 딴 데로 눈길을 돌리면서 일부러 과장되게 고민하는 표정을 지었다.

"무리하게 해석을 쥐어짜지 마세요."

"아! 사회 한가운데 딱 자리 잡은 느낌이라는 거지."

좋은 말이 떠올랐다는 표정으로 마유미 씨가 말했다.

"그게 무슨 뜻인데요?"

"여기 사는 여자들은 사회적으로 약자의 위치에 있는 사람이 많잖아. 그러면 아무래도 메인 스트림이 아니라 한쪽 구석에서 우리끼리 힘을 모아 살아가자는 뜻이 될 수도 있어. 열심히 살기는 하지만 자꾸 구석 쪽으로 밀려가는 거야. 이렇게 말하는 나도 병에 걸렸을 때 나 자신을 돌아보면서 결혼도 못 하고, 자식도 없고, 몸도 아프고 하니 그냥 한 귀퉁이에 찌그러져서 살아야겠다고 생각한 적이 있었어. 하지만 미치루는 지극히 보통 사람이라는 느낌이어서 누구와도 거부감 없이 친해질 수 있고 아무런 거리낌 없이 사회 한가운데로 나아가는 것 같아."

"그렇게 말하니까 뭔가 섬세함 따위는 요만큼도 없는 사람 같잖아요."

"그게 바로 장점이야."

낮에 메구미 씨랑 이야기할 때도 비슷한 말을 들었다. 어딘지 좀 걸리는 구석은 있지만 긍정적으로 받아들이기로 했다.

"미치루가 처음 여기에 왔을 때도 그런 느낌을 받았거든."

"그래요?"

"미치루가 가진 평범함이 여기를 변하게 하겠구나, 하고."

"아무래도 깎아내리는 느낌인데."

"칭찬이라니까."

"네."

하이볼을 만들어 마시며 마유미 씨와 함께 앞으로의 이야기를 나누었다.

*

3호실 창문을 활짝 열고 방바닥 다다미에 마른걸레질을 했다. 미사코 씨가 깨끗하게 썼던 방이라 벽지도 다다미도 새로 갈지 않고 그대로 두기로 했다. 건물 자체가 낡아서 도저히 손 쓸 수 없는 부분이 있기는 하지만 가능한 한 깨끗하게 치웠다. 벽장 안이 말끔하게 비었는지 다시 한번 확인하고 수돗물이 나오는지도 틀어 본 다음 방안을 둘러보았다. 정리가 다 된 것 같아서 창문을 닫고 나왔다. 열쇠는 여전히 잠기지 않는다.

작년에 이곳으로 이사 왔을 때만 해도 와카바소를 일시적으로 머물 곳이라고 생각했다. 그래서 건물이 낡았어도, 방 안에 아무것도 없어도, 방문을 잠그지 못해도 그러려니 하고 생각할 수 있었다. 그러다가 어느덧 이곳에 익숙해졌다. 하지만 모든 사람이 나처럼 익숙해질 수는 없는 일이다. 비즈니스라고 생각한다면 다른 타입의 주거 건물도 필요해진다. '조건이 안 맞으니 안 되겠네요'라고 거절한다면 상황이 힘든 사람을 외면해 버리는 셈이다.

그런 생각을 하면서 계단을 내려와 1층 부엌으로 갔다. 마유미 씨가 노트북을 펼쳐 놓고 일하고 있었다.

"방 보러 온다는 사람이 이제 슬슬 올 거예요."

"조금만 기다려 줘. 금방 끝나니까."

"시간을 좀 늦출까요?"

"아니, 괜찮아."

3호실에 들어오고 싶어 하는 사람이 오늘 집을 보러 오기로 했다. 도키코 씨가 쓰던 1호실은 아직 유품 정리가 끝나지 않아 손을 대지 못하고 있다. 하지만 나머지 빈방을 마냥 방치할 수가 없어 우선 3호실만 세입자를 찾기로 했다.

부동산이나 인터넷에 올리지는 않았다. 알음알음 찾아오는 것이다. 도대체 지인이 얼마나 많은지 모르지만 이번에도 메구미 씨 소개로 오게 됐다. 이런 식으로 소개하는 일이 자꾸 생기면 중개 보수 등을 체계화하는 방안도 고려해 봐야 한다. 천천히 하자고는 했지만 생각해야 할 문제나 정해야 할 점은 한도 끝도 없었다.

"끝났다."

마유미 씨가 노트북에서 고개를 들었다.

"잠깐만 기다려 줘."

"네."

"금방 다시 올게."

노트북을 품에 안은 마유미 씨가 부엌에서 나가 2호실로 들어갔다. 계단을 내려오는 발소리가 들리면서 치나미 씨와 사치코 씨가 마유미 씨와 엇갈리듯이 부엌으로 들어왔다.

"왔어?"

치나미 씨가 물었다.

"아직이에요."

"어떤 사람이야?"

"여기 살기로 확실히 정해진 게 아니기 때문에 개인정보는 알려 드릴 수 없어요."

"아, 뭐야!"

"치나미 씨는 일자리를 알아봐야죠."

"나도 알아."

치나미 씨가 볼멘 표정으로 2층으로 돌아갔고 사치코 씨도 뒤따라 올라갔다.

치나미 씨는 '돈이 없다!'고 노래를 부르다시피 하는 것치고는 아직 그럭저럭 먹고살 만한 모양이었다. 인터넷으로 아르바이트 구인 정보를 검색해 보고 있다고 말은 하지만 진지하게 일자리를 찾는 것 같지는 않아 보였다. 어느새 그렇게 친해졌는지 요즘 사치코 씨랑 자주 수다를 떨었다. 좋아하는 라디오 프로가 같은지 나는 도통 알아들을 수 없는 이야기를 둘이서 신이 나서 같이 떠들어 대기도 한다.

싱크대에 놓여 있던 유리컵을 씻고 식탁을 닦아 냈다. 싱크대 앞의 작은 창문을 열어 바람이 통하게 했다. 마당에서 푸릇푸릇한 풀 향기가 풍겼다. 여름방학을 맞은 아이들이 떠들어 대는 소리가 온 동네에 울려 퍼졌다.

차를 대접할 준비를 하고 있는데 현관문 열리는 소리가 들렸다.

"실례합니다."

약간 머뭇거리는 듯한 여자의 목소리를 들으며 내가 여기 처음 왔을 때를 떠올렸다. 도키코 씨나 마유미 씨와 똑같아질 필요는 없다. 나는 나답게 새로운 사람을 맞이하면 된다.

"안녕하세요."

부엌에서 얼굴을 내밀며 첫인사를 건넸다.

'돈부리'와 '비빔밥'

일본에는 '돈부리(덮밥)'가 참 많다. 우리가 잘 아는 가츠동(돈가스 덮밥), 규동(쇠고기덮밥), 텐동(튀김덮밥), 오야코동(닭고기덮밥)을 비롯해서 일본 명절 음식인 치라시스시는 여럿이 나누어서 먹게 되어 있는 일종의 회덮밥이고 참치회나 연어회를 얹어 만드는 뎃카동도 있다. 종류는 다양해도 일본인들이 돈부리를 먹는 방식은 한결같다. 위에 얹은 재료를 반찬 삼아 그 아래 있는 밥을 파 들어가며 먹는 것이다.

놀라운 점은 일본 사람들이 한국 식당에 가서 한국식 비빔밥을 먹을 때도 돈부리처럼 먹는다는 사실이다. 위에 얹어진 재료 하나하나를 반찬 삼아 그 아래 놓인 밥에 얹어서 먹는 것이다. 물론 이제는 한국의 식문화가 일본에 널리 알려졌기에 한국식으로 비벼서 먹는 사람도 많이 생겼다. 그러나 우리나라 사람들처럼 다이내믹하게 마구 휘저어 비비지는 않고 조금씩 살살 비벼 가며 먹는다.

일본 사람들이 비빔밥을 이렇게 먹는다는 이야기를 한국 사람들에게 했을 때 놀라지 않는 사람을 본 적이 없다. 어떻게 비빔밥을 비비지 않고 먹을 생각을 할 수 있을까?

사실 한국 사람들은 뭐든 비빈다. 각종 비빔밥은 당연한 일이고 카레를 비롯한 덮밥 종류도 비벼서 먹는 사람들이 대부분이다.

이런 식습관에 일본인과 한국인의 성향이 드러난다는 생각이 든다. 일본인들은 사회나 조직의 구성원으로서 자신의 역할에 충실해야 한다는 의무감을 가지고 있고, 타인에게 폐를 끼치면 안 된다는 교육을 가정에서도 사회에서도 철저히 받으며 자란다.

한편으로 한국에서는 조직이나 사회 전체에 앞서서 그 안에 있는 사람들 간의 관계에 초점이 맞춰진다. 그래서 개인 간의 연대감, 조직에 대한 소속감처럼 유기적인 관계가 중요하고 그 안에서 자신의 존재를 확인하곤 한다.

이 책을 처음 읽었을 때 갑자기 눈앞이 확 트이는 느낌을 받았다. 이제껏 '셰어하우스' 하면 젊은 사람들이 하는 주거 형식이라고만 생각했다. 30~50대 정도의 중장년층은 혼자 살려면 1인 가구가 당연하고, 노년이 되어서 함께 살려면 양로원, 요양원 등에 가야 한다고 생각했다. 물론 한국에도 노인 가구를 위해 각종 시설이 잘 갖춰진 아파트 등도 생겨나고 있지만 그런 곳은 돈 많은 사람들이나 갈 수 있는 곳이라는 이미지가 있다. 그래서 이렇게 돈이 없어도, 혹은 돈이 없기에 함께 모여서 서로를 도와 살 수 있는 '중년 여성을 위한 셰어하우스'라는 개념이 새롭고 신선하게 다가왔다.

이 책의 배경이 되는 셰어하우스는 정말 '일본식 생활 공간'이다. 결혼 경력의 여부와 상관없이 입주 당시에 혼자 생활하는 만 40세 이상의 여성들만 들어갈 수 있는 곳. 각자의 방이 따로 있어 개인 생활을 할 수 있되 화장실과 욕실, 부엌은 함께 쓰는 방식이다.

이야기에는 다양한 나이와 배경을 가진 여성들이 주인 혹은 세입자로 나온다.

전통적인 여자의 성역할을 강요받았던 세대인 주인 도키코, 막장 드라마를 현실로 살아온 듯한 파란만장한 과거를 가진 미사코, 커리어우먼이라는 호칭과 더불어 여성도 출세를 지향할 수 있다는 새로운 개념이 등장한 세대를 대표하는 마유미, 시대의 총아가 되어 셀럽과도 같은 인기를 구가하다가 그 인기로 인해 작가로서의 인생이 망가져 버린 치나미, 그리고 장기 불황으로 인한 취업 빙하기를 겪으며 제대로 된 직장에 들어가지 못한 채 항상 불안정한 생활을 강요당한 주인공 미치루. 등장하는 사람들마다 그 세대의 여성들이 살아온 시대의 분위기와 그 속에서 겪어야 했던 고충들을 알 수 있다.

이렇듯 서로 배경도 성향도 다른 사람들이 한집에 모여 서로를 조금씩 알아 가면서 더불어 살아가는 모습은 마치 각종 나물이 가지런히 놓인 한 그릇의 비빔밥처럼 느껴진다. 그런데 그 비빔밥에 올려진 나물(등장인물)들은 우리네 비빔밥처럼 서로 엉켜서 비벼지지 않고 일본 사람들이 돈부리를 먹듯이 하나하나 독립해서 존재하는 느낌을 준다.

그래서 새삼 지금의 한국에 이런 셰어하우스가 현실적으로 존재할 수 있을까 하는 회의감이 들었다.

타인과의 함께 공간을 쓰는 일이 많은 셰어하우스 생활의 가장 기본적이면서도 중요한 점은 적절한 거리 두기이다.

잘 비벼진 비빔밥처럼 타인과 어우러지는 관계 속에서 자기 생활이 성립하는 우리가 서로에게 도움을 주되 지나친 간섭은 하지 않는 적절한 거리 두기를 하며 한집에서 살 수 있을까?

어쩌면 일찍부터 프라이버시 개념을 가지고 있고, 코로나 사태를 통해 타인과의 거리 두기를 익혀 온 지금의 젊은 세대, 소위 MZ 세대가 중장년이 되면 그때서야 비로소 이런 셰어하우스 생활이 가능해질지도 모른다.

당장의 현실이 그렇다고 해도 상당히 이상적인 형태의 셰어하우스 생활을 담담하면서도 부드러운 에피소드들로 엮어 낸 이 이야기를 읽다 보면 '이렇게 생활하는 것도 나쁘지 않겠다'는 생각을 하게 된다.

이 책에는 '내가 저 안에 들어가 살면 어떨까?'를 가볍고 즐거운 마음으로 상상하게 만드는 푸근한 이야기가 담겨 있다.

임희선